HADES

SENTINEL SECURITY
BUCH 2

ANNA HACKETT

Hades

Copyright 2024 by Anna Hackett

Aus dem Englischen übersetzt von Nathalie Hopper Translation

Umschlaggestaltung: Mayhem Cover Creations

Bildquelle: ADB Imagery

ISBN (ebook): 978-1-923134-26-3

ISBN (Printversion): 978-1-923134-27-0

Originaltitel: Hades

KAPITEL EINS

„Gabbi!"

Gabriella Hansley sah von der Textnachricht auf ihrem Handy auf und warf einen Blick den Flur hinunter.

An einem Freitag um halb sieben Uhr abends waren die Gänge der CIA-Zentrale ziemlich leer. Sie hoffte, es bald für ein Schaumbad, ein Glas Wein und Netflix nach Hause zu schaffen.

Oh, wow, Gab, was für ein wildes Leben führst du nur.

Sie ignorierte ihre innere Stimme. Sie war zufrieden mit ihrem Leben. Es war genau das, was ihr gefiel.

Wieder pingte ihr Handy. Eine weitere fiese Nachricht von ihrem Bruder. *Uff.*

„Gabbi?"

Sie erblickte Doug Bernard, einen ihrer Kollegen bei der CIA-Unternehmensanalyse, der seinen Kopf in ihr Büro steckte.

„Hey, Doug. Ich bin quasi auf dem Heimweg", sagte sie.

Ihr Kollege kam zu ihr herübergeeilt. Wie immer sah er etwas zerknittert aus, einschließlich einiger Überreste seines Mittagessens auf dem Hemd.

Er hob die Hände. „Ich muss dich um einen *riesigen* Gefallen bitten."

Gabbi unterdrückte ein Stöhnen. Doug brauchte immer irgendeinen Gefallen. Oft hatten diese Gefallen weniger Arbeit für Doug und mehr Arbeit für sein Gegenüber zur Folge.

„Ich muss wirklich ..."

„Pass auf, es geht um diese verschlüsselte Festplatte und einige Unterlagen, die einem privaten Sicherheits-agenten übergeben werden müssen. Er arbeitet für Sentinel Security, oben in New York. Sie erledigen einige Aufträge für uns, und diese Daten können nicht online geteilt werden."

Gabbi arbeitete bereits für die CIA, seit sie ihren Abschluss an der Georgetown University gemacht hatte. Sie mochte ihre Stelle als Datenanalytikerin, bei der sie digitale Geschäftsdaten aus der ganzen Welt auswertete und analysierte, um dabei zu helfen, die Anforderungen der jeweiligen Missionen zu erfüllen. Als Agentin im Außendienst würde sie heillos versagen, das wusste sie, aber an ihrem Schreibtisch rockte sie ihren Job.

Von Sentinel Security hatte sie gehört. Die private Sicherheitsfirma in New York City wurde von einem ehemaligen CIA-Agenten geleitet. Von einem, über den die Leute noch immer mit gedämpfter, von Ehrfurcht wie Furcht gefärbter Stimme tuschelten.

„Schau, Doug ..."

Er überrollte sie förmlich. „Also, der Kontakt von Sentinel wird im Lafayette Restaurant zu Abend essen. Ich soll ihm die Unterlagen heute noch persönlich übergeben. Er reist morgen wieder ab."

Erneut vibrierte Gabbis Handy. Vermutlich ihr Bruder oder ihre Mutter. Ihr Magen zog sich schmerzhaft zusammen. Die beiden verursachten ihr Sodbrennen. Sie musste unbedingt einen Säureblocker schlucken.

Sie konzentrierte sich wieder auf das, was Doug gesagt hatte. Das Lafayette war eines der besten Restaurants von D.C. Sie hatte immer schon mal dorthin gehen wollen, denn sie hatte gehört, dass es elegant war, mit großartigem Essen und einem fantastischen Ausblick über den Lafayette Square bis hinüber zum Weißen Haus und dem Washington Monument.

Sie seufzte. Es war teuer und romantisch. Nie im Leben würde sie jemals allein dort essen, und ihre Datingkünste waren leider ziemlich miserabel.

„Komm zum Punkt, Doug." Vor ihrem inneren Auge erschien ihre frei stehende Wanne voller Badeschaum.

„Also, ich habe ein Date." Dougs Tonfall wurde schwärmerisch. „Ein zweites Date. Ich mag diesen Kerl *wirklich*, Gabbi, und ich will nicht absagen müssen." Mit flehenden Augen hielt er ihr die winzige, matt silberne Festplatte und die schmale Mappe hin. „Bitte, bitte, kannst du die der Kontaktperson übergeben?"

Gabbis Herz wurde schwer. Erstens aufgrund der Tatsache, dass Doug scheinbar ein besseres Liebesleben hatte als sie. Und zweitens befand sich das Lafayette mitten in der Innenstadt, also würde sie gegen Verkehr,

Touristen und Passanten ankämpfen müssen. Sie sah, wie ihr Traum vom Schaumbad wie Seifenblasen in der Luft zerplatzte.

„Ich glaube nicht –"

„*Bitte.*" Doug faltete die Hände, als ob er beten würde. „Du wohnst in Georgetown. Es liegt praktisch auf deinem Heimweg."

Sie prustete. Wohl kaum.

„Bitte, Gabbi. Ich mag diesen Kerl wirklich. Ich schulde dir einen Gefallen."

„Du schuldest mir einen großen Gefallen." Sie riss ihm die Festplatte und die Mappe aus der Hand.

„Absolut." Er drückte ihren Arm. „Danke, danke, danke! Der Name des Kontakts lautet Matteo Mancini."

Als Doug sich herumdrehte, schüttelte sie den Kopf. „Doug, du solltest dir vielleicht ein frisches Hemd anziehen, bevor du auf dein Date gehst."

Er sah an sich hinab. „Stimmt. Danke noch mal, Gabbi."

Während Doug den Gang hinuntereilte, beschimpfte sich Gabbi innerlich mit einer Reihe unflätiger Namen. Es war fast so, als ob sie ein Gen dafür besaß, anderen Leuten zu gestatten, einfach über sie hinwegzutrampeln.

Normalerweise war das die Aufgabe ihrer Familie.

Sie hatte hart dafür gearbeitet, der Dysfunktionalität ihrer Familie zu entkommen. Sie war ans andere Ende der Stadt gezogen, um ihrem spielsüchtigen Vater, ihrer alkoholsüchtigen Mutter und ihrem Drogen dealenden Bruder zu entfliehen.

Ihre Schwester hatte es ebenfalls geschafft. Jasmin reiste um die Welt und meldete sich so gut wie nie. Ein kleines, ziependes Gefühl brannte in Gabbis Herzen, aber sie konnte ihrer Schwester keine Vorwürfe machen.

Richtig. Zeit, sich dem Freitagabendverkehr voller Menschen zu stellen, die ihrerseits müde von der Woche waren und nur noch nach Hause wollten.

„Oder du könntest rausgehen und dein Leben genießen, Gab", murmelte sie. „Das solltest du irgendwann mal ausprobieren."

Nein. Sie hatte einen Plan. Einen Plan, den sie bereits als Teenagerin geschmiedet hatte, als sie verzweifelt darauf gehofft hatte, der Wohnwagensiedlung zu entkommen, in der sie gelebt hatte. Ihre Ausbildung abschließen, einen guten Job finden, ein solides Haus kaufen, ein sicheres, stabiles Leben für sich aufbauen.

Das alles hatte sie geschafft, und sie würde nicht zulassen, dass irgendetwas es wieder ruinierte.

Grummelnd schnappte sie sich Festplatte und Akte und ging zu ihrem Auto.

Sich mit dem Feierabendverkehr herumzuschlagen, hellte ihre Stimmung nicht im Geringsten auf. Als Gabbi schließlich in ihrem Tesla Model 3 vor dem historischen, prachtvollen Eingang des HayAdams-Hotels hielt, in dem sich das Lafayette befand, knurrte ihr Magen vor Hunger und ihre Füße schmerzten.

Mit einem Lächeln reichte sie dem Valet ihren Autoschlüssel.

Oh, das Hotel war herrlich. Das Dekor im Stil der italienischen Renaissance verströmte nichts als Eleganz und Geschichte. Es war die Sorte Restaurant, von dem sie als Kind geträumt hätte.

Mit den Händen strich sie ihren grauen Bleistiftrock

und die weiße Bluse glatt. Ihre Bluse war schon etwas zerknittert, sah aber noch respektabel aus. Gabbi betrat das Hotel, wo sie von noch mehr Eleganz begrüßt wurde – Holztäfelungen, Bögen und Kronleuchter aus der alten Welt, die von der noblen, mit Stuck verzierten Decke hingen.

Gabbi entdeckte die Aufzüge und bog in ihre Richtung ab. Sie erspähte mehrere Senatoren, die durch die Lobby schritten. Die britische Botschafterin stand nicht weit entfernt, sie trug einen hellen Hosenanzug und ein Halstuch und unterhielt sich mit einer kleinen Gruppe von Menschen.

Ein Aufzug glitt auf, und eine große, glamouröse Frau erschien.

In ihren High Heels musste sie beinahe einsachtzig sein. Ihr winziges silbernes Kleid schmiegte sich an ihre schlanke Supermodelfigur, zusätzlich trug sie eine Pelzstola – Gott, Gabbi hoffte, dass es kein echter Pelz war.

Die Frau warf ihre schwarze Haarpracht über ihre schmalen Schultern und stolzierte nach draußen. Gabbi hatte keinen Zweifel, dass die Frau einen fantastischen Namen wie Esmeralda oder Ambrosia trug.

Für etwa eine halbe Sekunde würdigte die Frau Gabbi eines flüchtigen Blickes und rümpfte die Nase. Eindeutig hatten Gabbis Rock, die schlichte Bluse und ihre vernünftigen Pumps die Musterung nicht bestanden.

Ja. Ja, du denkst, ich bin unelegant und schlicht. Und ich denke, du bist geistlos und oberflächlich. Esmeralda stakste davon, als ob die Lobby des Hay-Adams ein

Mailänder Laufsteg wäre, und Gabbi trat einen Schritt vor, damit sich die Aufzugtüren nicht schlossen.

Sie huschte in den Lift und drückte auf den Knopf für das Restaurant.

Okay, sie war vielleicht keine glamouröse Powerfrau. Das war ihr egal. Das wollte sie auch nicht sein. Als Kind hatte sie von Glück reden können, wenn ihre Eltern sich daran erinnert hatten, ihr zu essen zu geben, ganz zu schweigen davon, ihr modische Kleidung zu kaufen.

Sie wusste, dass sie nicht attraktiv war. Sie war nur … gewöhnlich. Ihre Haare waren weder blond noch braun, sondern irgendwas dazwischen. Hellbraun war das beste Wort dafür. Ihre Augen waren blau. Okay, eine Art Blaugrau.

Einige der Agenten im Außendienst, mit denen sie arbeitete, waren ausgesprochen attraktiv. Wunderschön, selbstbewusst, clever, wie ihre Freundin Devyn. Die rothaarige Agentin war auf bestem Wege, zu einer Legende innerhalb der CIA zu werden.

Gabbi schüttelte den Kopf. Sie war Datenanalytikerin bei der CIA, verdammt noch mal. Was ihr wichtig war, war ein gutes, sicheres Leben, ganz weit weg von ihrer kaputten Problemfamilie.

Der Fahrstuhl hielt an. Zwei Männer in dunklen Anzügen, etwa in ihrem Alter, stiegen ein. Sie blickten nicht einmal in ihre Richtung.

Gabbi seufzte und drückte die verschlüsselte Festplatte und die Akte an ihre Brust. Sie könnte genauso gut unsichtbar sein. Sie beäugte die Männer vor sich. Einer von ihnen hatte einen kräftigen Kiefer und klare, gleichmäßige Züge. Sie hatte ein paar dieser adretten Männer gedatet, von denen es in D.C. nur so wimmelte. Aber sie hatte nie eine Verbindung zu einem von ihnen empfunden. Größtenteils waren sie ihr egozentrisch vorgekommen, zu konzentriert auf ihre Karrieren oder auf der Suche nach einer dieser atemberaubenden Kreaturen wie jener, die gerade vor ihr aus dem Aufzug getreten war.

Schon seit einer Weile wünschte sich Gabbi einen Mann in ihrem Leben. Einen liebenden Mann, der ihr Partner sein würde. Jemanden, mit dem sie reisen und ausgehen konnte, aber vor allem wollte sie jemanden, zu dem sie nach Hause kommen konnte. Jemanden, bei dem sie sich nach einem schlechten Tag Luft machen konnte. Der ihre Füße massierte, wenn sie schmerzten. Mit dem sie regelmäßig Sex haben konnte.

Aber nach einigen schlimmen und vielen langweiligen Dates war sie zu dem Fazit gelangt, dass Liebe nur ein Märchen war, das sich die Hochzeitsindustrie ausgedacht hatte, um überteuerte Kleider, Torten und Blumen zu verkaufen. Sie hatte die konfliktgeladene, missbräuchliche Beziehung ihrer Eltern erlebt, und das war ganz sicher keine Liebe gewesen. Ihr Bruder ging üblicherweise mit mehreren Frauen gleichzeitig aus, ohne dass eine von der anderen wusste.

Nein. Sie hatte die Männer aus ihrem Lebensplan gestrichen.

Derzeit konzentrierte sie sich auf ihre Arbeit und sparte Geld, um das Bad im Erdgeschoss zu renovieren und vielleicht einen Urlaub an einem schönen Ort zu machen. Frankreich, Italien oder Griechenland wären toll. Sie hatte schon immer mal den Eiffelturm, das Kolosseum und Santorin sehen wollen.

Der Aufzug wurde langsamer, und Gabbi schüttelte den Kopf. Sie würde diese verdammte Festplatte übergeben, nach Hause fahren und sich ihren Wein in ihrem Schaumbad gönnen.

Die Männer in den Anzügen verließen vor ihr den Lift. Gabbi wartete geduldig ab, bis sich die elegante Hostess des Restaurants um die beiden gekümmert hatte, bevor sie sich Gabbi zuwandte.

„Ja?", fragte die Frau.

„Ich habe nur einem Mr. Mancini etwas zu überbringen."

Ein Ausdruck des Erinnerns flatterte über das hübsche Gesicht der Frau, gefolgt von einem verträumten Lächeln. „Selbstverständlich. Er sitzt dort drüben am Tisch neben dem Fenster." Die Frau zeigte in die Richtung.

„Vielen Dank." Gabbi musterte das fabelhafte Dekor des Restaurants, und ihr Blick wurde von der spektakulären Aussicht auf das Weiße Haus und das Washington Monument angezogen, die hell erleuchtet waren.

Also, wenn ein Kerl sie hierher auf ein Date einladen würde, wäre sie beeindruckt.

Dann wanderte ihr Blick weiter zu dem Mann, der allein an einem Tisch vor der Fensterreihe saß.

Gabbis Schritte stockten, und ihr Verstand war plötzlich wie leergefegt. Sie starrte ihn an. Jede verweilende Erinnerung an die Anzugträger im Aufzug und ihre vermeintliche Attraktivität löste sich in Rauch auf.

Der Mann am Fenster betrachtete das Weinglas in

seiner Hand, schien aber dennoch aus nichts als aufgestauter Energie zu bestehen, bereit, jeden Augenblick zu explodieren.

Sein Sakko hatte er ausgezogen, die Ärmel seines Hemds waren hochgerollt und präsentierten bronzene Haut und die sehnigen Muskeln seiner Unterarme. Ihr Blick wanderte nach oben.

Er hatte einen kräftigen, von Bartstoppeln bedeckten Kiefer, eine gerade Nase und die sexysten perfekt geformten Lippen.

Gabbis Herz setzte für einen Schlag aus. Oder vielleicht auch für zehn.

Sein Haar war dicht, beinahe schwarz, mit einem Anflug von Wellen. Er sah aus wie ein dunkler Engel, ein gefährlicher Bad Boy.

Dann hob er den Blick und sah ihr direkt in die Augen.

Etwas in ihrem Bauch zog sich zusammen. Dieser Mann verströmte puren Sex. Irgendeine Art angeborener Instinkt verriet ihr, dass er ein außergewöhnlicher Liebhaber sein würde.

Einen Typ wie ihn würde sie nicht von der Bettkante schubsen – er war ein prachtvoller Mann, der ihre Fantasien Wirklichkeit werden lassen würde.

Gabbi sah, wie die Lippen des italienischen Gottes zuckten. Er war sich seiner Wirkung auf Frauen bewusst. Zur Hölle, vermutlich verbrachte er den ganzen Tag damit, Frauen die Sprache zu verschlagen.

Mancini. Ein italienischer Name.

Ihr Verstand kam wieder in Gang. Er war ihr Kontakt

von Sentinel Security, und verdammt, jetzt würde sie mit ihm sprechen müssen.

MATTEO *HADES* MANCINI war völlig versunken in seinen letzten Fall, sodass er der Frau, die ihn gerade anstarrte, nicht viel Aufmerksamkeit zollte.

Er war an zwei- oder dreimaliges Hinschauen gewöhnt, an einladendes Lächeln und flirtende Blicke.

Er liebte Frauen in allen Formen, Größen und Varianten. Diese hier zog nicht allzu viel Aufmerksamkeit auf sich. Sie war von durchschnittlicher Größe, nicht schlank, aber auch nicht übermäßig kurvig, und ihre hellbraunen Haare trug sie in einem einfachen Knoten am Hinterkopf. Ihre Kleidung war genauso unscheinbar.

Aber als sie die Schultern gerade machte und in seine Richtung kam, erweckte sie trotzdem sein Interesse. Sie hielt eine Akte und eine Festplatte in der Hand.

Seinen Alarm löste sie allerdings nicht aus. Seine Zeit bei der DIA – *Direzione Investigativa Antimafia* –, während der er Jagd auf gefährliche Mafiasyndikate in Italien gemacht hatte, hatte seinen Sinn für Gefahren extrem fein werden lassen.

Er sah, wie die Frau den Mund öffnete, an der Mappe in ihrer Hand herumfingerte und sie dann fallen ließ. Zettel flogen durch die Luft, und die schmale Festplatte fiel ebenfalls mit einem dumpfen Geräusch auf den Teppichboden.

Die Frau stieß ein verärgertes Geräusch aus und hockte sich hin, um die verstreuten Zettel einzusammeln.

Matteo kämpfte gegen seine innere Belustigung an und erhob sich. Nichts war so einzigartig, wie eine Frau aus dem Konzept zu bringen. Er ging in die Hocke und streckte ebenfalls die Hände nach den Papieren aus.

Genau in diesem Augenblick griffen sie beide nach demselben Zettel, und ihre Finger berührten sich. Sie schnappte nach Luft und hob den Kopf.

Ihre Gesichter waren nur Zentimeter voneinander entfernt. Sie erstarrte, ihre Lippen einen Spaltbreit geöffnet.

Matteo hielt ebenfalls inne, als er spürte, wie eine seltsame Empfindung durch ihn hindurchrauschte.

So nah bei ihr konnte er ihr Parfüm riechen. Feminin, aber mit einer schwindelerregenden, moschusartigen Note. Ihre Haut war honiggolden und so fein und glatt, dass er darunter die blauen Spuren ihrer Adern erkennen konnte. Ihre Augen hatten eine einzigartige, blaugraue Farbe, klar und faszinierend. Ein wunderschöner Farbton, den er den ganzen Tag lang betrachten könnte.

Und ihr Mund. Da war nichts Gewöhnliches an ihren vollen, perfekt geformten, üppigen Lippen.

Lippen, die er urplötzlich schmecken wollte. Plündern wollte.

„Tut mir leid." Ihre Stimme war klar, hatte aber einen heiseren Unterton. Sie riss den Blick von seinem Gesicht los, sammelte eilig die restlichen Zettel ein und stopfte sie zurück in die Mappe.

Ja, das war eine Frau, die man nicht bemerkte, bis man ein bisschen genauer hinsah.

„Kein Grund, sich zu entschuldigen, *Bella*."

Ihr blaugrauer Blick flatterte hinauf zu ihm. Eine hübsche Röte stieg in ihre Wangen.

„Es macht mir ganz sicher nichts aus, eine hübsche Frau aus der Fassung zu bringen", fügte er hinzu.

Sie runzelte die Augenbrauen, schnappte sich die mittlerweile wieder vollständige Akte und stand auf.

Matteo erhob sich ebenfalls. Ihr Scheitel reichte gerade bis zu seinem Kinn, und jetzt bemerkte er die Art und Weise, wie ihr Rock ihre sanften Kurven umspielte.

Sie räusperte sich und hielt ihm Akte und Festplatte entgegen.

„Die sind für Sie, Mr. Mancini."

Jetzt war er es, der die Augenbrauen runzelte. „Sie sind die CIA-Analytikerin? Ich hatte einen Mann erwartet. Doug Bernard."

„Tja, na ja, er hatte eine anderweitige Verpflichtung."

Sie murmelte etwas Unverständliches, und Matteo war sich ziemlich sicher, dass sie etwas darüber sagte, dass ihr Kollege ihr den Job kurzfristig aufs Auge gedrückt hatte.

Er verbarg ein Lächeln. „Er hat Sie beschwatzt, in die Stadt zu fahren und mir die Sachen auszuhändigen."

Sie rümpfte die Nase. „Ich tue meinen Arbeitskollegen gern einen Gefallen, wenn es sich ergibt."

„Sogar, wenn es Ihre Freitagabendpläne ruiniert?" Vielleicht hatte sie ein Date gehabt?

„Ja. Es war eben wichtig."

Matteo nahm die Akte und die Festplatte entgegen. Aus irgendeinem seltsamen Grund gefiel ihm die Vorstellung nicht, sie könnte ein Date haben. Überhaupt nicht. *„Grazie."*

„*Prego*", erwiderte sie.

Matteo zog eine Augenbraue hoch. „Sie sprechen Italienisch?"

„Ein bisschen." Sie hob das Kinn. Matteo konnte sich kaum zurückhalten, auf die cremige Haut entlang ihres Kiefers zu starren. Er wollte sie berühren, darüberlecken.

Er runzelte die Stirn. *Merda*. Was war denn auf einmal los mit ihm? Er hatte so viele Nächte mit schöneren, erfahreneren Frauen als dieser hier verbracht. Nur selten hatte er Schwierigkeiten damit, sein Verlangen zu zügeln oder seine Begegnungen mit Frauen oberflächlich und ohne Verpflichtungen zu halten.

Was hatte diese etwas unbeholfene Frau an sich, das ihm unter die Haut ging?

„Ich spreche Portugiesisch, etwas Französisch, Spanisch und Deutsch", erklärte sie.

„Eine Frau mit Schönheit und Grips."

Die Röte in ihren Wangen vertiefte sich. „Machen Sie sich über mich lustig, Mr. Mancini?"

Er trat näher auf sie zu. „Ich heiße Matteo. Und nein, natürlich nicht."

„Ich bin nicht schön. Ich bin mir sicher, dass sich Ihnen ständig irgendwelche wunderschönen Frauen an den Hals werfen. Sie müssen den Unterschied doch sehen." Sie wollte sich abwenden.

Matteo griff nach ihrem Arm. „*Bella*, Schönheit ist nicht eine einzige Sache. Es ist nicht das, was sie uns im Fernsehen oder in den Zeitschriften zeigen. Es sind glatte, goldene Haut, seidige, braune Haare, ein Schönheitsfleck an der Seite eines schlanken Halses, *Feinheiten*, die um die Lippen eines Mannes betteln."

Unbewusst hob sie die Hand zu dem kleinen Schönheitsfleck an ihrem Hals.

„Es sind unergründliche, blaugraue Augen." Er beugte sich näher. „Es sind süße, sanfte Kurven, die von einem sexy Rock umspielt werden."

Er sah, wie ihre Augen groß wurden und etwas darin aufblitzte. „Wow, Sie sind wirklich gut."

Er runzelte die Stirn. „Das ist kein Anmachspruch."

Sie stemmte eine Hand in ihre Hüfte. „Nein? So etwas hat noch nie irgendjemand zu mir gesagt."

„Dann sind alle anderen Männer in Ihrem Bekanntenkreis Idioten."

Sie zog die Nase kraus, und ihr Blick schien nach innen zu wandern. „Da haben Sie vermutlich recht."

Ihre Ehrlichkeit ließ ihn lächeln. Sie gefiel ihm. Die meisten Frauen, mit denen er zu tun hatte, flirteten, huschten um ihn herum und sagten, was sie glaubten, dass er hören wollte, aber nicht die Wahrheit.

Bis auf die Damen, mit denen er bei Sentinel Security zusammenarbeitete. Die nahmen nie ein Blatt vor den Mund. Sie waren genau wie diese unauffällige sexy CIA-Mitarbeiterin.

„Wie heißen Sie?", fragte er.

„Ist nicht wichtig. Ich gehe jetzt. Einen schönen Abend noch, Mr. Mancini."

Nein. Er spürte eine instinktive Reaktion tief in seinem Bauch. Zwei Dinge, die über ihn hereinbrachen. Er konnte nicht zulassen, dass sie hier herausmarschierte und er sie nie wieder sah.

Und er musste ihren Namen erfahren.

Er griff nach ihrer Hand und zog sie daran in seine

Richtung. Sie schaffte es tatsächlich, zu stolpern und gegen seine Brust zu fallen, wobei ihr verlockender Duft seine Sinne erfüllte.

Sie starrte auf seine Brust und drückte eine Hand auf sein Hemd. Er sah, wie der Puls in ihrem Hals wie verrückt pochte.

Sie schaute auf, und ihre Blicke trafen sich.

Eine köstliche Hitze breitete sich in seinen Lenden aus.

Und auch sie spürte es. Was auch immer diese seltsame Magie zwischen ihnen war.

Dann klingelte ihr Handy.

Sie zuckte zusammen und fischte in ihrer Tasche danach. „Ähm, ich sollte –"

„Gehen Sie ran, *Bella*." Matteo ließ ihren Arm nicht los.

Sie sah nicht einmal auf das Display, sondern drückte sich das Handy einfach direkt an ihr Ohr. „Hallo?"

Dann verzog sie das Gesicht.

Matteo runzelte die Stirn. Eine jammernde, weibliche Stimme erklang durch die Leitung, aber er konnte die Worte nicht ausmachen.

„Hi, Mom." Seine Frau schloss die Augen. „Nein. Hör zu, ich bin beschäftigt." Eine Pause. „Ja, weil ich arbeite. Nein, ich habe nichts von Casey gehört." Ihre blaugrauen Augen öffneten sich wieder, erfüllt von einer tiefen Resignation.

Matteo hasste es, sie so zu sehen. Sie schien ihn nicht einmal mehr wahrzunehmen.

„Nein, Mom, ich kann seine Anklagen nicht verschwinden lassen. Casey hat seine Entscheidungen getroffen, er hat mit Drogen gedealt, und jetzt muss er die Konsequenzen tragen." Die Stimme in der Leitung wurde lauter.

Matteos Hände ballten sich zu Fäusten, und er kämpfte gegen den Drang an, ihr das Handy vom Ohr zu reißen.

„Nein, ich werde kein Geld für seine Kaution schicken. Weder für seine Kaution, noch damit du es für Wein oder zum Shoppen auf den Kopf hauen kannst. Oder damit Dad es am Kartentisch verspielt."

Matteo stieß ein ärgerliches Geräusch aus. Ihr Blick flog hinauf zu seinen Augen.

Ihre Wangen wurden blass, und er sah, wie sich Scham auf ihren Zügen ausbreitete. Sie zog die Schultern hoch.

O nein, Bella. *Du wirst nicht einfach eine Mauer um dich herum hochziehen und dich verstecken.*

Ihm wurde gerade bewusst, dass er womöglich eine Blume gefunden hatte, die in einem Beet voller Unkraut erblüht war.

Sie beendete den Anruf. „Ich muss los."

„Bleiben Sie. Trinken Sie ein Glas Wein mit mir."

Ihr Blick wanderte über sein Gesicht, dann hinunter zu seinem Hals. „Ich kann nicht."

„Sie können." Seine Finger spielten mit den seidigen Haarsträhnen, die sich aus ihrem Knoten gelöst hatten. Eine war golden und schimmerte im Licht. „Verraten Sie mir Ihren Namen."

Sie atmete tief ein. „Gabriella. Gabriella Hansley. Aber alle nennen mich Gabbi."

„Gabriella. Ein wunderschöner, italienischer Name."

„Das war meiner Mutter vermutlich nicht bewusst. Sie hat einfach einen ausgewählt, von dem sie fand, dass er hochtrabend klingt."

Plötzlich schlug Matteos sechster Sinn an, und er hob den Kopf, um das Restaurant zu scannen.

Drei Männer in Anzügen traten aus dem Fahrstuhl. Sie hatten nichts Elegantes an sich, sondern waren gedrungen und muskulös, mit harten Ausdrücken auf ihren Gesichtern.

Einer von ihnen hatte Tattoos, die sich seinen Hals hinaufwanden.

Die Männer sahen sich im Restaurant um, dann fielen ihre Blicke auf Matteo und Gabbi.

Cazzo. Fuck.

Seine Alarmglocken schrillten.

Er riss Gabbi an sich, wobei sie einen kleinen Schrei ausstieß.

Die Männer griffen unter ihre Jacken und zogen ihre Waffen hervor.

Augenblicklich schaltete Matteo in den hyperfokussierten Modus.

„Alle runter!", brüllte er.

Dann warf er sich zu Boden und riss Gabbi mit sich, genau in der Sekunde, als Schüsse durch das Restaurant knallten.

KAPITEL ZWEI

O Gott, o Gott, o Gott.

Während Kugeln in die Tische und Stühle einschlugen und Gläser in tausend Stücke zersprangen, gab Gabbis Herz sein Bestes, ihr bis in den Hals zu springen.

Sie biss sich auf die Unterlippe. Der große, männliche Körper, der sie bedeckte, hielt sie am Boden fest. Sie konnte hören, wie Matteo Mancini auf Italienisch fluchte.

Eine Kugel schlug in einen Stuhl in ihrer Nähe ein, und Gabbi unterdrückte einen Schrei. Sie war Analytikerin. Mit Devyn zusammen war sie eine Handvoll Male auf den Schießstand gegangen, aber in einen Schusswechsel war sie noch nie zuvor geraten. Ihre Freundin konnte mit geschlossenen Augen und während sie Tango tanzte ins Schwarze treffen. Gabbi hingegen würde eher versehentlich einen ihrer eigenen Kollegen anschießen.

„Wir müssen hier verschwinden", knurrte Matteo in ihr Ohr.

Sie schluckte.

„Gabbi?" Er hob den Kopf und schaute sich um. Sie versteckten sich hinter einem Tisch.

Der analytische Teil ihres Gehirns kam wieder in Fahrt. Ja, hatten Deckung, aber die Typen mit den Waffen konnten sie jeden Moment gezielt angreifen.

„Gabbi?" Matteo legte eine Hand auf ihre Wange. „Haben Sie mich gehört?"

Sie blickte in diese faszinierenden, braunen Augen. Es war ein tiefes, warmes Braun. Sie starrte in dieses Gesicht, das aussah, als hätte man einen gefallenen Engel mit Casanova gekreuzt. Der Charme und die Attraktivität, die sie vorhin darin gesehen hatte, waren verschwunden, waren von einem härteren, harscheren Ausdruck abgelöst worden.

In diesem Moment sah sie den Sicherheitsexperten vor sich, nicht den Mann.

„Ich habe Sie gehört", erwiderte sie.

„Gut, *Bella*." Er half ihr, sich aufzusetzen, und drückte ihr die Festplatte und die Akte in die Hände. „Halten Sie die fest und folgen Sie mir."

„Okay, ich werde –"

Er griff hinten in den Bund seiner maßgeschneiderten Hose und zog etwas hervor, das wie eine SIG Sauer aussah. Dann, trotz der Härte, die nun in sein Gesicht gemeißelt war, zwinkerte er ihr zu.

In einer fließenden Bewegung erhob er sich in eine geduckte Hocke.

Ein Raubtier auf der Jagd.

Matteo beugte sich über den Tisch und feuerte, die

Schüsse ohrenbetäubend laut. Dann riss er Gabbi auf die Füße und sie rannten los.

Gabbi konzentrierte sich darauf, nicht zu stolpern. Zwar war sie kein Tollpatsch, aber sie hatte ihre Momente. Normalerweise ausgesprochen peinliche Momente.

Wenn sie jetzt stolperte, würde sie sich und Matteo umbringen. Ihr Puls raste unerträglich schnell und ihr Herz hämmerte.

Immer wieder feuerte er seine Waffe ab, während sie durch das Restaurant hasteten. Er zog Gabbi um eine Ecke, gerade als ein Kugelhagel den Boden und die Tische in ihrer Nähe zersiebte. Eine Fensterscheibe zersplitterte, und die Gäste schrien. Gabbi erblickte mehrere Kellner in Weiß, die sich hinter einen Tisch kauerten.

Sie waren noch immer viel zu ungeschützt.

„Schnell!" Sie sprang vor und winkte ihnen zu. „Nach hinten durch. Na los!"

Die völlig verängstigten Menschen nickten und krabbelten in den hinteren Teil des Restaurants. Gabbi half einem jungen Mann auf die Füße.

Erneute Schüsse ließen sie alle panisch weitereilen.

„Gabbi!" Matteo riss sie zurück in die Deckung.

Sie drückte eine Hand auf ihren Brustkorb. Ihr Herz hämmerte so heftig, dass sie überrascht war, dass es nicht aus ihrer Brust brach und auf dem Boden herumzappelte wie ein panischer Fisch.

„Okay?" Den Rücken gegen die Wand gepresst, lud Matteo in aller Ruhe seine Pistole nach.

Nein, verdammt. „Klar."

Seine Augen wurden schmal, dann spähte er um die Ecke.

Gabbi konnte nicht anders, als für eine Sekunde den Anblick davon zu bewundern, wie sich seine Hose eng über seinen muskulösen Hintern spannte. Sein weißes Hemd steckte in einem schmalen Taillenbund und spannte über seinen breiten Schultern. Seine dunklen Haare lockten sich bis zum Hemdkragen.

Himmel, Gab, du befindest dich mitten in einer Schießerei und hast nichts Besseres zu tun, als einem Mann auf den Arsch zu glotzen.

Sie verlor den Verstand.

Ihr Blick wanderte über Matteos breite Schultern und landete auf den drei Männern mit den Waffen. Sie hatten sich im Restaurant verteilt. Einer von ihnen stand neben einem verängstigten Paar, das sich unter einem Tisch verkrochen hatte. Der Mann schirmte die Frau ab.

Der Schütze grunzte nur und ging weiter.

„Der Eingang zum Treppenhaus befindet sich auf der anderen Seite des Restaurants." Matteo stieß ein frustriertes Geräusch aus. „Wir müssen den Fahrstuhl nehmen, um hier rauszukommen."

Gabbi schaute sich zu den Liften um. „Es wird zu lange dauern, bis die Aufzugtüren aufgehen." Sie würden ein perfektes Ziel für die Schützen abgeben.

Er warf ihr ein schwaches, aber grimmiges Lächeln zu. „Nicht, wenn ich für Ablenkung sorge. Gabbi, ich will, dass Sie direkt auf den Aufzug zurennen. Ich werde sie –"

Ein Mann kam aus der Tür zur –gestürzt.

Es dauerte eine halbe Sekunde, bis Gabbi begriff,

dass es ein vierter Angreifer war – groß, breit und mit einer Pistole in Händen.

Matteo bewegte sich blitzschnell. Er und der Mann prallten aufeinander.

Sie zuckte zurück und beobachtete, wie Matteo eiskalt wurde. Seine Schläge waren brutal. Er rammte den Mann gegen die Wand, aber der Angreifer konnte sich einen Teller von einem Tisch greifen und ihn Matteo über den Kopf schlagen.

Gabbi schnappte nach Luft, aber Matteo reagierte kaum auf die Attacke, sondern ließ seine Fäuste in den Torso des Mannes prasseln.

Es war kein anmutiger oder eingeübter Kampf. Keine geschmeidigen Bewegungen. Er war erbittert, rau und brutal.

Der Mann wirbelte herum, und Matteo konnte ihm einen Tritt verpassen. Sein Angreifer grunzte und stieß Matteo den Ellenbogen ins Gesicht. Matteos Kopf flog zurück.

Das war die Gelegenheit, die der Kerl gebraucht hatte. Er griff nach seiner fallengelassenen Waffe.

Nein.

Ohne nachzudenken, huschte Gabbi zu einem benachbarten Tisch. Festplatte und Akte ließ sie fallen und griff nach einem schweren Tablett, das einer der Kellner dort zurückgelassen hatte. Sie stürmte vorwärts, hob das Tablett über ihren Kopf und zog es dem Angreifer mit aller Kraft über den Schädel.

Der Mann taumelte zur Seite. Das verschaffte Matteo genug Zeit, um sich zu erholen. Er krachte in den Mann und ließ es harte Schläge in seine Magengrube hageln. Darauf folgten ein Knie ins Gesicht und ein Stoß, der den Kerl in einen Tisch und mehrere Stühle krachen ließ.

Mit bebender Brust drehte Matteo sich um und suchte Gabbis Blick, während er sich seine Pistole vom Boden schnappte. „Laufen Sie!"

Gabbi griff nach Festplatte und Akte, fuhr herum und rannte auf die Fahrstühle zu.

Hinter sich hörte sie erneute Schüsse.

Sie versuchte, alles auszublenden. Die Rufe, die Schreie, das Geballer. Jeden Augenblick rechnete sie damit, von einer Kugel getroffen zu werden.

Ihr Blick fokussierte sich auf den Aufzug. Sie streckte die Hand aus und klatschte ihre Handfläche gegen den Knopf, ehe sie sich zu Boden fallen ließ.

Matteo feuerte noch immer auf die Angreifer, bewegte sich geschmeidig und stand völlig ungeschützt da, als ob er kugelsicher wäre.

Ihr Magen überschlug sich. *Geh in Deckung.*

Dann wurde ihr bewusst, dass er die Aufmerksamkeit der Angreifer auf sich zog und damit Gabbi deckte.

Sie blickte zurück zum Aufzug. *Komm schon!*

Endlich glitten die Türen langsam auf. Es fühlte sich an wie eine Ewigkeit.

Gabbi krabbelte in die Kabine und drückte auf den Knopf zur Lobby.

„Matteo!", rief sie.

Er sah sich zu ihr um, dann ging er rückwärts auf den Aufzug zu, wobei er immer weiter auf die Angreifer schoss. Die Türen begannen bereits zuzugleiten.

Schließlich ließ er seine Pistole sinken und sprintete los wie ein Gepard.

Er bewegte sich geschmeidig. Stark, schnell, kraftvoll. Als er am Fahrstuhl ankam, schlitterte er mit den Füßen voran in die Kabine wie ein Baseballplayer auf die Homebase.

Über seinen Kopf hinweg sah Gabbi, wie auch die Angreifer losrannten. Kugeln pfiffen durch die Luft, und eine davon schlug klirrend in der Wand über Gabbis Kopf ein.

Sie schnappte nach Luft und duckte sich.

Matteo warf sich über sie und bedeckte sie mit seinem Körper.

Die Türen glitten zu, und der Fahrstuhl fuhr nach unten.

Oh. *Gott.*

Die Realität brach über sie herein. Ihre Brust war so eng, dass sie keine Luft mehr bekam, und ihre Hände zitterten. Sie wären beinahe *gestorben.* Wer zur Hölle kam denn auf die Idee, das beste Restaurant in ganz Washington D.C. unter Beschuss zu nehmen?

Es hätte ihr Ende sein können, und sie hatte nicht einmal die Hälfte der Dinge erlebt, die sie insgeheim immer hatte tun wollen. Ja, sie wollte Sicherheit, aber sie wollte auch in Frankreich *Escargots* essen, auf einer griechischen Insel Urlaub machen, nackt an irgendeinem weißen Sandstrand baden, sie wollte atemberaubenden, überwältigenden Wahnsinnssex haben, einschließlich eines Orgasmus, den sie sich zur Abwechslung mal nicht selbst verschafft hatte. Ein Baby bekommen. Lernen, wie man Pizzateig selbst machte.

Okay, ihre Prioritäten waren ein wenig verdreht, aber sie durchlebte schließlich auch gerade eine ausgewachsene Panikattacke.

Die Ränder ihres Sichtfeldes verschwammen langsam.

„Gabbi? Gabbi?" Schlanke Hände mit langen Fingern legten sich um ihr Gesicht. „Gabriella, *Cara*, schau mich an."

Sie sah in Matteos atemberaubende, braune Augen.

„Atme", sagte er. „Ganz ruhig."

„Ich ... ich kann nicht."

„Doch, du kannst. Konzentriere dich auf mich."

Sie öffnete den Mund, und Luft rauschte hinein. „Wir wären fast gestorben."

„*Fast* zählt nicht, *Bella*. Genau so. Immer weiteratmen."

Sie hob den Arm und berührte seine Hand. Seine Finger krümmten sich um ihre und hielten sie fest. „Ich bin da", murmelte er.

Gabbi wünschte, das wäre wahr. Niemand war je für sie da gewesen. Jemals. Ein Gefühl der Einsamkeit durchströmte sie. Man musste sich auf sich selbst verlassen, denn alle anderen ließen einen immer im Stich.

„Atme, Gabbi. Du bist jetzt in Sicherheit."

Nur für eine Sekunde schmiegte sie ihr Gesicht in seine starke Hand. Seine Berührung gab ihr Halt.

Die vernünftige Gabbi wusste, dass ein Mann wie er nicht für sie bestimmt war, aber sie konnte wenigstens so tun, nur für eine Sekunde. Die Enge in ihrer Brust ließ ein wenig nach. Solange Matteo sie berührte, fühlte sie sich gut.

„Du bist in Sicherheit", gurrte er erneut.

Gabbi atmete tief durch und ließ die Schultern sinken. „Es geht schon besser."

In diesem Moment kam der Aufzug ruckend zwischen zwei Stockwerken zum Stehen. Die Lichter erloschen, und der rote Schleier der Notbeleuchtung legte sich über sie.

Gabbis Magen verkrampfte sich.

O nein.

***

CAZZO.

Finster starrte Matteo die Fahrstuhlknöpfe an. Die Wichser, die hinter ihnen her waren, mussten den Lift angehalten haben.

Er hörte ein Keuchen und drehte sich zu Gabbi um.

Scheiße. Sie war kurz davor, zu hyperventilieren.

„Hey, *Cara*, es ist okay. Ich bin da."

Mit unfassbar blassem Gesicht saugte sie angestrengt Luft in ihre Lungen.

Matteo verspürte ein seltsames Ziepen in seiner Brust. Er wollte – nein, er musste – sie beruhigen. Ihr das Gefühl vermitteln, in Sicherheit zu sein.

„Gabriella, schau mich an." Er rutschte auf sie zu und zog sie an sich. Ihre Hand krallte sich in sein Hemd.

„Diese Männer sind hinter uns her", röchelte sie.

„Das wissen wir nicht." Er strich mit der Hand über ihren Rücken. „Und wenn sie es sind, dann werde ich dich beschützen."

Diese wunderschönen graublauen Augen suchten

seinen Blick. „Niemand hat mich je beschützt. Ich muss mich selbst darum kümmern."

Wieder dieses Stechen in seiner Brust. Er spürte die zarten Erhebungen ihrer Wirbelsäule unter seinen Fingern. „Nicht heute, *Cara*."

Er zog sein Handy aus der Tasche und wählte die Nummer der Sentinel-Security-Zentrale.

„Hey, H-Man. Was geht in D.C.?" Diese spritzige Stimme gehörte zu Jet *Hex* Adler, der Tech-Expertin von Sentinel Security.

„Hex, ich wurde im Lafayette unter Beschuss genommen. Vier bewaffnete Angreifer." Er sah, wie Gabbi ihn im schummrigen Licht beobachtete. Wie er sich erhofft hatte, war sie nun auf sein Telefonat konzentriert und nicht länger auf ihre eigene Panik.

Hex ließ eine Flut beeindruckender Flüche vom Leder.

„*Bella*, deine Wortwahl", murmelte er.

„Okay, ich sehe Meldungen über die Schießerei. Sieht aus, als ob die Schützen abgehauen wären."

„Ich bin mit meinem CIA-Kontakt im Fahrstuhl und wir hängen zwischen zwei Stockwerken fest."

„Scheiße. Glaubst du, diese Arschlöcher sind hinter euch her?"

„Wahrscheinlich." Aber Matteos Bauchgefühl sagte ihm etwas anderes. Diese Männer waren Schlägertypen gewesen, keine Leute mit dem technischen Wissen, um einen Aufzug lahmzulegen.

„Ich hacke mich gerade in das Sicherheitssystem des Hotels ein", erklärte Hex.

Er konnte sie sich ohne Weiteres in der Hightech-

Kommandozentrale im Sentinel-Security-Lagerhaus in Chelsea in New York City vorstellen.

Wieder fluchte Hex. „Für ein Hotel haben die eine ziemlich gute Cybersicherheit."

„Es befindet sich direkt gegenüber vom Weißen Haus. Unter den Gästen sind eine Menge reicher, gut vernetzter Leute."

„Obama hat hier mit seiner Familie gewohnt, bevor sie ins Weiße Haus gezogen sind", bemerkte Gabbi leise.

Matteo war erfreut, endlich ein bisschen Farbe auf ihren Wangen zu sehen. Als er zu ihr blickte, wurden ihre Lippen schmal, und sie richtete sich etwas auf. Das musste er ihr lassen – sie besaß innere Stärke. Sie würde nicht zusammenbrechen.

„Ich brauche ein bisschen Zeit", sagte Hex. „Ich melde mich, so schnell ich kann, Hades."

„Danke, Hex. Ist Killian im Büro?"

„Nein. Ist in der Luft. Er ist auf dem Weg runter nach New Orleans für ein Meeting. Warte kurz."

Matteo lehnte sich mit dem Rücken an die Wand und legte sein Handy griffbereit neben sich. „Meine Kollegin wird herausfinden, was los ist."

Sobald er mehr Informationen hatte, würde er tun, was er am besten konnte – schnell und entschlossen reagieren und aus dieser heiklen Situation entkommen.

Gabbi sog einen weiteren, zittrigen Atemzug in ihre Lunge. „Ich will nicht sterben."

„Wird auch nicht passieren." Seine Stimme war ein Knurren.

Sie strich sich eine lose Haarsträhne hinters Ohr. „Es gibt noch so viel, was ich tun will. Ich habe mich nur auf die Arbeit und mein Haus konzentriert, aber ich würde gerne reisen. Ich habe viel Zeit dafür aufgewendet, zu versuchen, meiner Familie zu entkommen, und nicht so viel Zeit dafür, mein Leben zu leben."

„Ich habe vorhin ein bisschen mitgehört. Deine Familie klingt wie ein Haufen ..."

„Versager. Junkies. Meine Kindheit war ... sagen wir einfach, nicht großartig."

Matteo verspürte einen Anflug des Zorns. Wie konnte jemand diese Frau schlecht behandeln? „Und da brichst du den Kontakt nicht ab?"

Sie fingerte an ihrem Rock herum. „Manchmal tue ich es, aber hin und wieder sind sie nicht so schlimm. Sie ziehen mich wieder in ihr Leben hinein, und dann, *bäm*, pumpen sie mich um Geld an. Normalerweise."

Er drückte ihre Finger. „Klingt, als ob du alles richtig gemacht hättest. Mit deiner Arbeit bei der CIA."

Gabbi hob den Blick, ein Funkeln in ihren Augen. „Ich tue nichts, außer zu arbeiten. Und in meinem Haus herumzuwerkeln. Meine Tante hat es mir vererbt. Sie war die Schwester meines Vaters, aber ich kannte sie nicht gut. Sie ist ebenfalls aus der Familie geflüchtet und hat sich ein gutes Leben aufgebaut. Mein Vater hat sie gehasst. Als sie mir das Haus vermacht hat, hat er das Testament angefochten."

Matteo schluckte einen Fluch hinunter.

„Ja, du hast recht, er wird keine Preise als Vater des Jahres gewinnen." Gabbi schüttelte den Kopf. „Ich habe mir selbst strenge Grenzen gesetzt. Ich gehe keine Risiken ein. Ich versuche nichts Neues, weil ich Angst davor habe, wie sie zu enden. Dass ich von irgendwas abhängig werde oder schlechte Entscheidungen fälle."

„*Cara*." Er kannte sie so gut wie gar nicht, aber er glaubte nicht, dass so etwas möglich war.

„Ich date so gut wie nie. Ich habe ein paar dieser Dating-Apps ausprobiert." Ihr Gesicht verzog sich. „Eher würde ich mir die Fingernägel herausreißen lassen."

Er räusperte sich. „Nein, würdest du nicht."

Sie schnappte nach Luft. „Ist dir das passiert?"

„Nein, aber ich habe es gesehen." Alte Erinnerungen regten sich. Wie ein Seeungeheuer, das aus den Tiefen des Ozeans aufstieg. „Ich war viele Jahre lang bei der *Direzione Investigativa Antimafia*."

Ihre Augen wurden groß. „DIA. Ein Mafiajäger."

Matteo senkte das Kinn. Während dieser Zeit hatte er so viel Finsternis gesehen. Zwar hatte er für eine gute Sache gekämpft und gewusst, dass die Arbeit wichtig war, aber da war auch so viel Schrecken gewesen, so viel Grausamkeit.

Er wusste, dass diese Finsternis ihn infiziert hatte. Jeden Tag lastete ihr schweres Gewicht auf ihm. Er wusste, dass es eine Bürde war, die er nie ganz loswerden würde.

„Also hast du keinen Mann?", fragte er.

Ihre Wangen röteten sich. „Nein." Wieder dieser Funke in ihren Augen. „Meine Dates waren durch allesamt Desaster. Die meisten der Männer waren egozentrisch, und andere –" Sie wandte den Blick ab.

„Hör jetzt nicht auf zu sprechen."

Sie warf die Haare in den Nacken. „Die meisten finden, mir fehlt etwas."

Matteos Augenbrauen schossen in die Höhe. „Das glaube ich nicht einmal für eine Sekunde."

„Kannst du ruhig glauben. Ich bin zu langweilig, zu gewöhnlich, arbeite zu viel." Sie zögerte. „Bin nicht gut im Bett."

Er prustete. „*Cara*, es braucht immer zwei, um gut im Bett zu sein. Wer auch immer dir das gesagt hat, war einfach faul."

Ihr Gesicht leuchtete mittlerweile knallig pink – dank einer faszinierenden Mischung aus Wut und Scham. Matteo fand sie gleichermaßen bezaubernd und attraktiv.

„Ich hatte noch nie einen Orgasmus", platzte sie heraus. „Ich meine, mit jemand anderem."

Er zuckte zusammen. Niemand hatte diese unscheinbare, aber dennoch wunderschöne Frau jemals befriedigt? Was stimmte denn mit den Männern hier nicht?

Sie wandte den Kopf ab und stöhnte leise auf. „Ich kann nicht glauben, dass ich das gesagt habe. Oder irgendwas davon. Vergiss es einfach. Muss meine Reaktion auf diese Nahtoderfahrung sein. Das ganze Adrenalin." Sie versuchte, ihre Hand aus seiner zu lösen.

Er hielt sie fest. Ihre Blicke trafen sich.

Dann klingelte sein Handy.

Matteo schluckte einen Fluch hinunter und drückte sich das Telefon ans Ohr. „Hex?"

„Hades. Ich habe eine gute und eine schlechte Nachricht."

„Raus damit", forderte er.

„Also, die Angreifer haben das Gebäude verlassen. Die Polizei ist vor Ort, und ich habe Überwachungsaufnahmen der vier Typen und außerdem noch von einem fünften in der Lobby. Sie sind überstürzt abgehauen."

Matteo stieß geräuschvoll den Atem aus. „Sie sind abgehauen."

Er sah, wie ein Schauder der Erleichterung Gabbi durchfuhr.

„Und die schlechte Nachricht?", wollte er wissen.

„Tja, die Aufzüge sind ausgefallen. Hat scheinbar nichts mit dem Vorfall zu tun, oder vielleicht hat eine verirrte Kugel irgendein Kabel getroffen. Ich habe den Sicherheitsdienst des Hotels informiert, dass ihr da drin seid. Die Kameras und der Hauptstrom sind unterbrochen. Die Aufzugtechniker sind auf dem Weg, aber ... womöglich werdet ihr ein paar Stunden feststecken."

Aus irgendeinem Grund machte ihm diese Vorstellung nichts aus. Zusammen mit Gabriella in einem Fahrstuhl feststecken? Es hätte deutlich schlimmer kommen können.

„Danke, Hex. Ich will, dass du die Angreifer für mich identifizierst."

„Bin schon dran."

„Danke, *Bella*. Halte mich auf dem Laufenden." Er steckte sein Handy ein. „Die Angreifer sind nicht mehr hier. Die Störung des Aufzugs ist nur ein Zufall."

„Vielleicht hat eine Kugel etwas getroffen." Gabbi legte den Kopf zur Seite. „Und? Wann kommen wir hier raus?"

„Die Techniker sind auf dem Weg, aber womöglich sitzen wir für ein paar Stunden fest."

Entgeisterung erfüllte ihr Gesicht. „Ein paar Stunden?" Sie schnaubte und ließ sich gegen die Fahrstuhlwand sinken. „Das wars dann wohl mit meinem Traum von einem Glas Wein und einem heißen Schaumbad."

Matteo nahm sich eine Sekunde, um die Vorstellung von einer nackten Gabbi in der Wanne zu genießen. Es interessierte ihn brennend, wie sie wohl unter diesem dezenten Rock und der Bluse aussehen mochte.

„Du brauchst dir keine Sorgen zu machen." Er hob ihre Hand an seine Lippen und küsste ihre Knöchel.

Das brachte ihm eine weitere, anziehende Röte ein. „Tut mir leid, dass ich vorhin durchgedreht bin und beinahe eine ausgewachsene Panikattacke hatte und dann auch noch mit meiner ganzen Lebensgeschichte herausgeplatzt bin."

Er streichelte über ihr Handgelenk. „Kein Grund, dich zu entschuldigen, *Cara*. Ich bin froh, dass du nicht daran gewöhnt bist, dass auf dich geschossen wird."

Ernste Augen suchten seine. „Aber du bist daran gewöhnt."

Er wusste, dass es keine Frage war. „Seit ich für Sentinel arbeite, nicht mehr so sehr."

Sie verlagerte ihr Gewicht. „Diese Schießerei rückt die Dinge ins rechte Licht. Mein Leben hätte heute enden können, und ich habe es noch nicht voll ausgekostet."

Du lieber Gott, war sie süß und erfrischend. Beinahe unschuldig. Er hatte so viel Zeit in den Schatten verbracht, verdammt, so viel Zeit in pechschwarzer Finsternis, dass sie ihn mit all ihrem Licht beinah blendete.

„Ich muss eine Liste machen", sinnierte sie.

„Guter Plan", stimmte er zu.

Ihre Blicke trafen sich, und ein unlesbarer Ausdruck in ihren Augen ließ ihn eine Augenbraue hochziehen.

„Angefangen mit den Orgasmen." Sie reckte das Kinn.

Matteo erstarrte. „Was?"

„Ich will, dass du mir zu einem Orgasmus verhilfst."

KAPITEL DREI

eilige Scheiße. Gabbi blinzelte. Hatte sie diesen
atemberaubenden Mann gerade wirklich darum
gebeten, ihr beim Kommen zu helfen?

Ein Teil von ihr wünschte, der Erdboden täte sich auf
und würde sie verschlingen.

Ein anderer Teil in ihr brüllte sie an, es zu versuchen.

Sobald sie diesen Fahrstuhl verließen, würde sie
Matteo Mancini nie wiedersehen.

Das ließ einen seltsamen Schmerz in ihrer Brust
aufblitzen. Selbst wenn er hier in D.C. wohnen würde,
war er nicht für sie bestimmt. Er brauchte irgendeine
wunderschöne Frau, die sich mit ihm zusammen in jedes
gefährliche Abenteuer stürzte.

Im Augenblick starrte er sie an, als ob er einen Schlag
auf den Schädel abbekommen hätte.

Nun fuhr ihr Schamgefühl die Krallen aus. Sie zog
die Beine an und löste ihre Hand aus seiner. „Gott,
vergiss einfach, dass ich das gerade gesagt habe –"

„Nein."

Sie erstarrte und sog scharf Luft ein. „Was?"

Seine langen Finger griffen nach ihrem Kiefer. „Nein. Tun wir es."

Ihre Haut wurde heiß.

„Ich kann mir Schlimmeres vorstellen, als eine schöne Dame zu befriedigen", sagte er.

„Ich bin nicht schön."

„Ich habe dir schon gesagt, dass ich das anders sehe. Schönheit ist nicht ein bestimmtes Aussehen oder eine bestimmte Figur, Gabriella. Und jeder Mensch sieht es anders. Fühlt sich von anderen Dingen angezogen."

Seine Finger strichen in einer federleichten Liebkosung über ihren Kiefer. Spannung erfüllte sie und ließ Schmetterlinge aufgeregt durch ihren Bauch flattern.

„Für mich ist Schönheit seidig weiche Haut." Er starrte sie an, als ob sie etwas ganz Seltenes wäre. „Zarte Haut, unter der ich deine feinen Adern erkennen kann." Seine Finger wanderten zu ihrer Schläfe hinauf.

Gabbi atmete schneidend ein.

„Es sind all die Farben in deinem Haar." Er hob die Hand und löste ihren Knoten, sodass ihr die Haare auf die Schultern fielen. „Ich kann Kastanienbraun erkennen, Mahagoni, Gold, Honig." Seine Finger kämmten durch ihre Strähnen. „Es sind die süßen Kurven deines Mundes, sinnlich und sündig zugleich." Seine Daumenkuppe glitt über ihre Lippen und öffnete sie.

Nicht länger unter ihrer Kontrolle, schnellte ihre Zunge hervor und leckte über seinen Daumen.

Sie sah, wie seine dunklen Augen aufblitzten.

„Es ist dein Mut unter Beschuss. Deine Selbstlosigkeit, als du den Leuten oben im Restaurant geholfen hast, und als du einen viel größeren Gegner angegriffen hast, um mir zu helfen. Und es ist das Verlangen in deinen Augen. Der Mut, der dich dazu gebracht hat, mich um das zu bitten, was du willst."

Ihr Puls raste. Ihre Klamotten fühlten sich zu eng an. Ihre Haut war brennend heiß.

Er war so gut.

„Das ist deine Schönheit, Gabbi. Nicht, wie viel du wiegst, welche Kleidung du trägst oder das Make-up, das du auflegst."

Er verzauberte sie. Verführte sie.

Seine Hände wanderten hinunter, und er schnippte den obersten Knopf ihrer Bluse auf. Sie erstarrte.

„Allein bist du bereits gekommen?"

Gott, führten sie wirklich gerade diese Unterhaltung? „Ja." Ihre Stimme klang heiser. „Ich, äh, habe ein Spielzeug."

Ein sexy Lächeln breitete sich auf seinem attraktiven Gesicht aus. Dieser gefallene Engel. „Mir gefällt die Vorstellung sehr, wie du mit einem Spielzeug spielst."

Gabbi wand sich, spürte, wie ihr Slip feucht wurde.

„Aber mit einem Mann zusammen bist du noch nie gekommen?"

Uff, das war der Teil der Unterhaltung, den sie lieber nicht führen wollte.

Du hast damit angefangen, Gabbi. Nun bring es auch zu Ende.

„Nein. Mit einem Exfreund bin ich ein paarmal kurz davor gewesen, aber ... er wurde ungeduldig." Sie hatte zu lange gebraucht, hatte sich verspannt, und er hatte sie angeblafft.

Matteo runzelte die Stirn. „Er klingt wie ein *Idiota*.“

Sie lächelte. „War er auch.“

„Okay, fangen wir an.“

Ihr ganzer Körper versteifte sich.

Matteo zog eine Augenbraue hoch. „Das ist kein guter Anfang, *Cara*.“

„Ich weiß. Das passiert mir immer. Ich verspanne mich und denke zu viel nach.“

Hmm. Er beugte sich vor und küsste sie. Knabberte an ihren Lippen.

Ihr Verstand verabschiedete sich. Diese umwerfende, maskuline Kreatur küsste sie. Ihre Hände bewegten sich von ganz allein, als sie ihre Finger in sein Hemd krallte. Ihr Mund öffnete sich.

Mit dem, was als Nächstes passierte, hatte sie nicht gerechnet.

Matteo stöhnte, vergrub seine Hand in ihren Haaren und küsste sie. Heftig.

Ihre Zungen streichelten sich. Er schmeckte göttlich, wie üppiger, roter Wein. Verzweifelt hielt sie ihn fester, küsste ihn inniger.

Er zog sie an sich, übernahm die volle Kontrolle über den Kuss und ergriff Besitz von ihrem Mund.

Gabbi stöhnte. Niemals, jemals zuvor war sie so geküsst worden.

„Du musst es genießen“, murmelte er gegen ihre Lippen. „Die Lust auskosten.“

Sein Mund wanderte über ihren Kiefer und weiter hinunter zu ihrem Hals. Alles in ihr stand in Flammen, und sie vergrub eine Hand in seinen Haaren. Sie waren dicht und sinnlich. Es war unfair, dass ein Mann solche Haare hatte.

Dann spürte Gabbi eine Hand an den Knöpfen ihrer Bluse und erstarrte.

Seine dunkelbraunen Augen suchten ihre. „Ja?"

Sie leckte sich über die Lippen. „Ja."

Geschickt öffnete er die Knöpfe und brachte ihren BH zum Vorschein.

„*Cara*", stieß er atemlos hervor und fuhr mit den Fingern über den Spitzensaum.

Da lag offensichtliche Anerkennung in seiner Stimme. Es ließ ihr eigenes Verlangen in die Höhe schnellen. „Ich mag hübsche Dessous", erklärte sie. Ihr heutiges Set aus passendem BH und Slip war sonnengelb.

„Es sind nicht die Dessous, die mir gefallen."

Er legte die Hand auf eine ihrer Brüste. Sie waren nicht riesig, aber sie hatte ihren Busen immer für okay gehalten. Hoch sitzend, gut geformt. In diesem Moment waren ihre Nippel harte Knospen. Matteo kniff einen davon, und sie stöhnte auf.

Er lächelte. Seine Zähne leuchteten weiß im Kontrast zu seiner bronzenen Haut.

Hatte seine Haut am ganzen Körper diese Farbe? Oder nur da, wo ihn die Sonne geküsst hatte? Sie wünschte, sie könnte es herausfinden.

Wieder knabberte er an ihrer Lippe, dann bedeckte er ihr Schlüsselbein mit kleinen Küssen.

Oh. *O Gott.* Empfindungen schmolzen wie heißes Wachs über ihre Haut. Sie bäumte sich seinem Mund entgegen.

Dann bewegte er sich, griff hinunter und legte seine Hand um ihren Fußknöchel. Er zog ihr die schmucklosen Pumps von den Füßen.

„So hübsche Füße." Er strich über den Spann ihres Fußes.

„Niemand hat hübsche Füße", widersprach sie.

„Niedliche Zehen, zarte Bögen. Du schon."

Sie blinzelte. Dieser Mann schien selbst in den kleinsten und einzigartigsten Dingen Schönheit zu finden.

Seine Hand wanderte ihre Wade hinauf, sodass sich eine Gänsehaut auf ihr ausbreitete. Seine Finger kitzelten sie in der Kniekehle, und sie schnappte nach Luft.

„Ah, das ist deine kitzlige Stelle ", sagte er.

Das war ihr nie zuvor bewusst gewesen, aber dann glitt seine Hand ihren Oberschenkel hinauf, und ihre Gedanken wirbelten umher wie ein Sandsturm.

Matteos Finger hatten Schwielen, gerade genug, um mit jeder Berührung einen Schauder durch Gabbi hindurchzujagen, und ihr Puls beschleunigte sich.

Dann verschwanden Matteos Finger unter ihrem Rock und strichen über ihre inneren Oberschenkel. Ihr Brustkorb hob und senkte sich bebend.

Sein Blick glitt zu ihren Brüsten, und sie sah die Glut in seinen Augen. Den Hunger auf seinem atemberaubenden Gesicht.

Gott, sie war gleichermaßen schockiert und ermutigt, dass *dieser* Mann sie wollte. Die schlichte, vernünftige Gabriella Hansley.

In diesem Moment strichen seine Finger über die

Spitze ihres Slips. Sie biss sich auf die Unterlippe und schloss die Augen, um die elektrisierenden Empfindungen noch intensiver zu spüren.

„Bist du feucht für mich, *Cara*?" Er klang zufrieden.

Die Gedanken wirbelten nur so durch ihren Kopf. Sie fühlte sich peinlich feucht. War sie zu feucht?

Sie versuchte, diese Sorgen fortzuschieben, aber sie konnte sich nicht konzentrieren, denn jetzt glitten seine beiden Hände unter ihren Rock. Ihre Lider flogen auf, und sie starrte in seine glühenden braunen Augen.

„Da bist du ja." Er hakte seine Finger in den Saum ihres Slips und zog ihn langsam hinunter.

Ihr Atem wurde flacher. Dabei zuzusehen, wie Matteo ihr den Slip über die Beine zog, war das Heißeste, was sie je gesehen hatte.

Für eine Sekunde hielt er das lächerlich kleine Stück gelben Stoffs in die Luft, dann stopfte er sich ihren Slip in seine Hosentasche.

Gabbi schnappte nach Luft.

„Okay?", fragte er.

Sie nickte.

„Gut." Erneut glitten diese starken Hände ihre Beine hinauf. Seine Haut war so viel dunkler als ihr blasserer Teint.

Als seine Finger unter ihren Rock tauchten, spannten sich ihre Muskeln an.

Die Vorfreude brachte sie fast um.

Dann strichen raue Finger über ihre Mitte, und sie stöhnte auf.

„Weich", murmelte er. Sein Blick verweilte auf ihrem Gesicht, während er sie rieb.

Seine Knöchel streiften über ihren Kitzler und brachten sie zum Keuchen.

„Ja, *Cara*. Lass mich deine Lust hören." Dann schob er seinen Finger in sie hinein.

Gabbi schrie auf, und ihre Hüfte zuckte.

„Fühle einfach, Gabriella."

Das tat sie. So sehr.

Als er einen zweiten Finger hinzufügte, stieg noch mehr Lust in ihr auf. Er dehnte sie ein wenig. Es war eine Weile her, seit sie mit einem Mann zusammen gewesen war. Sein Daumen rieb über ihren Kitzler.

„Du bist so wunderschön."

Er ließ nicht davon ab, sie zu berühren, und sie spürte den strahlenden, glühenden Feuerball ihres Höhepunkts näherkommen.

Doch insgeheim plagte sie bereits die sorge. Sie würde zu lange brauchen, um zum Höhepunkt zu kommen. Das tat sie immer. Sie spürte ihn kommen, verlor ihn wieder und dann killte der Frust die Stimmung. Matteo würde die Geduld verlieren.

Gott, vielleicht würde ihr der Höhepunkt diesmal nicht entwischen wie so viele Male zuvor?

Während all diese Gedanken durch ihren Kopf rasten, spürte sie, wie ihre Erregung nachließ.

O nein.

Enttäuschung und Scham waren ein mächtiger Gefühlscocktail. Eine Mischung, die ihr nicht gefiel.

Sie versteifte sich und griff nach Matteos Handgelenk.

„Ich bin … Tut mir leid. Ich kann nicht." Sie schob seine Hand fort, und seine Finger glitten aus ihrem

Körper. „Es liegt nicht an dir, es liegt an mir. Ich sagte doch, ich kann das nicht."

Scham brannte auf ihren Wangen, und sie konnte ihm nicht länger in die Augen sehen.

MATTEO STARRTE auf Gabbis gesenkten Kopf. Verlangen pulsierte durch ihn hindurch. Sie zu berühren, die Geräusche zu hören, die sie ausstieß, ihre Erregung zu riechen, hatte ihn total scharf gemacht. Sein Schwanz war steinhart und drückte sich unangenehm gegen den Reißverschluss seiner Hose.

Für ihn war Sex ein unterhaltsamer Zeitvertreib. Eine genussvolle Erleichterung. Er versuchte immer, seine Liebhaberinnen lächelnd zurückzulassen.

Aber in diesem Augenblick verspürte er einen brutalen Besitzanspruch auf diese Frau, die heute Abend ohne Vorwarnung in sein Leben getreten war.

Die Männer in ihrem Leben hatten ihr nicht gegeben, was sie brauchte. Und was immer sie zu dem gemacht hatte, was sie war, es hatte sie auch mit Selbstzweifel erfüllt.

„Gabbi –"

„Gott. Hier drin kann ich dir nicht einmal entkommen."

Er griff nach ihrer Hand. „Ich will nicht, dass du mir entkommst, und du willst das auch nicht wirklich."

Zitternd atmete sie ein.

„Du hast es genossen. Was ist passiert?"

Sie sah ihn nicht an. „Ich habe mich gut gefühlt. Ich

habe gespürt, wie es sich in mir aufgebaut hat, und dann habe ich angefangen, mir Gedanken zu machen. Dass ich zu lange brauchen würde oder dass mir der Höhepunkt wieder entwischt."

Er strich ihr die Haare aus dem Gesicht und küsste sie. *Dio*, sie schmeckte himmlisch. Und während er sie küsste, erstrahlte sie für ihn.

Wie konnte sie glauben, sie wäre unfähig, ihre Befriedigung zu finden? Die Leidenschaft war da, sie musste sich nur entspannen und sie freilassen.

„*Cara*, lass uns etwas anderes versuchen."

Gabbi riss den Kopf hoch und blinzelte ihn an. „Du willst ... ähm ... es weiter versuchen?"

Er lächelte und streichelte mit seiner Daumenkuppe über ihre Lippen. „O ja."

Sie schluckte angestrengt. „Ich bin mir nicht sicher."

Matteo zog sie an sich, bis sie rittlings auf ihm saß, und schob ihren Rock hoch. Sie stieß ein überraschtes Keuchen aus und legte ihre Hände auf seine Schultern.

Matteo lehnte sich an die Wand des Aufzugs und umfasste Gabbis Hüfte. Ihre hübschen, spitzenbedeckten Brüste waren direkt vor seinem Gesicht. Er würde alles dafür geben, mehr Zeit mit ihnen zu haben. Sie zu küssen, an ihnen zu knabbern, seinen Schwanz zwischen ihnen zu reiben.

Besagter Schwanz zuckte, und Gabbi spürte es. Ihre Lippen öffneten sich.

„Spürst du, wie sehr du mich anmachst?" Seine Hand strich über ihren schlanken Oberschenkel und schob ihren Rock bis zu ihrer Taille hoch. „Schau dir diese hübsche Pussy an." Er streichelte über den Streifen brauner Locken, den er entblößt hatte.

Sie wand sich und versuchte, ein Stöhnen zu unterdrücken.

„Dieses Mal will ich *nicht*, dass du kommst", sagte er.

Stirnrunzelnd blinzelte sie ihn an. „Hä?"

„Fokussiere dich nicht auf deinen Orgasmus. Deine einzige Aufgabe ist es, zu fühlen. Genieße die Empfindungen, bis ich *Stopp* sage."

Gabbi schnappte nach Luft. „Das ist alles?"

Matteo nickte. Wenn sie nur wüsste, wie viel Anstrengung es ihn kostete, sie nicht auf den Boden zu werfen und seinen Schwanz tief zwischen ihren Schenkeln zu vergraben.

Aber hier ging es nicht um ihn.

„Kannst du das für mich tun, *Cara*?"

Für eine Sekunde starrte sie ihn an, dann nickte sie.

„Gut." Seine Hand wanderte tiefer. „Einfach nur fühlen."

Mit langsamen Bewegungen glitt seine Hand zwischen ihre Beine. Sie hob die Hüfte und gewährte ihm besseren Zugang.

Er konnte den Blick nicht von ihrem Gesicht abwenden, das ihm jede Emotion offenbarte, die sie empfand.

Dio, er war mehr oder weniger sein ganzes Leben lang distanziert gewesen. Zu oft, um es noch zählen zu können, hatte sein Leben davon abgehangen, nicht zu zeigen, wie er wirklich empfand. Er konnte nur die hässlichen Emotionen zeigen – Zorn, Hass, Verärgerung. Verdeckt zu ermitteln, konnte der eigenen Seele alles Gute, Helle und Liebenswerte rauben.

Matteo ließ seinen Finger in sie gleiten und lauschte ihren süßen, heiseren Tönen. Sie war eng, feucht und warm.

Er presste seinen Daumen auf ihren Kitzler, und sie zuckte zusammen.

„Genau so, Gabbi, beweg deine Hüfte. Finde heraus, was sich am besten anfühlt."

Ihre Finger gruben sich in seine Schultern. Sie bewegte sich nun schneller, ihr Gesicht herrlich gerötet.

Sie verlor sich in ihrer Lust. Matteo übte mehr Druck auf ihren geschwollenen Kitzler aus, woraufhin Gabbi ihn mit einem langen Stöhnen belohnte.

„Reite meine Hand", befahl er.

Ihre Bewegungen wurden schneller.

„So wunderschön." Das war sie. Bis zu diesem Moment hatte er noch nie etwas so Herrliches gesehen.

Ihre Augen flogen auf. Sie waren unfokussiert, die Lust darin unverkennbar. „*Matteo*."

Fuck. Wie sie seinen Namen sagte. Sein Schwanz tropfte in seiner Boxershorts.

„Einfach fühlen, mein süßer *Tesoro*."

Eine Sekunde später spürte er, wie ihre Pussy sich um seine Finger zusammenzog.

Gabbi spannte sich an, warf den Kopf in den Nacken und schrie auf.

Matteo konnte nicht anders. Er beugte sich vor, presste seinen Mund auf ihren Hals und biss zu.

Wieder schrie sie auf, während sie noch immer kam.

Dann sank sie nach vorn gegen seine Brust. Widerwillig zog er seine Hand aus ihr heraus. Sie wimmerte leise.

Fürsorglich schlang er seine Arme um sie.

„Das war ..." Ihre Stimme war heiser. „Danke, Matteo."

„Ich brauche keinen Dank. Es war mir ein Vergnügen, dich kommen zu sehen."

Sie hob den Kopf und lächelte ihn träge an.

Plötzlich flackerte das Deckenlicht des Aufzugs an.

„*Oh*." Hektisch rutschte Gabbi von ihm hinunter und rückte ihre Kleidung zurecht.

Sein Handy klingelte. „Hex?"

„Gute Neuigkeiten. Die Aufzugmechaniker werden euch in ein paar Minuten befreien." Der Tech-Guru lachte. „Ich weiß, wie sehr du es hasst, stillzusitzen, Hades. Du kannst mir später für die Rettung danken."

Matteos Blick flog zu Gabbi, die gerade ihre Bluse zuknöpfte.

Normalerweise hasste er es tatsächlich, stillzusitzen. Sobald er das tat, krochen alte Reuegefühle aus der Dunkelheit hervor und griffen ihn an.

Aber er hatte kein Problem damit gehabt, zusammen mit Gabbi in einem Aufzug festzustecken.

Hex sprach noch immer. „... habe dir in einem anderen Hotel ein Zimmer unter einem Decknamen gebucht. Ich weiß zwar noch nicht, wer so scharf darauf war, dich in einem Kugelhagel niederzumähen, aber damit werden sie keinen Erfolg haben, wenn sie dich nicht finden können. Morgen früh wird dich der Jet von Sentinel Security abholen."

Gabbi hob den Kopf und warf ihm ein schwaches Lächeln zu, während ihre Finger durch ihre Haare kämmten.

In diesem Moment hasste er die Vorstellung, die Stadt zu verlassen.

„Glaubst du, der CIA-Kontakt, der bei mir ist, wird in Sicherheit sein?", fragte Matteo ins Handy.

„Ich denke schon. Sie war nicht das Ziel, und jede Suche würde ergeben, dass sie CIA ist und keine Verbindung zu dir hat."

Keine Verbindung. Warum missfiel es ihm so sehr, wie sich das anhörte? Keine Verbindung, außer, dass sie gerade zum ersten Mal mit einem Mann – mit ihm – gekommen war. Seine Finger geritten hatte. Seinen Namen geschrien hatte.

Cazzo. Er musste diesen irrationalen Besitzanspruch unter Kontrolle bekommen.

„Okay, Hex. *Grazie.*"

„Wir sehen uns morgen, H-Man."

Der Aufzug ruckte und fuhr nach unten. Matteo und Gabbi erhoben sich, und er griff nach der Festplatte und der Akte.

„Ist alles okay?", fragte sie.

„Wir bekommen unsere Freiheit zurück. Ich werde für heute Nacht in ein anderes Hotel ziehen und morgen früh nach New York zurückfliegen."

Ihre Augen verfinsterten sich ein wenig. „Stimmt. Irgendeine Idee, wer die Typen waren?"

Er schüttelte den Kopf. „Noch nicht. Meine Kollegin denkt, du bist in Sicherheit. Sie waren hinter mir her." Er streckte die Hand aus und strich ihr die Haare hinters Ohr. „Aber du solltest vorsichtig sein."

„Werde ich." Sie schenkte ihm ein schwaches Lächeln. „Ich bin daran gewöhnt, auf mich aufzupassen."

Ihre Worte ließen sein Herz schwer werden. Er wünschte, er hätte einen Anspruch auf sie.

Es war verrückt. Er kannte sie doch kaum.

Aber er wusste, was für Geräusche sie von sich gab, wenn sie kam.

Gabbi räusperte sich. „Ähm. Ich brauche meinen Slip."

„Nein."

Ihre Augenbrauen schossen in die Höhe. „Was?"

Er streichelte ihre Wange. „Den behalte ich."

Der Fahrstuhl stoppte und hielt sie davon ab, noch mehr zu sagen. Die Türen glitten auf.

„Geht es allen gut?" Ein älterer Mann mit graumelierten, kurz geschorenen Haaren und Anzug stand in der Tür. „Mein Name ist Burke Richards, Hotelsicherheit."

„Uns gehts gut." Matteo drückte eine Hand auf Gabbis unteren Rücken.

„Waren Sie während der Schießerei im Lafayette?", fragte Richards.

Matteo nickte.

„Die Polizei wird einige Fragen an Sie haben. Sie müssen eine Aussage machen."

Die nächste Stunde verging wie im Flug, während sie beide ihre Aussagen bei der Polizei machten.

Matteo wusste, dass Gabbi keine Informationen preisgeben würde, die er selbst nicht preisgeben wollte. Immer wieder blickte er in ihre Richtung.

Dann endlich standen sie zusammen vor dem Hotel, während der Valet in Gabbis weißem Tesla vorfuhr.

„Tja." Sie schaute zu Matteo auf. „Pass auf dich auf."

„Werde ich, *Cara*." Er konnte nicht anders, als den Kopf zu senken und ihr einen zarten Kuss auf die Wange zu drücken.

Er wollte mehr. Er wollte das flammende Verlangen entfesseln, das in ihm loderte.

Er wollte die Leidenschaft auskosten, von der sie ihm gerade eine winzige Kostprobe gezeigt hatte.

Aber er hatte einen Job zu erledigen, und eine Frau wie Gabbi – strahlend und süß – war nichts für einen Mann wie ihm, einem Mann mit einer düsteren Vergangenheit.

„Machs gut, Gabriella."

„Machs gut, Matteo."

Sie stieg in ihren Tesla, während Matteo auf den Eingangsstufen des Hotels stehen blieb und ihr hinterhersah, noch lange, nachdem die Rücklichter ihres Autos in der Nacht verschwunden waren.

KAPITEL VIER

Mit einem harschen Ausatmen schob Matteo die Bettdecke von seinem Körper und setzte sich auf. Er konnte nicht schlafen.

Sein ganzer Körper war angespannt, und ihm war heiß.

Er stand auf, nackt, und durchquerte sein Hotelzimmer im Ritz-Carlton Georgetown. Er schlief immer nackt, wenn er allein und an einem sicheren Ort war.

Am Fenster stehend starrte er hinaus auf den Potomac River. Das Ritz-Carlton befand sich in einem alten, renovierten Industriegebäude am Flussufer. Noch immer wies das Gebäude einen über vierzig Meter hohen Industrieschornstein auf, der als Blickfang in der Lobby diente. Matteos Zimmer war luxuriös, und er wusste, dass Hex das Hotel ausgesucht haben musste, weil alle Zimmer mit kugelsicheren Fensterscheiben ausgestattet waren, um Diplomaten als Gäste anzulocken.

Sein Blick wanderte über das dunkle Wasser des Flusses und zu den Lichtern der Stadt, die es umgaben.

Aber seine Gedanken verweilten bei diesen großen, blau-grauen Augen.

Er schritt umher, denn sein Körper verlangte nach Bewegung, nicht nach Schlaf. Er schnaubte, da er wusste, dass er niemandem etwas vormachen konnte, vor allem nicht sich selbst.

Sein Körper verlangte nach Sex.

Er wollte Gabbi.

Matteo presste eine Hand gegen die Fensterscheibe. Er sollte sie nicht wollen. Jemand wie Gabbi war nicht für einen Mann wie ihn bestimmt.

Normalerweise fühlte er sich zum Schönen, Erfahrenen, Vorübergehenden hingezogen.

Gabbi war Ersteres, auf ihre eigene, zurückhaltende Art, aber nicht Zweites oder Drittes.

Er erinnerte sich an ihre heiseren Schreie, die Art und Weise, wie sich ihre Pussy um seine Finger zusammengezogen hatte. Er knurrte in der Dunkelheit. Noch immer konnte er den schweren, süßen Duft ihrer Erregung riechen.

Nicht für dich, Mancini.

Aber er konnte nicht aufhören, sie sich vorzustellen. Wenn sie hier wäre, würde das Mondlicht ihre Haut wie Silber schimmern lassen. Sie würde ihn mit einem leisen Staunen in den Augen ansehen.

Er stellte sich vor, wie sie sich auf seinem Bett ausstreckte. Lustig, in seiner Fantasie war es nicht dieses Hotelbett, sondern das Bett in seiner Wohnung im Sentinel-Security-Lagerhaus in New York City.

Wohin er niemals eine Frau mitnahm.

Aber Gabbi wollte er dort haben. Wollte ihren Duft

auf seinen Laken riechen, ihre Haare auf seinen Kissen ausgebreitet sehen, ihren Körper unter seinem spüren.

Mit einem Stöhnen hob er die Hand und schloss die Finger um seinen Schwanz. Die erste Bewegung war langsam, aber als er sich vorstellte, wie Gabbi ihm zusah, wurde er schneller.

Ein leises, raues Geräusch drang über seine Lippen. Sie würde ihm zuschauen, voller Faszination, würde sich an ihrem Platz winden, ihre Augen auf seinen Schwanz geheftet.

Matteo stieß einen scharfen Atemzug aus. Er bewegte sich schneller, fickte seine eigene Faust, drückte sie fester zusammen.

Nicht aufhören, Matteo. Ich will dabei zusehen, wie du kommst.

Bei diesen eingebildeten, gewisperten Worten kam er. Sein Körper spannte sich an, und fluchend griff er nach seinem alten Hemd, das über einem Stuhl neben ihm hing.

Er erhaschte den schwachen Geruch von Gabbis Parfüm darauf.

„*Fuck.*" Seine Erlösung sickerte in den Stoff des Hemds.

Heiße, feurige Lust rauschte durch ihn hindurch.

Wieder fluchte er, und seine Beine fühlten sich schwach an. Er schaffte es zum Bett und ließ sein schmutziges Hemd auf den Boden fallen.

Wenn Gabriella doch nur hier wäre …

Schockierenderweise wurde sein Schwanz schon wieder hart. Was hatte sie nur mit ihm angestellt?

In diesem Moment klingelte sein Handy auf dem Nachttisch. Es war der Klingelton für Hex.

Augenblicklich spannte Matteo sich an.

Zu dieser Nachtzeit konnte das nichts Gutes bedeuten.

Er drückte das Handy an sein Ohr. „Hex?"

„Okay, also, ich habe nicht gerade gute Neuigkeiten", sagte sie.

So viel hatte er sich schon gedacht. „Ich höre."

„Matteo", erklang eine andere, tiefere Stimme durch die Leitung.

Sie gehörte seinem Boss Killian *Steel* Hawke. Matteo hatte höllischen Respekt vor diesem Mann. Killian besaß ein stahlhartes Empfinden für Richtig und Falsch, handhabe die Dinge allerdings auf seine eigene Weise. Ein Mann, der sowohl Regeln als auch Grauzonen navigieren konnte.

Ein Mann, der wie Matteo die Finsternis nur zu gut kannte.

„Killian, bist du in New Orleans?", fragte Matteo.

„Ja. Hex hat mich angerufen und mich informiert. Ich hatte gesagt, du sollst keinen Ärger machen, erinnerst du dich? Das sollte eigentlich ein einfacher Job sein, der an einem Tag erledigt ist."

Matteo lachte finster auf. „Ist nicht meine Schuld. Ich habe ganz in Ruhe mein Glas Valpolicella getrunken, als der Ärger mich gefunden hat."

„Ich konnte zwei der Angreifer identifizieren."

Hex' Tonfall ließ die Härchen in seinem Nacken zu Berge stehen.

„Vito Bruno und Roberto Moretti. Beides italienische Staatsbürger."

Matteo sprang auf die Füße. „Ich kenne diese Namen nicht. Sagen mir nichts."

„Ich vermute, sie sind mit gefälschten Pässen unterwegs", fügte Hex hinzu.

„Könnten sie Mafia sein?", fragte Killian.

„Möglich." Matteo stieß geräuschvoll den Atem aus. „Ich habe mir jede Menge Feinde gemacht."

Aber zu wem gehörten diese beiden? Zu welcher der vielen brutalen, blutrünstigen Gruppierungen?

Matteo hatte diverse Mafiasyndikate infiltriert und zu Fall gebracht. Es war ein harter, blutiger, seelenzerstörender Job gewesen. Ein Job, den er nicht bereute und an dem er nie gezweifelt hatte.

Die meisten der Mafiagruppierungen in Italien waren in Schmuggel, Drogen- und Waffenhandel, Geldwäsche und Erpressungen verwickelt.

Eine von ihnen musste für diesen Angriff verantwortlich sein.

Alte Bilder blitzten in seiner Erinnerung auf wie Polaroids. Die vielen Autobomben, Raubüberfälle, brutalen Schlägereien und die Leichen, die er in seiner Zeit bei der DIA gesehen hatte.

Aber die meisten der Gruppierungen, die er auseinandergenommen hatte, befanden sich mittlerweile im Clinch. Interne Streitigkeiten hatten dazu geführt, dass die Polizei den Großteil ihrer kriminellen Operationen zum Erliegen gebracht hatte.

Davon allerdings abgesehen, besaßen die meisten Italiener einen extrem ausgeprägten Sinn für Rachsucht.

„Jemand ist auf der Jagd nach dir", sagte Killian.

„Ich kenne diesen Bruno und diesen Moretti nicht. Könnte sonst wer sein."

„Jemand, der es auf Rache abgesehen hat."

„Ist sehr wahrscheinlich."

„Okay, ich werde tiefer graben", sagte Hex. „Kannst du deine Kontakte anzapfen?"

„Ja. Ich spreche mit meinen Leuten bei der DIA und bei Interpol."

„Wenn dir irgendwelche bestimmten Mafiagruppierungen einfallen, die hinter diesem Angriff stecken könnten, schick mir alle Informationen."

„Mache ich, Hex", sagte Matteo. „Danke, *Bella*."

„Ich kümmere mich drum, Hades. Zum Glück kann dich heute Nacht niemand finden, und ich werde morgen früh selbst mit dem Jet hochkommen."

„Ich werde es nicht durchgehen lassen, dass meine eigenen Leute bedroht werden", klang Killians Stimme eiskalt durch die Leitung.

Matteo atmete tief durch. Das Team von Sentinel Security, seine Freunde, würde ihm den Rücken freihalten.

Sie waren zu seiner Familie geworden, da seine eigene Familie nicht länger eine Option war. Der Großteil seiner Verwandten in Italien würde niemals alles stehen und liegen lassen, um ihm zu helfen.

„Moment", sagte Hex. „Ich habe gerade einen Standort reinbekommen."

Matteos Finger zogen sich um das Handy zusammen.

„Eine Verkehrskamera hat Vito Bruno in einem schwarzen Suburban erfasst."

„Wo?", drängte Matteo.

„Georgetown."

Killian fluchte. „Haben sie Matteos Aufenthaltsort herausgefunden?"

„Nein. Sieht aus, als ob sie in die entgegengesetzte Richtung des Ritz-Carltons unterwegs wären und in ein Wohngebiet fahren."

Matteo runzelte die Stirn, drehte sich um und starrte aus dem Fenster.

„Vielleicht wohnen sie irgendwo in der Nähe?", schlug Hex vor. „Könnte auch nur ein Zufall sein."

Matteos Magen zog sich zusammen. Er glaubte nicht an Zufälle. „Hex, du musst eine Adresse für mich rausfinden."

„Okay", erwiderte sie.

„Für eine CIA-Analytikerin. Gabriella Hansley."

„War sie dein Kontakt heute Abend?", fragte Killian.

„Genau." Wenn diese Gangster Matteo nicht finden konnten, würden sie vielleicht skrupellos genug sein, Jagd auf Gabbi zu machen.

„Sie lebt in Georgetown", informierte Hex ihn. „Besitzt dort ein Townhouse." Hex ratterte die Adresse hinunter. „O fuck. Es liegt genau in der Richtung, in die diese Typen unterwegs sind."

Matteo spannte den Kiefer an. Er sprintete zu seiner Reisetasche und zog sich an.

„Hades", sagte Killian. „Ruf die Polizei an."

„Die braucht zu lange. Es ist meine Schuld, dass sie ins Fadenkreuz geraten ist." Er zog seine SIG und die Ersatz-Glock hervor und stopfte sie in seinen Hosenbund.

„Ich muss zu ihr." Er schlüpfte in seine Lederjacke.

„Es sind fünf Angreifer, und du bist allein", warnte ihn Killian skeptisch.

„Sie haben es auf eine unschuldige Frau abgesehen. Wenn diese Typen von der Mafia sind, werden sie nicht behutsam mit ihr umgehen."

Die Vorstellung, dass Gabbi verletzt werden könnte, misshandelt werden könnte, dass man ihr die Kehle aufschlitzen könnte …

Nein.

Sein ganzer Körper rebellierte.

Er würde nicht zulassen, dass sie ihr etwas antaten.

Matteo sprintete aus seinem Hotelzimmer.

Er musste unbedingt rechtzeitig bei ihr sein.

———

ZUM DREISSIGSTEN MAL in dieser Nacht rollte Gabbi sich von einer Seite auf die andere. Knüllte ihr Kissen unter ihrem Kopf zusammen, seufzte, betrachtete die flackernden Lichter, die durch das Fenster hereinfielen und über die Decke tanzten.

Einzuschlafen war schier unmöglich.

Sie strampelte die Decke von ihren Beinen und spürte ein Ziehen zwischen ihren Schenkeln.

Da, wo Matteo sie berührt hatte.

Sie presste die Oberschenkel zusammen und schloss die Augen.

Sie musste aufhören, an ihn zu denken.

Ihre Hand fuhr über ihr weißes, seidiges Nachthemd – ihre heimliche Schwäche. Sie liebte es, Geld für hübsche Nachthemden und Dessous auszugeben. Ihre Begegnung mit Matteo und die Schießerei hatten irgendetwas in ihr entflammt.

Sie wollte spüren.

Sie wollte das Leben erfahren, nicht nur in Sicherheit auf der Ersatzbank sitzen.

Gabbi war selbstkritisch genug, um zu wissen, welche Auswirkung ihre Familie auf sie gehabt hatte. Sie schniefte. *Schluss damit!* Die Ereignisse dieses Abends hatten etwas in ihr entzündet. Ab jetzt würde sie leben.

Sie wollte Erfahrungen sammeln.

Matteo hatte gekonnt bewiesen, dass sie verdammt wohl mit einem anderen Menschen zusammen zum Höhepunkt kommen konnte. In ihrem Bauch verspürte sie ein aufgeregtes Flattern. Davon wollte sie mehr. Wenn sie jetzt allerdings versuchte, sich einen Mann in ihrem Bett vorzustellen, war es Matteo.

Ihre Hand wanderte zu ihrem Hals, an die empfindliche Stelle, an der er sie gebissen hatte. Sie schauderte.

„Du kennst ihn kaum", wisperte sie.

Und sie würde sich nicht gestatten, nach Informationen über ihn zu suchen.

„Er ist nicht für dich bestimmt, Gab." Sie seufzte. Dieser Gedanke stimmte sie traurig.

Nie im Leben würde sie schlafen können. Vielleicht könnte sie sich einen Kamillentee machen.

Sie setzte sich auf und schob sich die Haare hinter die Ohren. Leise durchquerte sie ihr Schlafzimmer. Der Geruch von Lilien hing in der Luft. Tags zuvor hatte sie einen Strauß gekauft. Sie liebte Lilien.

Sie tapste durch den Flur zur Treppe.

Das leise Klimpern von splitterndem Glas ließ sie abrupt innehalten.

Ihr Herz machte einen Sprung. *Was war das?*

Lautlos schlich sie den Flur hinunter. Am Treppenabsatz blieb sie stehen und spähte nach unten.

Ein leises Murmeln drang an ihr Ohr, dann sah sie einen Lichtstrahl, der sich durch ihren Wohnbereich bewegte.

Der Atem blieb ihr im Hals stecken.

Jemand war in ihrem Haus.

Sie zog sich außer Sichtweite zurück, blieb aber mit rasenden Gedanken an der Treppe stehen.

Ihr Handy hing im Erdgeschoss am Ladekabel. Sie konnte nicht einmal Hilfe rufen.

Gabbi hörte das Murmeln tiefer Stimmen. Waren das Diebe? Sie atmete tief ein, dann wurde ihr plötzlich etwas bewusst.

Sie sprachen Italienisch.

Eilig lief sie zurück in ihr Schlafzimmer. Sie spürte, wie ihr das Herz bis zum Hals schlug. Sie könnte sich verstecken, aber wenn das dieselben Typen waren wie im Restaurant, dann vermutete sie, dass sie gründlich und gnadenlos vorgehen würden.

Gabbi drückte sich mit dem Rücken gegen die Wand. *Gott. Denk nach, Gabbi.*

Dann hörte sie, wie die Dielen vor ihrem Schlafzimmer knarzten.

Ihr stockte das Blut in den Adern. Sie hetzte ins Badezimmer. Sie brauchte eine Waffe. Es war so dunkel, dass sie kaum etwas sehen konnte.

Sie machte die Umrisse ihres Föhns aus und

schnappte ihn sich.

Beherzt bewegte sie sich zur Badezimmertür und spähte hinaus.

Ein großer Schatten schlich durch ihr Schlafzimmer. Sie sah, wie der Mann an ihrem Bett stehenblieb, bemerkte, dass es leer war, und erstarrte.

Angst breitete sich in ihr aus. Der Kerl hatte kein Problem damit gehabt, in einem gut besuchten Restaurant Schüsse abzufeuern.

Er würde auch kein Problem damit haben, sie umzubringen.

Nachdem er bekommen hatte, was er wollte.

Der Mann öffnete ihren Kleiderschrank und durchwühlte ihre Sachen. Dann drehte er sich zum Badezimmer um.

Jetzt oder nie, Gabbi.

Sie hob den Föhn, stürzte hinaus und zog dem Mann mit aller Kraft eins über.

Das Plastik splitterte, und der Kerl grunzte.

Doch im nächsten Moment schnellte er vor und erwischte mit seiner Hand den Stoff ihres Nachthemds.

O Scheiße.

Panik pulsierte in ihren Adern, zusammen mit einer Flut Adrenalin. Blind tastete sie hinter sich, und ihre Finger schlossen sich um die Glasvase mit den Lilien.

Sie riss sie hoch und warf sie nach ihrem Angreifer.

Wasser spritzte, und das Glas machte ein dumpfes Geräusch, als es ihn erwischte. Er stieß einen abscheulichen Fluch aus.

Gabbi stach mit den Fingern nach seinen Augen. Er schlug ihre Hand fort. Gabbi versuchte, ihn zu treten,

aber stattdessen schaffte sie es nur, sie beide ins Strau-
cheln zu bringen.

Ihr Angreifer stürzte zu Boden, und sie fiel mit ihm.

Sie hörte das ekelhafte Geräusch, als sein Hinterkopf
gegen die Ecke ihres hübschen, hölzernen Nachttisches
knallte.

Er sackte zu Boden, und mit einem *Uff* landete sie
auf ihm.

Erstarrt blieb sie für ein paar Sekunden so liegen, die
Hände gegen seine fleischige Brust gepresst.

Dann wurde ihr klar, dass er sich nicht mehr
bewegte.

Gott, war er tot? Sie rappelte sich auf, während ihr
Herz so heftig in ihrer Brust hämmerte, dass ihre Rippen
schmerzten.

Geräusche drangen von weiter unten im Haus zu ihr
hinauf.

„Vito?" Hastige Schritte.

Augenblicklich wurde Gabbi aktiv, rannte zu ihrer
Schlafzimmertür und schloss sie ab. Dann schob sie ihren
Sessel davor.

Er würde einem ausgewachsenen Mann nicht lange
Widerstand leisten können.

Jemand rief auf Italienisch: „Vito? Wo bist du?"

„Er muss sie gefunden haben", erwiderte eine andere
Stimme.

Ein harsches Lachen erklang. „Wir könnten ein bisschen Spaß mit ihr haben, oder? Sie zwingen, uns von
Agente Figlio di puttana zu erzählen."

Agent Hurensohn. *Matteo.* Sie waren hinter
Matteo her.

Gabbi drehte sich um und warf einen Blick auf den Körper auf dem Boden.

Wenn das Italiener waren, dann mussten sie von der Mafia sein.

Sie würden sie nicht am Leben lassen.

Gabbi musste hier verschwinden.

Sofort.

Sie stürzte ans Fenster. Es war der einzige andere Weg aus ihrem Schlafzimmer. Gerade, als sie das Fenster öffnete, klapperte die Tür hinter ihr.

Ihr Herz hatte sich mittlerweile in einen wilden Presslufthammer verwandelt.

Sie hörte Rufe. Ein lautes Hämmern an der Tür.

Sie musste hier weg. Gabbi kletterte auf die Fensterbank.

Scheiße. Es war ein weiter Weg bis hinunter in ihren winzigen, schattigen Garten.

Aber sie brauchte nichts weiter zu tun, als zu springen und bei der Landung die Knie tief zu beugen. Sie wusste mit Sicherheit, dass Devyn schon aus höheren Gebäuden gesprungen war.

Ihre Freundin hätte keine Angst.

Gabbi schwang die Beine über den Fensterrahmen und krallte sich an der Fensterbank fest.

Hinter ihr stöhnte der Mann auf dem Boden auf, und wieder klapperte die Tür unter schweren Schlägen.

Sie dachte an Matteos sexy Lächeln. Daran, wie er ihr gesagt hatte, dass ihm ihr Mut während des Angriffes gefallen hatte.

Los. Sie stieß sich vom Fensterrahmen ab.

Zwei hektische Herzschläge später landeten ihre

nackten Füße mit einem dumpfen Geräusch auf dem kalten Gras. Sie ging in die Knie und überschlug sich unkontrolliert.

Nicht gerade elegant. *Mist.* Für eine Sekunde war sie wie betäubt und lag einfach nur da, während ihr der Geruch des Grases in die Nase stieg.

Zusammen mit der kalten Nachtluft.

Dann rappelte sie sich auf. Sie musste hier verschwinden, musste jemanden anrufen …

Eine Taschenlampe schnitt durch die Dunkelheit des Gartens. Sie hörte einen Mann auf Italienisch fluchen.

Der Lichtkegel landete direkt auf ihrem Gesicht.

„*Lei è qui!*", brüllte der Mann. Er stürzte auf sie zu.

Gabbi rannte los, auf das Gartentor neben ihrem Haus zu. Sie musste weg hier.

Von hinten schlang sich der Arm des Mannes um ihren Hals und riss sie von den Füßen.

Sie würgte, trat um sich, kratzte nach ihm. Ihr Angreifer drückte seinen Arm fester um ihren Hals.

Sie … bekam keine Luft mehr.

Gabbi wand sich hin und her, aber ihre Bewegungen wurden langsamer. Sie schlug die Fingernägel in seinen kräftigen Arm. Im schummrigen Licht starrte sie auf das Tattoo auf seiner Haut. Eine Schlange.

Dann, urplötzlich, war er verschwunden.

Sie fiel auf die Knie, wobei sie keuchend einatmete.

Sie hörte Kampfgeräusche und den Schlag einer Faust, die gegen einen Körper krachte.

Als sie sich herumdrehte, sah sie einen großen, schlanken Schatten, der Schläge auf die gedrungene Gestalt des Angreifers hageln ließ. Noch ein Hieb, und ihr Angreifer knallte Gesicht voran auf ihren gepflasterten Gartenweg.

Er stand nicht wieder auf.

Gabbi erstarrte, als ihr Retter einen Schritt auf sie zukam und ins Mondlicht trat.

Sein attraktives Gesicht sah in den Schatten kantiger aus, bedrohlicher.

Alle Luft rauschte aus ihren Lungen. „*Matteo.*"

Er streckte die Hände nach ihr aus, und ohne nachzudenken, sprang Gabbi auf und warf sich ihm entgegen.

Seine Arme schlangen sich um sie. „Es ist okay. Ich bin da, *Cara.*"

Gabbi klammerte sich an ihn und sog seine Stärke ein.

Dann löste er sich von ihr, seine Augen dunkel wie die Nacht. „Wir müssen von hier verschwinden."

KAPITEL FÜNF

G ott sei Dank war sie in Sicherheit.

Es fiel Matteo schwer, sich von Gabbi loszureißen. Ihre Haare waren offen, fielen über ihre Schultern und schimmerten silbern im Mondlicht.

Er wollte mit den Händen über ihren Körper fahren und sich vergewissern, dass sie unverletzt war.

Aber Rufe aus dem Innern des eleganten Sandsteinhauses hielten ihn davon ab. Er musste sie in Sicherheit bringen.

„Komm." Matteo griff nach ihrer Hand und zog sie hinter sich her. Er eilte auf das Gartentor zu und zog es lautlos auf.

Sekunden später standen sie auf dem Gehweg.

Er joggte los, hielt sich aber an ein Tempo, von dem er wusste, dass Gabbi mithalten konnte.

Verdammt, sie hatte keine Schuhe an und trug nur ein hauchdünnes, weißes Nachthemd.

Er sah, wie ein Schauder sie durchfuhr.

Merda. Es war kalt. Sie musste am Erfrieren sein.

Bring sie zuerst in Sicherheit, Mancini.

Sein Auto parkte direkt die Straße hinunter. Sie mussten nur ...

Weitere Rufe hinter ihnen. Das Geräusch von Schüssen, die durch die Nacht hallten.

Cazzo. Schnell schätzte Matteo die Lage ein. Er wollte nicht, dass diese Arschlöcher sein Auto sahen.

Hinter ihnen waren schnelle Schritte zu hören.

Fuck.

„Hier." Er griff nach Gabbis schmaler Taille, hob sie über den niedrigen Gartenzaun des Hauses neben ihnen und setzte sie in einem winzigen Beet im Vorgarten ab. Darin gab es ein paar Büsche, in denen sie sich verstecken konnten, und er sprang ebenfalls über den Zaun und zerrte Gabbi mit sich in die Sträucher.

Verdammt, konnte man ihr weißes Nachthemd in der Dunkelheit sehen? Wieder schauderte sie.

Er zog sie eng an sich und schlang seinen Arm um sie. Gabbi presste ihr Gesicht an seinen Hals und glitt mit ihrem Arm unter seine Jacke.

Matteo zuckte zusammen. Er spürte ihren warmen Atem auf seiner Haut. Diese kleine Empfindung schoss durch seinen ganzen Körper wie ein Stromschlag.

Er mochte Frauen, liebte Sex und hatte einige sehr kreative Schlafzimmererlebnisse gehabt. Er wusste, was er mochte, und hatte eine Menge sehr erfahrener Liebhaberinnen genossen.

Aber aus irgendeinem Grund fühlte sich diese kleine Berührung, das federleichte Streifen ihrer Lippen über seinen Hals, unglaublich intim an.

In diesem Moment hörte er Schritte ganz in ihrer Nähe.

Innerlich verfluchte sich Matteo. Sie befanden sich in einer lebensgefährlichen Situation, in der gewalttätige Gangster hinter ihnen her waren, und er dachte mit seinem Schwanz.

„Matteo." Ein beinahe lautloses Wispern. „Sie sind hinter dir her. Sie wollten Informationen über dich."

Sein Arm schlang sich noch fester um sie. Das hatte er sich bereits gedacht. Sie war in diesen Mist mit hineingezogen worden, weil sie einem Kollegen einen kleinen Gefallen getan hatte, und Matteos Vergangenheit hatte sofort zugeschlagen. Er würde sicherstellen, dass sie aus dieser Sache herauskam, ohne dass ihr auch nur ein Haar gekrümmt wurde.

„Ist okay", murmelte er. „Ich werde uns hier rausbringen. Vertraust du mir?"

Es war gerade hell genug, dass er ihr Nicken erkennen konnte.

Dann bewegte sich ein Schatten vor das Licht der Straßenlaterne. Einer der Angreifer hatte auf dem Gehweg vor dem Garten angehalten und blickte sich suchend um.

Matteo drückte Gabbi an sich, dann ließ er sie los. Er musste beide Hände frei haben, für den Fall, dass er kämpfen musste. Der Kerl kam näher, runzelte die Stirn und ließ seinen Blick über ihr Versteck wandern.

Dann kam er noch näher. Scheiße, konnte er Gabbis weißes Nachthemd sehen?

Matteo holte tief Luft und ging, ohne zu zögern, zum Angriff über.

Er stürzte durch die Büsche und rammte dem Kerl seine Faust ins Gesicht. Ein weiterer Hieb mit dem Ellenbogen traf die Nase des Mannes und ließ ihn benommen zurück. Matteo zerrte ihn kraftvoll über den Zaun.

Sie krachten in ein Beet, in dem sie die kostbaren Pflanzen eines Nachbarn zerpflügten.

Matteo wusste schon seit langer Zeit von sich selbst, dass er hart und schmutzig kämpfte, sobald er sich auf einen Kampf einließ.

Er landete mehrere brutale Schläge. Der Angreifer stieß ein gurgelndes Geräusch aus.

„Matteo, pass auf! Seine Hand!", wisperte Gabbi panisch.

Matteo hechtete zur Seite und sah, wie der Mann eine Pistole zog.

Mit zusammengebissenen Zähnen ließ er seine Faust in den Arm des Mannes krachen.

„Wir werden unseren Spaß mit deiner kleinen Tussi haben, *Stronzo*", spuckte der Mann auf Italienisch aus. „Wir werden sie zum Schreien bringen. Wenn wir mit ihr fertig sind, wird sie nicht mehr so hübsch sein."

Blinde Wut rauschte durch Matteos Adern, ange-feuert von dem ungezähmten Drang, Gabbi zu beschüt-zen. Er riss dem Mann die Pistole aus der Hand, dann packte er seinen Hals und würgte ihn.

Der Kerl gab erstickte Laute von sich, wobei ihm seine Augen aus dem Schädel traten. Er wehrte sich, und Matteo musste alle Kraft aufwenden, um ihn festzuhal-ten. Endlich sackte der Mann schwer zu Boden, und Matteo stieß ihn in die Büsche.

„O Gott."

Matteo drehte sich um. Gabbi hockte zitternd und mit kreidebleichem Gesicht da. Sie starrte den bewusstlosen Mann an.

Fuck.

Sie hatte gerade dabei zugesehen, wie er einen Mann halbtot gewürgt hatte. Sie musste völlig verstört und entsetzt sein. „Gabbi ..."

Sie sah zu ihm auf und schluckte. Er sah gerade noch, wie sie die Schultern straffte. „Wir sollten von hier verschwinden."

Er blinzelte. „Ja, sollten wir."

Mit einem Nicken stand sie auf und griff nach seiner Hand.

Seine Finger drückten ihre.

Er musste sie beschützen und an einen sicheren Ort bringen. In diesem Moment war das alles, was ihm wichtig war.

Matteo hob Gabbi über den Zaun und zog sie hinter sich her zu dem schwarzen 4er-BMW, den er gemietet hatte.

Gerade hatte er ihr die Beifahrertür aufgezogen, als er Rufe die Straße hinaufhallen hörte.

Verdammt. Er schob Gabbi auf den Sitz, sprintete um das Auto herum zur Fahrerseite, sprang hinein und startete den Motor, der brüllend zum Leben erwachte. Ohne zu zögern, raste er die Straße hinunter.

Hinter ihnen knallten Schüsse.

Gabbi schnappte nach Luft und duckte sich tief in ihren Sitz. Matteo beschleunigte in eine Kurve.

Er fluchte.

„Sie können uns jetzt nicht mehr erwischen", sagte Gabbi.

„Nein, aber es besteht die Chance, dass sie das Nummernschild gesehen haben." Was bedeutete, dass sie sein Alias bis ins Ritz-Carlton zurückverfolgen könnten.

Der Jet der Firma würde erst am Morgen hier sein, um ihn abzuholen. Sie mussten irgendwohin, wo es sicher war.

„Wir müssen zur Polizei", sagte Gabbi.

Matteo knirschte mit den Zähnen. „Ich bezweifle, dass die uns helfen kann. Diese Männer werden nicht einfach aufzuspüren sein."

Sie sah ihn an. „Du willst dich selbst darum kümmern."

„Es ist schließlich auch mein Problem."

Ein Handy klingelte, und Gabbis Augen wurden groß. „Das ist mein Klingelton."

Er zog ihr Handy hervor. „Ich habe es mir geschnappt, als ich in deinem Haus war. Dann habe ich gesehen, wie du aus dem Fenster gesprungen bist, und bin nach draußen gerannt."

Sie nahm ihm das Handy ab und runzelte die Augenbrauen. „Das ist mein Bruder. Er weiß es eigentlich besser, als mich mitten in der Nacht anzurufen, es sei denn, es ist ein Notfall." Sie zögerte. „Oder er ist high und hat vergessen, dass es ein Notfall sein muss."

Matteo verspürte einen Anflug des Mitgefühls. Familie rief immer komplizierte Emotionen hervor.

Sie drückte auf den Lautsprecherknopf. „Casey."

„Gaby. O fuck, Gabs."

Der Mann klang panisch, völlig verängstigt.

Gabbi erstarrte. „Was ist los?"

„Da sind diese Typen. Sie haben mich mitten auf der Straße attackiert. Sie ... sie wollen mit dir sprechen." Keuchendes Atmen. „Sie haben gesagt, wenn du nicht kommst, bringen sie mich um."

Sie drückte eine Hand auf ihre Brust. „Was für Typen?"

„Italiener."

Cazzo.

Ihr Bruder ratterte eine Adresse herunter. „Beeil dich, Gabbi. Fuck, bitte. Ich weiß, ich bin eine absolute Nervensäge, aber ich will nicht sterben."

Auf einmal war die Leitung tot.

Bebend atmete Gabbi ein. „Ich –"

„Gib die Adresse ins Navi ein", sagte Matteo.

„Danke."

Kurz darauf waren sie auf dem Weg nach Columbia Heights.

„Das ist nicht die sicherste Gegend", murmelte sie. „Es wird besser, aber die Kriminalitätsrate ist noch immer hoch." Sie strich mit den Händen über ihr Nachthemd.

Scheiße, sie musste frieren. Matteo drehte die Heizung hoch, und sobald sie angekommen waren, würde er ihr seine Jacke geben.

Sie passierten eine Metrostation, dann diverse, riesige Wohnhäuser.

„Hier", sagte sie.

Matteo hielt am Straßenrand, und Gabbi nickte in Richtung einer Gasse.

Matteo runzelte die Stirn und spürte, wie sich sein Kiefer verspannte. Das gefiel ihm ganz und gar nicht.

Mehrere Straßenlaternen waren defekt, und es war viel zu dunkel. „Ich will, dass du im Auto bleibst."

Gabbi schüttelte den Kopf. „Geht nicht. Sie wollen mit mir sprechen."

„Um an mich heranzukommen."

„Das ist nicht deine Schuld, Matteo." Sie drückte ihre Autotür auf. „Er ist mein Bruder. Ich mag ihn nicht besonders, aber ich kann ihn nicht einfach sterben lassen."

Matteo kontrollierte seine Waffen, dann stieg er aus dem Wagen. Er schüttelte seine Jacke ab und hielt sie Gabbi hin. Er konnte sehen, wie sie zitterte.

„Danke." Mit einem verhaltenen Lächeln zog sie die Jacke um ihre Schultern.

Sie gingen auf die Gasse zu, und Matteo hob seine Pistole. Nie im Leben würde er Gabbi allein hier hinein- spazieren lassen.

Farbenfrohe Kunstwerke waren an einer Seite der Gasse an die Mauer gesprüht worden, ein vergeblicher Versuch, diesen erbärmlichen Ort aufzuhellen. Ihre Schritte waren leise, und Matteo hasste es, dass Gabbi mit nackten Füßen über diesen kalten, verdreckten Untergrund gehen musste.

„Gabbi?", rief eine Männerstimme.

Matteo straffte sich und sah, wie ein Mann aus der Dunkelheit gestolpert kam. Der große Schatten eines anderen Mannes ging direkt hinter ihm her, eingehüllt in Dunkelheit.

Die Augen des kleineren der beiden hefteten sich auf Gabbi. Ihr Bruder sah ihr überhaupt nicht ähnlich. Er war nicht besonders groß, und sein Körper war mehr als dünn. Er hatte schütteres, braunes Haar, ein fahles Gesicht und Augen, die braun aussahen, aber in der Dunkelheit war es schwer zu sagen.

„Casey, alles klar?", fragte Gabbi.

Ihr Bruder schluckte und nickte.

„Sì, er hat sich anständig benommen." Der Mann hinter ihm trat vor und ließ eine Hand auf Caseys Schulter fallen.

Es war der tätowierte Typ aus dem Restaurant. Roberto Moretti.

„*Grazie, Signor* Hansley. Sie haben wie versprochen Ihre Schwester und ihren Begleiter hierhergebracht. Ihre Schuld ist beglichen."

Jeder Muskel in Matteos Körper spannte sich an, als er sah, wie Moretti seine Waffe auf Gabbi richtete.

GABBI BLINZELTE UND SPÜRTE, wie sich eine Eiseskälte in ihrer Brust ausbreitete, als sie versuchte, zu begreifen, was zur Hölle hier vor sich ging.

„Casey ...?"

„Ich habe ein paar Typen Geld geschuldet." Ihr Bruder wischte sich mit dem Handrücken über den Mund, während sein Blick überallhin wanderte, nur nicht zu ihr.

„Du hast mich reingelegt." O Gott, sie lernte es einfach nie. Trotzdem, sie hätte nie erwartet, dass ihr eigener *Bruder* sie verraten würde, um seine Haut zu retten. „Du Arschloch!"

„Verschwinde!", brüllte ihn der tätowierte Mann an.

Casey rannte strauchelnd los. Er bog aus der Gasse, ohne sich noch einmal umzuschauen.

Er hatte sie diesen Ganoven skrupellos ausgeliefert.

„Moretti, oder wie zur Hölle Sie tatsächlich heißen mögen, das wird nicht gut für Sie enden", drohte Matteo finster.

Moretti lachte nur. „Es wird sehr gut enden, *Stronzo*. Du wirst sterben, und dadurch werden so viele Menschen gerächt werden."

„Welches Mafiaarschloch hält hier die Fäden in der Hand?"

Der Mann antwortete nicht. „Leg deine Waffe auf den Boden, Mancini, oder ich jage ihr eine Kugel in den Schädel."

Gott. Gabbi versuchte, ruhig zu bleiben. Wie zur Hölle konnten sie nur aus dieser Sache rauskommen? Jetzt war es ihre Schuld, dass sie Matteo hierher mitgeschleift hatte, in diese Falle, in die ihr Bruder sie gelockt hatte.

Zu ihrem Entsetzen beugte Matteo sich plötzlich vor und legte seine Pistole auf den Boden.

„Matteo, nein!", rief sie.

Mit einem bösartigen Lächeln richtete Tattoo-Man seine Waffe nun auf Matteo.

Auf einmal schien sich alles im Schnelldurchlauf abzuspielen. Matteo zog seine zweite Pistole aus dem Hosenbund, riss sie hoch und warf sich vor Gabbi.

Schüsse hallten durch die Gasse, ohrenbetäubend laut.

Gabbi stürzte hart auf den Boden und riss sich die Haut ihrer Hände und Knie auf. Gerade noch rechtzeitig schaute sie auf, um zu sehen, wie die Pistole von Tattoo-Man aus seiner Hand fiel, eine Sekunde, bevor sein Körper zu Boden krachte. Er drückte sich eine Hand auf seine blutende Schulter.

Matteo bewegte sich auf den Mann zu. Er sah aus wie ein finsterer Racheengel. Sein Mund war zu einer harten, schmalen Linie zusammengepresst, als er die Waffe des Mannes zur Seite kickte.

Dann sah sie, wie sich ein Schatten hinter ihnen bewegte.

„Matteo, pass auf!"

Ein riesiger Schlägertyp stürmte aus der Dunkelheit und krachte in Matteo hinein.

Die Männer begannen zu kämpfen, und Gabbi sah, wie Matteos Pistole zu Boden fiel. Der große Kerl schwang seine Fäuste und schlug auf Matteo ein. Den ersten Hieb konnte Matteo abblocken, dann wurde er aber von einem zweiten in den Magen getroffen. Mit einem Grunzen trat er nach seinem Angreifer.

Hilflos sah Gabbi zu, wie sich die beiden Männer umkreisten und erneut aufeinander losgingen. Die Geräusche der brutalen Schläge ließen sie zusammenzucken, dann sah sie, wie die beiden gegen die Backsteinwand der Gasse krachten.

Eine Bewegung. Gabbi sah, wie der verletzte Tattoo-Man auf Matteos Pistole zurobbte.

O nein, wage es bloß nicht. Sie stürzte vor und trat mit aller Kraft auf seinen Arm.

Er schrie auf, und Gabbi ließ einen Tritt in sein Gesicht folgen, sodass er flach auf den Rücken sackte.

Sie ging in die Hocke und schnappte sich die Glock.

Eilig kontrollierte sie die Pistole und hasste es, dass ihre Hände nicht gerade ruhig waren. Sie hob die Waffe und versuchte, sich an all die Lektionen zu erinnern, die Devyn ihr beigebracht hatte.

Sie schluckte. Nie im Leben würde sie auf den Angreifer schießen können, ohne nicht auch Gefahr zu laufen, Matteo zu erwischen.

Stattdessen zielte sie in die Ferne und drückte ab.

Der Schuss hallte in der schmalen Gasse wider.

Matteo und sein Angreifer stürzten auseinander.

„Auf den Boden", brüllte sie den Gangster an.

Der Mann grinste bloß und zückte ein Messer. Dann stürzte er sich auf Matteo.

Blitzschnell blockte Matteo ihn ab. Sie bewegten sich viel zu schnell, als dass Gabbi dem Kampf folgen konnte. Es war ein Strudel aus Grunzgeräuschen, Schlägen und Tritten.

Schließlich vollführte Matteo eine Bewegung, die seinen Angreifer zu Boden brachte. Der Kerl schlug schwer auf dem Beton auf, und augenblicklich landete Matteo mehrere harte Schläge gegen seinen Schädel.

Dann erhob er sich.

Sein weißes Hemd war voller Blutflecken, seine Haare zerzaust. Nun kam er auf Gabbi zu, die ihren Blick nicht von ihm abwenden konnte.

Behutsam löste er die Pistole aus ihren Fingern. „Danke für deine Hilfe, *Cara*. Und jetzt lass uns von hier verschwinden."

Sie nickte, und einen Augenblick später saßen sie wieder in Matteos Auto und fuhren mit quietschenden Reifen die Straße hinunter.

„Mein Bruder hat mich verraten." Sie schlang die Arme um ihren Oberkörper. „Es war ihm vollkommen egal, dass diese Typen mich umgebracht hätten, oder dich, jemanden, den er nicht einmal kennt."

„Tut mir so leid, Gabbi."

„Es sollte mich nicht überraschen", wisperte sie. Was stimmte bloß nicht mit ihr, dass niemand sie liebte?

Matteo bog um eine Kurve, und als sie einige Straßenblöcke weit gefahren waren, wurde er langsamer. Sie sah, wie ein Muskel in seinem Kiefer zuckte. Erst jetzt bemerkte sie, wie ein Fleck auf seinem Hemd größer wurde.

„O Gott, blutest du?" Sie streckte die Hand aus und berührte seinen Bauch.

Er verzog das Gesicht und senkte den Blick. „Verdammt. Ich habe überhaupt nichts gespürt."

Sie musste die Blutung stoppen. Gabbi griff nach dem Saum ihres Nachthemds und riss am Stoff.

Mann, das war gar nicht so leicht. In Filmen sah es immer so einfach aus. Sie grunzte und zerrte weiter an dem Fetzen.

Als sie endlich genug abgerissen hatte, knüllte sie den Stoff zusammen und drückte ihn auf Matteos Bauch.

„Wir müssen dich zu einem Arzt bringen, Matteo."

Er schüttelte den Kopf. „Wir können nicht ins Krankenhaus fahren. Ein Bericht über meine Verletzung würde uns auffliegen lassen."

Er zog sein Handy hervor und stellte es auf Lautsprecher.

„Hades?" Hex' klare Stimme. „Gehts dir gut? Hast du es rechtzeitig geschafft?"

„Ja. Gabbi ist bei mir. Sag Hallo, Gabbi."

„Ähm, Hallo", grüßte Gabbi.

„Hi, ich bin Hex." Die Stimme der Frau klang viel zu heiter für diese Uhrzeit mitten in der Nacht.

„Sie haben Gabbi in ihrem Haus angegriffen", erklärte Matteo. „Anschließend hatten wir eine weitere kleine Auseinandersetzung mit ihnen. Hex, mein Auto ist beschädigt, und ich habe eine Schnittverletzung."

„Scheiße. Wie schlimm?"

„Kann ich noch nicht sagen. Wir brauchen einen Ort mit medizinischer Ausstattung, wo wir untertauchen können."

„Hades?", erklang eine tiefe Männerstimme durch die Leitung. Die Stimme besaß den klaren Tonfall von Macht und Autorität. „Gib mir ein paar Minuten und ich rufe dich zurück."

„Verstanden." Matteo legte auf.

Als er ein weiteres Mal abbog, lehnte sich Gabbi an ihn und übte weiter Druck auf seine Wunde aus. „War das Killian Hawke?"

„Ja."

„Der Mann ist eine Art Legende in der CIA." Sie schaute auf. „Die Geschichten können nicht alle wahr sein."

Matteo gluckste leise. „Vermutlich sind sie das. Und ich schätze, es sind nicht einmal ansatzweise alle Geschichten bekannt."

„Warum nennen sie dich Hades?", wollte Gabbi wissen.

„Das stammt noch aus meinen Tagen bei der DIA. Die Mafia hat mir den Spitznamen Hades gegeben, nach dem Gott der Unterwelt. Sie wussten, dass ich der dunkle Jäger war, der sie holen würde. Das ist haften geblieben."

Gabbis Blick wanderte über sein Gesicht. Sein Tonfall ließ keinen Zweifel daran, dass es kein einfacher Job gewesen war.

Matteo bog in eine schattige Seitenstraße ab und hielt am Bordstein an.

„Die Blutung hat nachgelassen, aber ich muss es mir genauer anschauen", sagte Gabbi.

„Es wird schon nicht so wild sein."

Sie zog eine Augenbraue hoch. „Bist du Arzt?"

Seine Zähne blitzten weiß in der Dunkelheit auf. „Nein, aber das ist nicht die erste Schnittwunde, die ich abbekommen habe."

O Gott. Sie schluckte.

„Hey." Matteo legte eine Hand auf ihre Wange. „Es wird alles in Ordnung kommen. Ich werde dafür sorgen, dass dir nichts zustößt."

„Ich mache mir im Augenblick mehr Sorgen um dich. Ich will auch nicht, dass dir etwas zustößt, Matteo."

Er hielt inne. Ihre Blicke trafen sich. „Es ist sehr lange her, seit sich jemand wirklich Sorgen gemacht hat, dass mir etwas zustoßen könnte."

Dann klingelte sein Handy, und Gabbi zuckte vor Schreck zusammen.

Stirnrunzelnd blickte Matteo auf das Display. „Ich erkenne die Nummer nicht. Mancini?"

„Hades. Fahr zu dieser Adresse", sagte eine tiefe, leise Stimme. Der Mann nannte eine Adresse.

Dann war die Leitung tot.

„Wer war das?"

„Wenn ich richtig liege, hat Killian uns da saugute Hilfe beschafft. Super-geheim, super-undercover, und so top secret, dass die meisten Leute nur den Decknamen des Mannes kennen ... typisch für ihn."

KAPITEL SECHS

E s gefiel ihr wirklich nicht, wie viel Blut Matteo
verlor.

Mit rumorendem Magen knabberte Gabbi an ihrer
Unterlippe herum. Das Stoffknäuel in ihrer Hand hatte
sich von reinweiß in dunkelrot verwandelt.

Ihr Freitagabend war absolut *nicht* nach Plan verlau-
fen. Sie zitterte. Sie war durchgefroren, aufgewühlt und
verängstigt.

Ihr Bruder hatte sie den Wölfen zum Fraß vorgewor-
fen, um seine eigene Haut zu retten. Es war ihm völlig
egal, ob sie diese Sache überlebte oder starb.

Und jetzt war Matteo verletzt, blutete, und das nur
wegen ihres verfickten Bruders.

Etwas in ihr fühlte sich taub an.

Matteo fluchte leise. „Du bist am Erfrieren." Er
drehte die Heizung des Autos hoch.

„Und du blutest."

Er hatte seine Rückenlehne weit nach hinten
gefahren und sich zurückgelehnt, um die Wunde zu

entlasten, nahm aber die Kurven schneller, als sie dazu in der Lage gewesen wäre. Sie war eine vorsichtige Autofahrerin, weil sie es erst so spät gelernt hatte. Ihre Eltern hatten kein Interesse gehabt, es ihr beizubringen. Sie hatte als Kellnerin gejobbt und sich das Geld für die Fahrstunden mühsam zusammengespart.

Die warme Luft fühlte sich gut auf ihrer kalten Haut an. „Ich finde, du hast größere Sorgen, als ob mir kalt ist."

Er grunzte. „Wird alles wieder."

Ein hysterischer Lacher brach aus ihr hervor, und sie presste sich eilig die Hand auf den Mund. „Sorry. Mir gehts gut." Sie spürte, wie er sie anstarrte. „Ich schwöre. War ja nur die Schießerei, der Angriff in meinem Haus, mein Bruder, du mit deiner Stichwunde ..."

„Schnittwunde. Es ist nur eine Schnittwunde."

Sie verdrehte die Augen. *Männer.*

„Und jetzt sind wir auf der Flucht vor irgendwelchen unbekannten Gangstern."

„Ich werde herausfinden, wer sie sind." Ein dunkles Versprechen lag in seiner tiefen Stimme.

Gabbi hatte keinen Zweifel daran, dass sich dieser Mann seinen Decknamen verdient hatte. Sie konnte ihn sich absolut als Gott der Unterwelt vorstellen.

Plötzlich bog er in eine Einfahrt ein, und Gabbi spähte durch die Windschutzscheibe. Sah aus wie eine Autowerkstatt. Das große Rolltor war geschlossen, und drinnen brannte kein Licht.

Matteo schlang einen Arm um sie. Sie übte weiterhin Druck auf seine Wunde aus, lehnte sich aber an ihn. Sie konnte ihr Seufzen kaum unterdrücken. Er war so warm und, Gott, der Mann roch einfach so gut.

Ein köstlich duftender Mann musste ein evolutionärer Trick sein, um Frauen davon abzuhalten, logisch zu denken.

„Du hast dich heute Nacht gut geschlagen, Gabbi", lobte er.

Ein Anflug des Stolzes überkam sie. „Ich hatte jede einzelne Sekunde schreckliche Angst."

Er beugte sich zu ihr und strich ihr eine Haarsträhne hinter die Ohren. „Wirklicher Mut ist es, zu handeln, selbst wenn man Angst hat."

„Jetzt habe ich keine Angst mehr." Nicht, wenn sie mit ihm zusammen war.

Seine Finger strichen über ihre Wange. „Das solltest du aber. Ich bin viel gefährlicher als diese Männer."

„Das glaube ich nicht."

Plötzlich klopfte es an die Scheibe der Fahrertür. Gabbi zuckte zusammen, aber Matteo blieb ruhig.

Ein dunkler Schatten tauchte vor dem Fenster auf.

„Fahr rein", wies eine tiefe, von der Scheibe gedämpfte Stimme ihn an.

Vor sich sah Gabbi, wie das Garagentor hinaufrollte.

Langsam fuhr Matteo das Auto in die Werkstatt. Auf einem Autoheber stand ein weiteres Auto, daneben ein drittes, das in seine Einzelteile zerlegt war.

Gabbi stieg aus, und Matteo kam um das Auto herum zu ihr. Der von Öl befleckte Betonboden war kalt unter ihren nackten Füßen. Matteo griff nach ihrer Hand, und gemeinsam drehten sie sich zu dem Mann um, der in den Schatten stand.

„Hades, ist schon eine Weile her." Die Stimme des Mannes war tief, träge, gedehnt.

„So siehts aus. Wie ich sehe, lebst du noch."

„Sehr zum Bedauern einer ganzen Reihe von Leuten."

Der Mann trat auf sie zu, und Gabbis Augen weiteten sich.

Er war ein Mann, von dem man nur schwer den Blick abwenden konnte.

Groß, muskulös, mit dunkelblonden Haaren, die in einem kurzen Pferdeschwanz zusammengebunden waren. Sein Gesicht war aggressiv maskulin, mit dem Anflug eines Lächelns, das auf seinen Lippen zuckte, und einem ordentlichen Bartschatten auf dem Kiefer.

Matteo ließ Gabbi an dunkle, sexy Nächte in seidenen Laken denken. Dieser Kerl hier inspirierte sie gedanklich eher zu einem heißen, verschwitzten Quickie an irgendeine Wand gelehnt.

Plötzlich legte Matteo seinen Arm um ihre Schulter und zog sie an sich.

Die Mundwinkel des anderen Mannes zuckten. „Tja, schauen wir mal, ob wir euch beide am Leben erhalten können." Er deutete ins Hintere der Werkstatt. „Mein Auto steht da entlang. Ich setze euch an einem Schutz-haus ab. Killian hat gesagt, der Jet würde dich morgen früh abholen."

Gott, Matteo würde morgen früh fort sein. Dieser Gedanke war wie eine Faust in Gabbis Magengrube.

„Was ist mit mir?", fragte sie.

Matteo zog sie noch enger an sich. „Du kommst mit."

Für einen Augenblick kam ihr Gehirn zum Still-stand. „Was?"

„Es ist zu gefährlich für dich, hierzubleiben. Diese

Leute wissen, wer du bist und wo du wohnst. Dein Bruder hat ihnen vermutlich auch alles andere über dich erzählt. Du kommst mit mir nach New York."

Wärme breitete sich in ihr aus, aber sie kämpfte dagegen an. „Ich kann hier nicht weg. Gott weiß, in was für einem Zustand mein Haus jetzt ist."

„Ich werde jemanden beauftragen, es zu sichern", erklärte der Pferdeschwanz-Hottie. „Und ich lasse Ihren Arbeitgeber wissen, dass Sie sich ein paar Tage freinehmen müssen."

„Wer sind Sie?", verlangte Gabbi zu wissen.

„Nennen Sie mich Cain. Und derselbe Arbeitgeber, der Ihre Gehaltsschecks unterschreibt, unterschreibt auch meine."

„Sie sind bei der CIA?"

Er senkte das Kinn.

„Ich habe noch nie von Ihnen gehört. Ist Cain Ihr Vorname oder Ihr Nachname?"

„Die meisten Leute haben noch nie von mir gehört. So ist es mir auch lieber." Sein sexy Lächeln wurde breiter. Es war vernichtend, und das wusste er vermutlich. „Manche kennen mich als Shade."

Gabbi erstarrte.

Er warf ihr ein weiteres Lächeln zu, dann öffnete er die Hintertür und trat nach draußen. „Gehen wir. Hades' Hemd ist schon mehr rot als weiß."

Matteo drückte seine Hand auf ihren unteren Rücken.

„Er ist gefährlich", wisperte sie.

„Sehr. Aber nicht für uns."

Shade war ein Schreckgespenst, über das in den

CIA-Korridoren nur hinter vorgehaltener Hand geflüstert wurde.

Killian Hawke war ein brillanter Spion gewesen. Gefährlich und furchterregend gut in seinem Job.

Shade ... tja, niemand wusste wirklich viel über ihn. Gabbi hatte gehört, dass er bei Missionen aus dem Nichts auftauchte, aushalf und wieder verschwand. Außerdem hatte sie von Kriminellen gehört, die tot aufgefunden worden waren, und im Zusammenhang damit hatten die Leute seinen Namen geraunt.

Gabbi vermutete, dass ihre Freundin Devyn Shade kannte, aber sie weigerte sich stets, irgendwelche Fragen über den Spion zu beantworten. Oder den Attentäter. Oder was zur Hölle auch immer er sein mochte.

Und jetzt stieg Gabbi mit ihm in ein Auto.

Sie erblickte den schwarzen Mercedes GLC SUV, der mit laufendem Motor vor dem Gebäude wartete.

„Es wird alles gut gehen, *Cara*. Ich verspreche dir, Shade ist einer von den Guten." Matteo half ihr auf die Rückbank. Sein Hemd war mittlerweile mit alarmierend viel Blut getränkt.

In diesem Moment lag der Fokus darauf, Matteos Wunde zu versorgen.

Vorne setzte sich Shade oder Cain – ihn Cain zu nennen, ließ ihn weniger furchteinflößend wirken – hinters Steuer.

„Weißt du, wer hinter dieser Sache steckt?", fragte Cain, als sie losgefahren waren.

„Noch nicht", erwiderte Matteo.

Der Spion nickte. „Ich fahre euch zu einem Schutzhaus in der Nähe des Ronald-Reagan-Flughafens.

Morgen Früh wird euch jemand abholen und zum Jet bringen."

„Danke", sagte Matteo. „Ich schulde dir was."

„Nein, Killian schuldet mir was." Es lag ein Anflug der Belustigung in der Stimme des Mannes. „Und das hasst er."

Durch die Autofenster sahen sie Washington D.C. verschwommen vorbeiziehen. Sie überquerten den Fluss, und Gabbi bemerkte, dass sie in den Jachthafen am Rand des Flusses einbogen. Cain hielt den Wagen an.

„Das Schutzhaus ist ein Boot?", fragte sie.

„Tatsächlich ist es ein sexy, elf Meter langer Kabinenkreuzer. Die Kombüse ist voll ausgestattet." Cain warf Matteo einen Blick zu, als er aus dem SUV stieg. „Und es gibt eine Erste-Hilfe-Ausstattung. Kommt. Ich habe die Überwachungskameras für fünf Minuten deaktiviert."

Er führte sie durch ein Tor, dann den Kai hinunter. Vor einer weißen Jacht, die aussah wie alle anderen, blieb er stehen.

„Mach keinen Ärger", mahnte Cain.

„Danke noch mal", sagte Matteo und schüttelte die Hand des Spions.

„Jederzeit." Als Nächstes ergriff Cain Gabbis Hand. „Wenn du mal wieder Hilfe brauchen solltest, gehöre ich ganz dir. Wir sind schließlich Kollegen."

Seine Hand war heiß, als ob er überschüssige Hitze und Energie verströmen würde. Er zwinkerte ihr zu.

„Ähm ..."

„Ciao, Shade", sagte Matteo barsch und zog Gabbi hinter sich her aufs Boot.

Glucksend verschwand der CIA-Agent in der Dunkelheit, als ob er nie da gewesen wäre.

Matteo führte Gabbi hinunter in eine Kabine des Bootes und schaltete das Licht ein.

Das Innere der Jacht war mit hellem Holz und cremefarbenem Leder ausgestattet. Ein ordentlicher, kompakter Wohnbereich mit einer Kochnische führte zur Tür der Gästekabine.

„Hast du Hunger?", fragte Matteo.

„Nein. Es ist mitten in der Nacht." Lustig, aber es war ihr überhaupt nicht mehr unangenehm, nur mit ihrem Nachthemd bekleidet zu sein. Sie berührte Matteos Seite, und er stöhnte auf.

Gabbi richtete sich auf. „Setz dich. Ich suche nach dem Erste-Hilfe-Koffer."

Als er sich grunzend auf die Einbaubank sinken ließ, die sich um einen kleinen Tisch bog, verspürte sie einen Anflug der Sorge.

Sie öffnete und schloss die Schranktüren, bis sie schließlich eine große, rote Kiste mit einem weißen Kreuz darauf fand. *Aha.*

Als sie sich herumdrehte, sah sie, wie Matteo sein mittlerweile aufgeknöpftes Hemd auszog.

Ihre Finger umschlossen den Griff des Koffers noch fester. Angestrengt versuchte sie, ihn nicht anzustarren. Sehr angestrengt. Okay, vielleicht nicht ganz so angestrengt.

Aber ganz ehrlich glaubte sie nicht, dass es auch nur eine Frau auf der Welt gab, die nicht auf die Brust dieses Mannes starren würde.

Seine Haut war bronzefarben und straffte sich über

seinen harten, schlanken Muskeln. Ihr Blick wanderte von seinen Schultern zu den Erhebungen seiner definierten Bauchmuskeln. Sie schluckte, und ein Schwall von Adjektiven rauschte durch ihren Kopf: *muskulös, hart, athletisch, heiß, attraktiv, perfekt.*

Und blutüberströmt.

Kopfschüttelnd nannte sich Gabbi erst selbst ein paar Schimpfnamen, dann öffnete sie den Erste-Hilfe-Koffer. Sie nahm die Mullkompressen heraus, Desinfektionsmittel und eine Handvoll anderer Dinge.

Dann kniete sie sich neben Matteo und hob das blutgetränkte Stoffbündel ihres zerrissenen Nachthemds von seiner Wunde.

Sie tropfte etwas Desinfektionsmittel auf eine Kompresse und begann, das Blut fortzuwischen.

Matteo spannte sich an, gab aber kein Geräusch von sich. Während Gabbi das Blut abwischte, bemerkte sie einige alte Narben. Sie schluckte. Was hatte er überlebt? Sie versteifte sich, und ihre Schulter stieß gegen seinen Oberschenkel. Plötzlich wurde ihr bewusst, dass sie zwischen seinen Beinen kniete, und ihr Magen schlug beinahe einen Salto.

Himmel, Gab, der Mann ist verletzt.

Sie säuberte die Wunde und stieß einen Seufzer aus. „Ich bin keine Expertin, was Schnittwunden angeht, aber es sieht nicht allzu tief aus."

„Das wird schon wieder. Verbinde es einfach."

Gabbi nahm eine saubere Kompresse aus dem Verbandskasten und wischte die letzten Blutreste ab. Dann wusch sie ihre Hände im kleinen Waschbecken der Kombüse.

Als Nächstes fischte sie eine Mullbinde aus dem Erste-Hilfe-Koffer, kniete sich wieder hin und wickelte sie behutsam über Matteos Haut.

„Danke, Gabriella."

Bei seinem tiefen Murmeln hob sie den Blick. Ihre Hände lagen noch immer auf seiner warmen Haut. Seine Augen ließen sie an geschmolzene Schokolade denken. Sie streichelte über die Haut neben dem Verband.

Eine träge Hitze breitete sich in ihr aus. Wem wollte sie hier etwas vormachen? Diese ganze Sache hatte nichts Träges an sich. Jedes Mal, wenn sie diesen Mann ansah, brannten ihr sämtliche Synapsen durch.

Ihre Hand glitt über seine Bauchmuskeln, und sie hörte, wie er leise nach Luft schnappte.

Ihr wurde heiß. So, so heiß, obwohl ihr erst wenige Augenblicke zuvor noch eiskalt gewesen war.

Sie entdeckte etwas in seinem Blick – war es Verlangen? Sie konnte es wirklich nicht sagen.

Sie wusste nur, dass sie sich zu ihm hingezogen fühlte, und es war schwer, die Kontrolle über dieses Gefühl zu behalten. Sie ließ ihre Finger über die straffe Haut seines Bauches wandern.

Er griff nach ihrem Handgelenk. „Gabbi."

Diesmal kein *Gabriella*. Und sie konnte das Bedauern in seiner Stimme nicht überhören.

O Gott.

Sie blickte auf. Sein attraktives Gesicht war ausdruckslos – kein Verlangen, keine Begierde.

Die Wärme in ihrem Bauch verwandelte sich in einen schmerzenden Knoten.

Dumm, Gabbi. Er ist verletzt, und du fasst ihn an wie eine verzweifelte, notgeile Hausfrau.

Vermutlich hatte er nicht damit gerechnet, sie nach der Begegnung im Fahrstuhl jemals wiederzusehen, und jetzt hatte er sie am Hals.

Ein Mann wie Matteo Mancini würde sich niemals nach ihr verzehren.

Sie sprang auf die Füße.

„Sorry. Ähm. Ich gehe ... duschen. Etwas zum Anziehen suchen." Sie stolperte zurück.

„Gabbi –"

„Nein, ist in Ordnung. Tut mir leid." Mittlerweile war ihr wieder eiskalt. „Ich will nur –"

– dass sich der Boden unter mir auftut, damit ich mich hineinstürzen kann.

Obwohl ihre Augen auf den Boden gerichtet waren, sah sie, wie er aufstand. „Gabbi, ich –"

„Ich muss mich sauber machen. Und schlafen. Etwas Schlaf kann nicht schaden."

Sie eilte in das kleine Schlafzimmer im vorderen Bereich des Bootes. Wie hieß das noch gleich? Kajüte.

Gabbi knallte die Tür hinter sich zu, dann sank sie dagegen. *Du dumme Nuss!* Für eine Sekunde schloss sie die Augen.

Dann tat sie, was sie immer tat – sie riss sich zusammen.

Sie wusste besser als jeder andere, dass man nicht immer das bekam, was man sich wünschte.

Zur Hölle, sie bekam fast nie, was sie sich wünschte.

Wie ihr sicheres, ruhiges freitagabendliches Schaumbad, und ganz sicher nicht irgendwelche italienischen Sexgötter. Nicht eine Frau wie sie.

Matteo Mancini war kein Teil ihres Plans.

Sie betrat das winzige Badezimmer. Sie würde jetzt versuchen, den Rest ihres Stolzes zu retten und Matteo in Frieden zu lassen, so schnell sie konnte.

ALS DER SENTINEL-SECURITY-JET zur Landung auf dem Flughafen von Teterboro ansetzte, warf Matteo einen grimmigen Blick aus dem Fenster.

Gabbi saß schlafend in dem breiten Sitz neben ihm. Er konnte ihr keinen Vorwurf daraus machen, eingeschlafen zu sein, sobald der Jet in D.C. losgeflogen war. Es war eine höllische Nacht gewesen.

Irgendwann im Verlauf der Reise war ihr Kopf von der Kopflehne gerutscht und ruhte nun auf seiner Schulter. Er widerstand dem Verlangen, über ihr Haar zu streicheln.

Gabbi hatte die Haare offen gelassen, und sie waren so seidig. Sein Blick wurde noch grimmiger.

Gestern Abend auf dem Boot hatte sie es geschafft, ihm aus dem Weg zu gehen. Nachdem sie geduscht hatte, hatte er ihr etwas Abstand gegeben. Als er schließlich in die Kabine gekommen war, hatte sie bereits zusammengerollt und schlafend auf dem Bett gelegen.

Dann, nur ein paar Stunden später, als ein junger, übereifriger CIA-Agent sie abgeholt und zum Flughafen gebracht hatte, war sie ihm weiterhin ausgewichen. Sie hatte jeden Augenkontakt gemieden und nur irgendwie durch ihn hindurchgeschaut.

Seine Hand ballte sich zur Faust.

Nach der Nacht, die sie durchgestanden hatten, hätte er beinah seinen verfickten Verstand verloren, als sie ihn auf dem Boot berührt hatte.

Gabbi hatte völlig zerzaust in ihrem verschmutzten Nachthemd auf dem Boden gekniet und sein Blut aufgewischt. Ihr ganzes Leben war gerade vor ihren Augen in die Luft geflogen.

Er war sauer gewesen. War noch immer sauer, dass sein Mist in das Leben dieser süßen, intelligenten Frau geschwappt war.

Genau aus diesem Grund mied er Beziehungen. So wie es klang, hatte Gabbi hart dafür gearbeitet, ihre beschissene Familie hinter sich zu lassen und an dem Punkt in ihrem Leben anzugelangen, an dem sie sich nun befand. Und was hatte Matteo getan? Er hatte die Scheiße aus seinem Leben in ihres gebracht.

Außerdem war er von ihr angetörnt gewesen, war so versucht gewesen. Gabbi, die zu seinen Füßen kniete, ihn berührte ...

Ja, er war kurz davor gewesen, sie auf den Boden zu zerren und sich tief in ihr zu vergraben. Er dachte noch immer an die süßen, süßen Laute, die sie ausgestoßen hatte, als sie im Fahrstuhl gekommen war.

Sein Schwanz zuckte, und Matteo biss die Zähne zusammen. Nach einer rauen Nacht, nachdem auf sie geschossen und sie in ihrem eigenen Zuhause angegriffen worden war, und in der ihr Bruder sie verdammt noch mal verraten hatte, hatte Gabbi mehr verdient als einen schnellen, triebgesteuerten Fick auf dem Fußboden eines Bootes.

Aber er hatte kaum etwas sagen können, bevor sie aufgesprungen war wie eine erschrockene Katze.

Nein, eine verletzte Katze.

Er wusste nicht, was in ihrem Kopf vor sich ging, aber er würde es herausfinden. Sobald er sie in Sicherheit gebracht hatte.

Matteo blickte zu ihr und glitt mit dem Finger über eine ihrer Haarsträhnen. So weich.

Ihre blaugrauen Augen öffneten sich, ein wenig verschlafen und unfokussiert. Dann rastete diese messerscharfe Intelligenz wieder ein.

Gabbi zuckte zusammen und richtete sich in ihrem Sitz kerzengerade auf. „Sorry."

„Macht mir nichts aus, dein Kissen zu sein."

Das brachte ihm ein grimassenhaftes Lächeln ein. Ihr Blick haftete sich auf das Fenster. „Wir landen?"

„Ja. Ein Wagen von Sentinel Security holt uns ab und bringt uns zum Lagerhaus."

„Matteo, ich kann einfach fahren und verschwinden. Ich ziehe den Kopf ein, bis –"

„Nein." Seine Finger drückten ihr Knie. Auf dem Boot hatte sie eine saubere graue Jogginghose und ein Sweatshirt gefunden. Die Sachen waren ihr viel zu groß, und sie sah darin aus wie eine Highschool-Schülerin, die die Klamotten ihres Freundes trug.

Bei der Vorstellung, wie sie hier untertauchte, ganz allein und an einen Ort, an dem er sie nicht länger im Auge behalten konnte, drehte sich Matteo beinahe der Magen um.

„Das Sentinel-Security-Lagerhaus ist sicher. Du wirst dort in Sicherheit sein."

Sie nickte, sah ihn aber noch immer nicht an.

Wieder drückte er ihr Knie. „Gabbi."

Die Stimme des Piloten ertönte über den Lautsprecher. „Schnallen Sie sich bitte an. Wir werden in Kürze landen."

Verärgert über die Unterbrechung schloss Matteo seinen Gurt.

Bald darauf landeten sie, und er führte Gabbi die Stufen des Jets hinunter.

Ein großer, schwarzer Dodge Ram wartete auf dem Rollfeld auf sie, und daneben stand ein großer Mann mit rostroten Haaren. Die Schultern des Mannes gaben ihr Bestes, durch den Stoff seines Sakkos zu bersten.

„Bram", begrüßte Matteo den Mann.

„Hades. Hätte ich mir ja denken können, dass dich der Ärger findet." Die grünen Augen des Mannes schossen zu Gabbi. „Und du eine Frau mit nach Hause bringst."

„Oh, so ist das nicht", widersprach Gabbi eilig. „Ich bin nur ins Kreuzfeuer geraten."

Matteo rang seine Verärgerung nieder. „Gabbi Hansley, Bram *Excalibur* O'Donovan."

Bram nickte. „Freut mich, dass es Ihnen gut geht. Bringen wir euch in Sicherheit."

Gabbi setzte sich auf die Rückbank von Brams riesigem Truck. Matteo nahm vorn auf dem Beifahrersitz Platz.

„Konnte Hex schon mehr über diese Typen herausfinden, die uns angegriffen haben?", fragte Matteo.

Bram schüttelte den Kopf, während er sein Fahrzeug vom Flughafengelände lenkte. „Noch nicht. Sie hat die ganze Nacht daran gearbeitet. Vielleicht hat diesen Typen einfach dein hübsches Gesicht missfallen."

Matteo streckte seinem Freund den Mittelfinger entgegen. Brams Lippen zuckten.

Matteo warf einen Blick in den Rückspiegel. Gabbi sah müde aus, und er wusste, dass sie mehr Schlaf brauchte.

Die Vorstellung davon, wie sie ausgestreckt auf seinem Bett lag, blitzte vor seinem inneren Auge auf. Er rutschte auf seinem Sitz herum. Es gefiel ihm, und das war seltsam. Normalerweise nahm er seine Eroberungen nicht mit in seine Wohnung bei Sentinel Security, denn das war sein privates Reich. Ein sicherer Ort, an dem er alle Masken ablegen und nur er selbst sein konnte. Während seiner Zeit bei der DIA, bei verdeckten Ermittlungen, hatte er immer vorgeben müssen, ein beschissener Mensch zu sein, und hatte jede Menge beschissener Dinge getan.

Es fiel ihm schwer, Abwehr und Vorsicht auszuschalten, selbst wenn er allein war.

Schon bald befanden sie sich im Herzen der Stadt und fuhren durch das westliche Chelsea. Das Lagerhaus von Sentinel Security tauchte vor ihnen auf.

Das riesige Backsteingebäude war vor über hundert Jahren erbaut worden. Es war ein wichtiges Warenlager und ein Umschlagplatz für Güter gewesen, die nach New York City hinaus- und hineingebracht worden waren. Ein moderner Neubau aus Glas und Eisen erhob sich über dem historischen Backsteingebäude. Sämtliche

Bogenfenster, die die Fassade des Lagerhauses bedeckten, waren mit schwarzen Fensterläden versehen. Im Innern des Gebäudes befand sich ein großer, grüner Innenhof.

Gabbi beugte sich vor und nahm alles in sich auf. Matteo beobachtete fasziniert, wie ihr Verstand alles katalogisierte, was sie sah.

Nachdem Bram in der Tiefgarage geparkt hatte, legte Matteo eine Hand auf Gabbis unteren Rücken und führte sie zum Aufzug. Sie versuchte, seiner Berührung auszuweichen.

Stirnrunzelnd blickte er sie an.

Die Aufzugfahrt war kurz, und bald darauf betraten sie die Sentinel-Security-Zentrale.

Das Lagerhaus beherbergte eine Mischung aus Wohnungen und Gewerberäumen. Sentinel vermietete sichere Wohnungen an gründlichst überprüfte Klienten. In den oberen Stockwerken der Zentrale saßen die Verwaltungsmitarbeiter und die Mitarbeiter der Abteilungen für Firmensicherheit und Cybersicherheit. In den unteren Stockwerken verrichtete das Alpha-Elite-Team von Sentinel Security seine Arbeit.

Gabbi sagte kein Wort, sondern betrachtete interessiert alles um sich herum. Sie sah eine Menge unverputzter Backsteinwände, Türbogen und elegante, moderne, aber funktionelle Möbel.

Sie betraten die Kommandozentrale.

Hex, Technikgenie und Ausnahmehackerin, lag ausgestreckt in ihrem riesigen Sessel vor einem großen, interaktiven Computerbildschirm, der voller Dateien war. Sie war ganz in Schwarz gekleidet, mit trendiger

Cargohose und einem hautengen Tanktop. Hadley *Striker* Lockwood saß auf einem der Schreibtische, ihre langen Beine überkreuzt. Wie immer war sie stilvoll gekleidet, mit einer eleganten schwarzen Hose und einer grünen Bluse mit tiefem V-Ausschnitt. Die beiden Frauen drehten die Köpfe, als Gabbi und Matteo hereinkamen.

„Verdammt, du hast uns vielleicht einen Schrecken eingejagt, Hades." Hex sprang auf, rannte auf sie zu und umarmte Hades. Hadley folgte Hex dicht auf den Fersen und umarmte Matteo ebenfalls.

„Alles im grünen Bereich", gab er zurück.

„Du hattest einen sehr simplen Job." Hex stemmte eine Hand in ihre Hüfte.

„Hey, ist nicht meine Schuld, wenn ein Haufen Gangster auf mich schießt."

Er warf einen Blick auf Gabbi und sah, dass sie mit verschränkten Händen etwas abseits stand und Hex und Hadley musterte.

„Hadley, Hex, das ist Gabbi Hansley."

„Hi." Energisch schüttelte Hex Gabbis Hand. „Tut mir wahnsinnig leid, dass du in diese Sache mit hineinge-zogen wurdest."

„Danke." Gabbi legte den Kopf zur Seite. „Du kommst mir irgendwie bekannt vor."

„Ich war früher bei der CIA. Mein richtiger Name ist Jet Adler."

Gabbis Augen wurden groß. „Du warst beim Center for Cyber Intelligence. Du bist Hackerin."

„Das bin ich." Hex grinste und vollführte einen kleinen Knicks.

„Freut mich, dich kennenzulernen", sagte Hadley in ihrem klaren, britischen Akzent und bot Gabbi ihre schlanke Hand an.

Matteo war froh, zu Hause zu sein und seine Freunde zu sehen, aber gleichzeitig kämpfte er auch gegen das Verlangen an, Gabbi ganz für sich allein zu haben.

Sie dazu zu bringen, diese Roboter-Nummer sein zu lassen.

„Alles noch in einem Stück, wie ich sehe", erklang eine tiefe Stimme.

Matteo drehte sich um und sah Killian im Türbogen stehen. Sein Boss bewegte sich lautlos. Man hörte *Steel* nur kommen, wenn er das wollte.

„Schon aus New Orleans zurück?", fragte Matteo.

„Es war nur ein kurzes Treffen."

Matteo sah, wie Gabbi den Chef von Sentinel Security musterte und ihre Augen groß wurden. Matteo trat näher auf sie zu und legte ihr eine Hand auf die Schulter. „Gabbi, das ist Killian Hawke."

„Steel", murmelte sie.

Killian neigte das Kinn. „Tut mir leid zu hören, dass Sie in diesen Mist mit hineingezogen wurden. Ich kann Ihnen versichern, dass Matteo und wir alle hier bei Sentinel Security für Ihre Sicherheit sorgen werden."

KAPITEL SIEBEN

W^{ow.} Gabbi blinzelte ein paarmal und versuchte, ihre stillstehenden Gehirnzellen zu aktivieren.

Killian Hawke war die Sorte Mann, die Eindruck machte.

Er war gut aussehend, auf eine markante, furchteinflößende Art und Weise. Er hatte einen fitten, muskulösen Körper, und seine dunklen Augen wirkten wie Laser – fokussiert und schneidend.

Wenn auch nur die Hälfte der Geschichten, die sie über diesen Mann gehört hatte, stimmten ...

Allerdings war ihr nicht klar gewesen, dass er so hirnbenebelnd attraktiv war.

Ihre Freundin Devyn hatte ein paar entscheidende Details ausgelassen, als sie von ihren Zusammenstößen mit Killian *Steel* Hawke erzählt hatte.

„Danke", murmelte Gabbi. „Tut mir leid, wenn meine Anwesenheit die Dinge verkompliziert."

Armer Matteo. Ihm wurde eine Frau aufgebürdet, die wiederzusehen er nie erwartet hatte.

Starke Finger drückten sich in ihren Rücken, und ohne nachzudenken, blickte sie auf.

Matteo sah sie finster an.

Sie wandte den Blick ab. Er musste genervt sein, sich mit ihr herumschlagen zu müssen. Sie straffte ihren Rücken. Es war nicht ihre Schuld.

„Hex", sagte Killian. „Gibt es weitere Hinweise auf die Männer, die Matteo und Gabbi angegriffen haben?"

Die Hackerin stieß hörbar den Atem aus und fuhr sich mit den Fingern durch ihre Haare mit den rosa Spitzen. Gabbi liebte die coole Frisur der Frau. Nicht in einer Million Jahren würde sie selbst diesen Look rocken können.

„Noch nicht", erwiderte Hex. „Ich weiß nur, was ich euch schon gesagt habe. Es sind Italiener. Einer aus Rom, der andere aus Sizilien." Fotos von Bruno und Moretti tauchten auf dem Bildschirm auf.

„Wenn sie von der Mafia sind, dann entweder Cosa Nostra oder Camorra", überlegte Matteo.

„Ich kann keine Verbindungen finden." Hex warf eine Hand in die Luft. „Wenn diese Typen Mitglieder einer dieser Gruppierungen sind, dann haben sie ihre Spuren gut verwischt."

„Jemand gibt die Befehle." Finster starrte Matteo auf die Fotos auf dem Bildschirm.

Gabbi rüstete sich innerlich. „Mein Bruder ist auch in die Sache involviert."

Alle Blicke flogen zu ihr.

„Casey ist ein kleiner Drogendealer. Steckt immer in

Schwierigkeiten." Sie schluckte, denn sie konnte den Schmerz seines Verrats noch immer nicht abschütteln. „Er hat mich angerufen. Hat gesagt, irgendwelche Männer hätten ihn geschnappt und würden ihn umbringen." Sie verknotete ihre Finger ineinander. „Er hat mich verraten. Sie wollten Matteo und mich zu sich locken."

Eine starke Hand legte sich auf ihren Nacken und drückte ihn sanft. Sie schaute zu Matteo auf.

„Was für ein Arschloch", platzte Hex heraus. „Tut mir echt leid, Gabbi."

Gabbi sah zu den anderen und bemerkte, dass sie alle ihren Blick mit Mitgefühl erwiderten.

Wo waren die Vorwürfe? Der Zorn darüber, dass sie Matteo beinahe umgebracht hätte?

„Wissen Sie, für wen Ihr Bruder arbeitet?", fragte Killian.

Gabbi schüttelte den Kopf.

„Ein weiteres Puzzleteil, das ich finden muss." Hex tippte auf ihrem Tablet herum.

Die andere Frau, Hadley, trat vor.

Sie war so schön und elegant, dass Gabbi sich in ihrer ausgeborgten Jogginghose wie ein Mauerblümchen fühlte.

„Es ist ein großer Aufwand und kostet eine Menge Geld, ein Team den ganzen Weg bis hierherzuschicken, um Matteo anzugreifen." Ihr britischer Akzent klang kultiviert und gebildet. „Irgendjemand ist extrem motiviert."

Ein kalter Schauer lief Gabbi den Rücken hinunter. Matteo befand sich in irgendjemandes Fadenkreuz. Ihr Magen zog sich zusammen.

Allerdings war er extrem gut ausgebildet. Er würde klarkommen.

„Such weiter, Hex", wies Killian die Hackerin an.

„Ich habe bereits mit meinen Kontakten bei Interpol gesprochen", sagte Matteo. „Sie haben nichts Nützliches für mich. Ich warte noch auf Rückmeldung einiger Freunde bei der DIA."

Hadley drehte sich herum, und ihre blauen Augen blieben auf Gabbi ruhen.

Gabbi kämpfte gegen das Verlangen an, im Erdboden zu versinken.

„Gabbi, du musst dich nach einer heißen Dusche und frischen Klamotten sehnen", sagte Hadley schließlich.

Mit einem nervösen Lachen zupfte Gabbi an ihrem Sweatshirt herum. „Ich weiß nicht, der ungepflegte Schlabberlook setzt sich vielleicht noch durch."

Hadley lächelte, und Hex lachte laut auf.

Hadley nickte. „Wir organisieren dir eine Wohnung im Gebäude –"

„Sie wohnt bei mir", verkündete Matteo.

Gabbi sah, wie die beiden anderen Frauen für eine Sekunde erstarrten. Hex blinzelte, dann breitete sich ein breites Lächeln auf ihrem Gesicht aus. Hadleys Mundwinkel zuckten.

„Alles klar, Hades", sagte Hadley. „Komm, Gabbi." Sie griff nach Gabbis Hand. „Ich zeige dir Hades' Wohnung, und dann besorge ich dir etwas zum Anziehen."

Die Frau war stärker, als sie aussah. Sie zog Gabbi hinter sich her aus der Kommandozentrale.

Sie durchquerten die Büros, und schließlich blieb Hadley mit Gabbi im Schlepptau vor den Aufzügen stehen, wo sie ihre Handfläche auf einen Scanner drückte. Sentinel Security war mit einem erstklassigen Sicherheitssystem ausgestattet.

„Du bist also Britin?" Innerlich ohrfeigte Gabbi sich. *Fang direkt mit dem himmelschreiend Offensichtlichen an, Gab. Ganz toll.*

Hadley lächelte. „Ja, ich war jahrelang beim MI6, bevor ich entschieden habe, dass es Zeit für etwas Neues ist." Die Fahrstuhltüren öffneten sich, und sie winkte Gabbi in den Lift. „Killian hat mir ein Angebot gemacht, dem ich nicht widerstehen konnte." Sie drückte auf einen Knopf. „Ich liebe es hier. Wir sind ein großartiges Team, die Arbeit ist interessant, und es gibt weniger Leute, die mich umbringen wollen. In der Regel."

„Vermisst du Großbritannien?"

„Ich liebe London, aber ich hasse das Wetter. Und ich kann jederzeit für einen Besuch zurück."

Der Fahrstuhl wurde langsamer, und Gabbis Augen weiteten sich. „Matteo lebt hier in der Zentrale?"

„Das tun wir alle. Einer der Vorteile des Jobs ist es, keine Miete zahlen zu müssen." Hadley schritt den Korridor hinunter. Sie war so elegant, aber die Absätze ihrer Schuhe ließen Gabbi zusammenzucken. Sie könnte solche Schuhe niemals tragen, ohne einen peinlichen Fehltritt zu riskieren. Und diese Wangenknochen … für solche Züge würde Gabbi Staatsgeheimnisse verraten.

Die Frau blieb vor einer Tür stehen und tippte einen Code auf ein Tastenfeld ein. „Meine Wohnung ist den Flur runter, das hier ist Matteos."

Gabbi trat durch die Tür und schnappte nach Luft. Die Wohnung in diesem ehemaligen Lagerhaus war atemberaubend. Sie wies jede Menge unverputzte Backsteine, einen polierten Betonboden und schwarze Akzente auf. Die Küchenschränke und die Insel waren in mattem Schwarz gehalten. Vor einer bequemen braunen Ledercouch hing ein gigantischer Fernseher, und draußen gab es eine Terrasse mit Blick über den Hudson.

„Tolle Wohnung", sagte Gabbi.

„Die Grundrisse sind alle ähnlich, aber wir konnten die Wohnungen selbst einrichten." Die Lippen der Frau verzogen sich zu einem Lächeln. „Diese hier verströmt *Sexy-Männer-Vibes*."

Gabbi riss den Kopf hoch.

„Es würde mich interessieren, was zwischen dir und Hades läuft", sagte Hadley.

„Nichts. Ich habe ihn ja erst gestern Abend kennengelernt." Ein saures Gefühl stieg in ihr auf. „Bist du ... interessiert an ihm?"

Hadleys eisblaue Augen wurden groß. „Nein. *Nein.* Wir sind Kollegen und Freunde. Ehrlich gesagt sind wir in Killians Alpha-Team alle wie eine Familie."

„Alpha-Team?"

„Wir kümmern uns um ... die komplizierteren Fälle. Nur einer von uns ist vergeben. Wolf. Nick Garrick. Er hat gerade ein paar Tage frei. Er und seine Freundin Lainie ziehen in eine größere Wohnung einige Stockwerke weiter oben. Sie hatte vor Kurzem etwas Ärger, und Wolf war mit vollem Engagement dabei, für ihre Sicherheit zu sorgen." Hadley legte den Kopf zur Seite. „Also, da ist nichts zwischen dir und Matteo?"

Gabbi lachte. „Nein. Hast du ihn *gesehen*?"

Verwirrt runzelte Hadley die Stirn.

Gabbi hob die Hände. „Er ist umwerfend. Attraktiv, gut gebaut, charmant und ..." Sie fuchtelte in der Luft herum, da sie nicht die richtigen Worte finden konnte.

„Sexy?", schlug Hadley vor.

„Ja. So sexy. Und ich bin ... Ich. Die ganz und gar unscheinbare Gabbi Hansley. Langweilig und berechenbar. Ich glaube kaum, dass der verwegene Sicherheitsagent mich in einer Bar zweimal anschauen würde. Die Frauen müssen sich doch förmlich überschlagen, um ein Stück von ihm abzubekommen."

„Ihm mangelt es nicht an Gesellschaft, wenn er sie haben möchte."

Oh. Gabbi gefiel es nicht, das zu hören. „Verstehst du jetzt?"

„Womöglich fange ich gerade an, zu verstehen." Ein merkwürdiger Unterton schwang in Hadleys Stimme mit.

Die Wohnungstür ging auf, und Hex stürmte herein. „Konntest du was Gutes aus ihr herausbekommen?"

„Ich arbeite dran", erwiderte Hadley.

„Sie und Hades sind also nicht zusammen?" Hex Augen schimmerten hell.

Plötzlich bemerkte Gabbi, dass die Hackerin ein blaues und ein grünes Auge hatte. „Nein. Definitiv nicht."

„Sie glaubt, sie sei langweilig und unscheinbar und Hades der draufgängerische, attraktive Agent."

Hex blinzelte. „Also hat er sich noch nicht an dich rangemacht?"

Unbehaglich trat Gabbi von einem Fuß auf den anderen. „Nicht wirklich."

Die beiden Frauen sahen sie mit durchdringenden Blicken an.

„Nicht wirklich?", wiederholte Hex.

„Hat er dich geküsst?", half Hadley Gabbi auf die Sprünge. „Hat er dich ausgezogen?"

Es fühlte sich an wie ein Verhör. Gabbi wurde rot, als sie an das Fahrstuhlintermezzo dachte. „Nicht wirklich."

„Das sind sehr einfache Ja-Nein-Fragen, Gabbi." Hex sah amüsiert aus.

„Lass sie in Ruhe", sagte Hadley. „Gabbi, ich suche ein paar meiner Sachen für dich raus, und dann gehe ich einkaufen." Der Blick der Frau wanderte über Gabbis Körper, und Gabbi fühlte sich, als ob sie seziert würde.

„Wirklich, es ist nicht nötig, extra –"

„Du hast nichts da. Eine Frau braucht ihre Essentials. Abgesehen davon bin ich sehr gut im Shoppen."

„Das ist sie wirklich", stimmte Hex zu. „Beängstigend gut."

„Hier entlang." Hadley führte Gabbi den Flur hinunter zu einem großen Schlafzimmer.

Mit einem kleinen Seufzer atmete Gabbi Matteos Duft ein. Im Raum stand ein großes Bett mit einem modernen, eisernen Kopfteil. Ungemacht, mit zerknitterten, schiefergrauen Laken darauf. Das Bett stand vor einer Wand aus unverputztem Backstein.

Plötzlich blieb Gabbi wie angewurzelt stehen. Das hier war Matteos Schlafzimmer. Hier schlief er.

„Gibt es kein Gästezimmer?", fragte sie.

„Matteos Wohnung hat nur ein Schlafzimmer."

Hadley klang beinahe schadenfroh. „Warte nur ab, bis du das Bad gesehen hast."

„Er war sehr nachdrücklich damit, dich hier haben zu wollen." Hex lehnte sich an den Türrahmen.

Das Badezimmer war dunkel, mit düstergrauem Marmor und Messingdetails. Die Regendusche in der gläsernen Duschkabine war riesig.

Hadley streckte den Arm aus und drehte das Wasser auf. „Was ausgesprochen interessant ist."

Gabbi riss sich aus dem Tagtraum über einen nackten, duschenden Matteo unter eben jener Dusche. „Warum?"

Sie war sich nicht sicher, ob sie die Antwort wirklich hören wollte.

„Weil er bisher nie eine Frau hier reingelassen hat, bis auf uns", sagte Hex.

„Jemals", fügte Hadley mit einem kleinen Lächeln hinzu.

Gabbis Brust fühlte sich auf einmal eng an. Was zur Hölle hatte das denn zu bedeuten?

Nichts. Es hatte gar nichts zu bedeuten.

„Er fühlt sich einfach verantwortlich für mich."

Hadley stieß ein summendes Geräusch aus. „Richtig. Ich suche ein paar Anziehsachen heraus."

„Und ich mache mich besser wieder daran, nach den Angreifern zu suchen." Hex zog eine Grimasse. „Die sind echt schwer zu fassen."

Gabbi sah den beiden Frauen hinterher, als sie gingen und sie allein in Matteos noblem Badezimmer zurückließen, und sie fühlte sich, als ob sie gerade in einen Tornado hineingesaugt worden wäre.

MATTEO KNURRTE FRUSTRIERT. Er schob seinen Schreibtischstuhl zurück und stand auf.

Er hatte nichts.

Lediglich die Namen seiner und Gabbis Angreifer, oder besser gesagt, die Namen auf ihren Pässen, und die waren definitiv gefälscht.

Matteo stemmte die Hände in die Hüften und ging in seinem Büro auf und ab.

Seinen Kontakten hatte er bereits E-Mails geschickt. Seine Freunde bei Interpol und DIA sahen sich die Bilder der Männer an, und vielleicht würde einer von ihnen sie identifizieren können.

Irgendjemand hatte es definitiv auf Matteo abgesehen, und er hatte absolut kein Interesse daran, niedergeschossen zu werden.

Er hatte im Büro geduscht und sich umgezogen. Seine Haare waren noch immer feucht.

Sein Laptop pingte mit einer eingehenden Nachricht. Er las den nichtssagenden Allerweltsnamen. Hex hatte sichergestellt, dass er nicht zurückverfolgbar war.

Ich habe gehört, du bist in einen Zwischenfall geraten. Alles okay?

MATTEO SCHÜTTELTE den Kopf und antwortete.

· · ·

DEINE QUELLEN SIND *wie immer beeindruckend. Alles bestens.*

Gut.

ER LÄCHELTE. Er konnte beinah ihre Stimme hören.

Ti amo.

MIT ENGEM HALS tippte er seine Antwort.

TI AMO.

EINE BEWEGUNG IN DER TÜR, dann erschien Gabbi. Er schloss das Fenster auf seinem Computerbildschirm.

Gabbi trug enge Jeans und einen himbeerroten Pulli, der locker über ihre Brüste fiel. *Merda.*

„Wie geht es dir?" Er kam um seinen Schreibtisch herum.

Sie strich sich die Haare hinter die Ohren. „Gut. Ein bisschen müde."

Matteo wollte sie berühren, aber er war sich nicht sicher, ob sie es begrüßen würde. „Kaffee?"

Ihre blaugrauen Augen leuchteten auf. „Ja, bitte."

Er gluckste, dann sah er, wie ihr Blick zu seinem Mund sank. Sie schüttelte den Kopf und wich einen Schritt zurück.

„Ich liebe dein Büro. Ist tausendmal besser als meine öde, graue Box in Langley."

„Gabbi ..."

„Es tut mir wirklich leid, Matteo. Alles."

Er runzelte die Stirn. „Es gibt nichts, wofür du dich entschuldigen müsstest."

„Du bist dazu verdonnert, mich zu babysitten. Das ist echt nervig für dich. Nach der Sache im Aufzug –"

Er griff nach ihrer Hand und zog sie zu sich.

Ihre Augen wurden groß.

„Es fühlt sich aber nicht unangenehm an."

Röte stieg in ihre Wangen. „Die Sache auf dem Boot –"

„Auf dem Boot warst du müde und aufgewühlt. Und ich habe mir Sorgen um deine Sicherheit gemacht."

„Oh." Ihre Augenbrauen zogen sich zusammen.

Gott, so viele Emotionen wanderten über ihr hübsches Gesicht. Er war sich ziemlich sicher, dass Gabbi Hansley nicht in der Lage war, zu lügen.

„Komm." Er verflocht seine Finger mit ihren. „Gehen wir einen Kaffee holen."

Er zog sie zur kleinen Küche. Darin gab es ein paar

Tische und Stühle und eine grüne Wand voller üppiger Pflanzen.

Matteo bemerkte, wie Gabbi auf ihre verschränkten Hände blickte.

„Was?" Er konnte den Ausdruck auf ihrem Gesicht nicht ganz lesen.

„Niemand hat jemals meine Hand gehalten."

Matteo hielt inne. „Was? Jemals?"

Da war wieder diese Röte in ihren Wangen. „Meine Familie ist nicht ... sie sind nicht besonders gefühlsbetont."

„Und Männer?"

„Ähm, nein ..."

Matteo hob ihre Hand an seinen Mund. Er küsste Gabbis Knöchel, und sie schnappte leise nach Luft.

„Das gefällt mir", murmelte er.

„Was?"

„Zu wissen, dass ich der Erste bin."

Sie starrte ihn einfach nur an. Er bekam das Gefühl, als ob Gabbi nicht so viel erfahren und erlebt hatte, wie sie verdiente.

Und es gefiel ihm sehr, ihr mehr Freuden zeigen zu können, große wie kleine.

Er trat an den Kaffeeautomaten und versuchte, seinen aufmüpfigen Schwanz unter Kontrolle zu bekommen, während er ihr zeigte, wie man die futuristische Maschine bediente. „Was willst du trinken?"

„Einen Mokka, bitte."

„Du magst es süß." Er stellte die Kaffeemaschine an, und das Gerät begann zu surren.

„Wer mag denn keine Schokolade?"

Matteo reichte ihr die Tasse und beobachtete sie, als sie den ersten Schluck probierte. Sie schloss die Augen und seufzte leise.

Sein Schwanz, der sich gerade erst beruhigt hatte, erwachte erneut zum Leben. Dieses Geräusch.

Er wollte, dass sie dieses Geräusch für ihn machte.

Er wollte sie.

Matteo spürte nach, wie sich dieser Gedanke in ihm anfühlte. Frauen kamen und gingen. Er mochte es, diese Begegnungen möglichst kurz und unterhaltsam zu halten.

Aber mit dieser Frau wollte er mehr als nur Spaß haben.

Er zwang sich dazu, sich wieder der Maschine zuzuwenden und sich selbst einen Espresso herunterzulassen. Er nippte an der kleinen Tasse.

„Ah, Kaffee auf die italienische Art." Sie lächelte.

„Die *einzige* Art." Er drehte sich zu ihr um. „Gibt es jemanden im Büro, den du anrufen musst? Wegen deiner unerwarteten Abwesenheit? Leute, die sich Sorgen machen werden?"

Ihre Finger krampften sich um den Kaffeebecher zusammen, und sie wandte den Blick ab. „Nein. Meine Freundin Devyn ist auch bei der CIA, aber sie ist im Moment außer Landes. Bei meinem Boss melde ich mich später."

Matteos Kiefer verspannte sich. Kein Familienmitglied, das sie anrufen wollte. Mit dieser wertlosen Familie würde er gerne mal ein Wörtchen reden. „Komm."

Er führte sie zur Kommandozentrale, wo sie Hex

erblickten, die stirnrunzelnd auf den riesigen Bildschirm starrte.

Die Frau wirbelte zu ihnen herum. „Hatten deine Kontakte etwas für dich?"

Matteo schüttelte den Kopf. „Noch nicht. Und deine?"

„Auch nichts." Hex schnaubte. „Ich habe sämtliche Informationen aufgerufen, die ich über die Angreifer finden konnte. Wo sie gewohnt haben, gegessen haben, was sie gekauft haben ..." Sie warf Gabbi einen bewundernden Blick zu. „Gabbi, Rot ist deine Farbe."

„Oh. Danke." Gabbi zupfte an ihrem Pulli herum. „Ich trage nicht oft knallige Farben." Ihr Blick wanderte zum Bildschirm. „Diese Typen benutzen Kreditkarten?"

„Ja. Aber die Karten sind neu und wurden auf Briefkastenfirmen registriert."

Gabbi stellte ihren Kaffeebecher auf einem Schreibtisch ab und trat auf den großen Bildschirm zu.

Mit verschränkten Armen lehnte sich Matteo gegen den langen Tisch, der in der Mitte des Raumes stand. Er bemerkte den konzentrierten Ausdruck, der sich über Gabbis Gesicht legte.

„Kannst du die Bankverbindungen zurückverfolgen und die Transaktionen isolieren?", fragte sie Hex.

„Vielleicht?" Hex tippte auf ihrem Tablet herum. „Es wird eine Weile dauern. Du willst der Geldspur folgen?"

„Man folgt immer der Geldspur", erwiderte Gabbi.

„Leider sind Kriminelle sehr gut darin, gerade die zu vertuschen."

„Sie hinterlassen immer virtuelle Fingerabdrücke."

Matteo und Hex sahen sie an.

Gabbi zuckte mit einer Schulter. „Ich bin Unterneh-mensanalytikerin bei der CIA. Das ist mein Job." Sie wandte sich wieder dem Bildschirm zu. „Schauen wir, was wir herausfinden können."

Matteo sah zu, wie die Frauen arbeiteten. Hex erklärte Gabbi, wie man den interaktiven Bildschirm benutzte, und schon bald war Gabbi völlig in ihre Arbeit versunken, ließ ihre Finger über die Tasten tanzen und führte Suchvorgänge aus.

Er konnte den Blick nicht von ihr abwenden. Da saß sie, nichts als stilles Selbstvertrauen, führte Recherchen durch und grub nach weiteren Informationen. Als sie erst einmal richtig losgelegt hatte, hatte sogar Hex Probleme, mit Gabbi Schritt zu halten.

Während er Gabbi einfach nur beim Arbeiten zusah, verspürte Matteo einen leichten Anflug von Erregung.

Er stellte fest, dass sie an ihrer Unterlippe knabberte, wenn sie tief in Gedanken versunken war. Es war verdammt sexy.

„Hier." Gabbi zeigte mit dem Finger auf den Bildschirm.

„Was?", frage Hex stirnrunzelnd.

Matteo kam zu ihnen und blieb dicht neben Gabbi stehen. Seine Schultern streiften ihre, und sie zuckte zusammen, als ob sie sich gerade erst wieder daran erin-nern würde, dass er ebenfalls im Raum war.

„Was hast du gefunden?", fragte er.

Ihr Blick fiel auf seinen Mund.

Erregung und Belustigung durchzuckten ihn glei-chermaßen. „Gabbi?"

„Oh. Ich konnte eine der Karten zu einer Bank in

New York zurückverfolgen. Atlantic Savings. Das Konto wurde von einer Reinigung in Brooklyn eröffnet. Ich bin mir ziemlich sicher, dass unsere Jungs keine Klamotten reinigen."

„Brooklyn?", fragte Matteo.

Gabbi tippte etwas ein, und eine Karte erschien. Darauf glühte ein heller, roter Punkt.

„Oh, verdammt." Hex starrte auf den Bildschirm.

„Was?" Gabbi runzelte die Stirn.

„Das ist Giorgios Revier", murmelte Hex.

Gabbi zog eine Augenbraue hoch. „Giorgio?"

„Giorgio Ambrosino", erklärte Matteo. „Er leitet die Mafiageschäfte in Brooklyn."

„Hat er Verbindungen nach Italien?", fragte Gabbi.

„Lose. Er ist ... ein Verbündeter von Sentinel Security. Oder so etwas in der Art."

Hex prustete. „Ist er nicht. Er hat nur Angst vor Killian, also tut er uns hin und wieder einen Gefallen."

„Tja, jedenfalls wird er meine Fragen beantworten." Matteo verschränkte die Arme. Normalerweise war Giorgio abends immer in seinem Club. „Ich werde ihm einen Besuch im Envy abstatten."

„Envy?" Gabbi drehte sich zu ihm herum.

„Ein teurer Club." Es war Hadley, die ihre Frage beantwortete, als sie zur Tür hereinkam. „Teils Alte-Herren-Club, teils Stripclub, teils Nachtclub. Die alten Säcke mögen es durch die Bank weg, Zigarren zu paffen, zu trinken und junge Mädchen anzugrapschen." Ihre Hände waren voll mit Einkaufstüten.

„Der Nachtclub ist für seine Cocktails bekannt und zum Tanzen beliebt", erklärte Hex.

„Ich werde Giorgio einen Besuch abstatten", sagte Matteo.

„Warte." Gabbi richtete sich auf, und ihr Blick bohrte sich in den Bildschirm. „Ich komme mit."

Matteo runzelte die Stirn. „Nein."

Sie legte den Kopf zur Seite. „Habe ich das Memo darüber verpasst, dass du verantwortlich für mich bist?"

Hex und Hadley versagten kläglich dabei, ihr Grinsen zu verbergen.

Matteo stemmte die Hände in die Hüften und trat auf Gabbi zu. „Nein, aber ich sorge für deine Sicherheit. Hast du schon vergessen, dass ein paar ziemlich skrupellose Gangster hinter dir her sind?"

„Sie sind auch hinter dir her."

„Mich werden sie aber nicht sehen."

„Dann werden sie mich auch nicht sehen. Ich habe jetzt all diese Informationen." Sie wedelte mit der Hand in Richtung der Finanzdaten auf dem Bildschirm. „Und ich will, dass diese Situation geklärt wird. Je schneller wir diese Leute finden, umso schneller sind wir in Sicherheit und umso schneller kann ich zu meinem alten Leben zurückkehren."

Er stieß ein frustriertes Geräusch aus.

„Ich bin nicht irgendeine hilflose Jungfrau in Nöten, Matteo. Ich arbeite für die CIA."

Er seufzte.

„Und auch wenn ich zufällig in diese Sache hineingezogen wurde, hat mein eigener Bruder mich zu einer Zielscheibe gemacht. Ich will, dass diese Leute gestoppt werden."

„Ich werde dafür sorgen, dass niemand sie erkennt",

versicherte Hadley. „Und dass sie für das Envy richtig angezogen ist." Raschelnd wühlte sie in einer der Einkaufstüten herum. „Ich habe da genau das Richtige." Sie beäugte Gabbi.

Gabbi reckte trotzig ihr Kinn.

Merda. Verdammt, auch das fand er sexy.

„Na schön. Aber du bleibst die ganze Zeit über an meiner Seite." Er verspürte ein unangenehmes Gefühl in der Magengegend. Er hasste die Vorstellung, sie ins Envy mitzunehmen. „Du hältst dich an meine Anweisungen."

„Klar."

Matteo war sich ziemlich sicher, dass er diese Nummer noch bereuen würde.

KAPITEL ACHT

„I ch denke nicht, dass das eine gute Idee ist."

Hadley schnaubte. „Es ist eine hervorragende Idee, Gabbi. Das Gold steht dir perfekt."

Gabbi hatte nichts gegen die Farbe des mit goldenen Pailletten verzierten Kleides einzuwenden, es waren die Länge und der tiefe V-Ausschnitt, die sie nervös machten.

Sie stand vor dem Ganzkörperspiegel in Hadleys Apartment.

Die Wohnung hatte einen ähnlichen Grundriss wie die von Matteo, sah aber dennoch vollkommen anders aus. Sie war in weicheren Weiß- und Grautönen gehalten, mit in Pink und Blau gehaltener Deko, und verströmte mondäne Weiblichkeit.

Das Kleid, das Gabbi trug, reichte ihr bis zur Mitte der Oberschenkel. Wenn sie sich bewegte, ließ das Licht die Pailletten schimmern. Immerhin hatte es lange Ärmel, die einen Kontrast zu dem tiefen Ausschnitt bildeten. Dem *richtig* tiefen Ausschnitt.

„Das bin nicht wirklich ich."

Hadley trat hinter sie und fingerte an Gabbis Haaren herum. Gabbi trug eine schwarze Perücke, die in einen geraden Bob geschnitten war. Damit sah sie verdammt sexy aus.

„Lass mich raten, du bist eher das kleine Schwarze, das bis zu den Waden reicht und mit dem man nichts falsch machen kann."

Gabbi widerstand dem Drang, die Schultern bis zu den Ohren hochzuziehen. „Vielleicht. Goldenes Minikleid bin ich jedenfalls definitiv nicht."

„Woher willst du das wissen?" Im Spiegel suchte Hadley Gabbis Blick und sah sie herausfordernd an.

„Ich war immer das intelligente Mädchen aus der armen Nachbarschaft, Hadley. Ich war nicht das hübsche Mädchen. Ich war nicht das reiche Mädchen, und auch nicht das stylishe Mädchen. Intelligent, vernünftig und verzweifelt – das hat mich dahin gebracht, wo ich heute bin."

Hadleys Ausdruck wurde ernst. „Jemand hat dir böse mitgespielt. Ein schlimmer Ex?"

„Nein, ich –" Ihr Handy klingelte. „Entschuldige."

Der Name ihrer Mutter leuchtete auf dem Display auf, und Gabbi zögerte. Vielleicht hatten sie sich Sorgen um sie gemacht.

„Hi, Mom."

„Warum gehst du nicht an dein Handy, du dumme Kuh? Dein Bruder wurde schon wieder von den Bullen mitgenommen. Jemand hat ihn übel verprügelt. Du musst ihn da rausholen. Schick mir Geld und –"

Kopfschmerzen explodierten in Gabbis Schädel. Sie

presste einen Finger gegen ihre Schläfe. „Ich war beschäftigt, Mom." *Beschäftigt damit, um mein Leben zu rennen.*

„So verfickt egoistisch. Du hast immer schon gedacht, du wärst was Besseres. Du bist der letzte Dreck, Mädel, genau wie wir alle. Du magst einen hochtrabenden Job und ein nobles Haus haben, aber das ändert nichts daran."

„Ich weiß. Ich bin beschäftigt, Mom. Und Casey hat seine Entscheidungen getroffen. Er ... hat mir etwas Unentschuldbares angetan. Ich bin fertig mit ihm. Es gibt nichts, was ich noch für ihn tun kann oder will." Sie beendete den Anruf, drückte sich für eine Sekunde die Hand auf die Stirn und setzte dann ein gezwungenes Lächeln auf. „Wo waren wir stehengeblieben?"

Hadley starrte sie einen Moment lang an. „Also doch kein Ex." Sie richtete sich auf. „Frischen wir dein Make-up auf und suchen wir dir ein Paar Schuhe aus."

„Wenn du mir Stilettos anziehen willst, Hadley, werde ich auf Krücken durch die Gegend humpeln, bevor der Abend vorbei ist."

Die Frau warf ihr ein Lächeln zu. „Ich habe genau das Richtige."

Das „Richtige" stellte sich als goldene High Heels heraus, aber sie waren nicht zu hoch und der Absatz war außerdem breit genug, dass Gabbi nicht das Gefühl hatte, auf einem Stecknadelkopf zu balancieren.

Sie würde in diesen Schuhen nicht rennen können, aber immerhin liefen ihre Knöchel nicht Gefahr, zu brechen.

Einmal mehr drehte Hadley sie zu dem Ganzkörper-spiegel um.

Oh ... *oh.*

Die Frau im Spiegel sah heiß aus.

„Atemberaubend", lobte Hadley anerkennend. „Das Gold ist perfekt, und du hast fantastische Beine. Du brauchst lebhafte Farben."

Gabbi hob die Hand und berührte den Ausschnitt des Kleides.

„Zum Glück hast du keinen zu großen Busen und kannst diesen Ausschnitt wirklich tragen." Hadley strich Gabbis Perücke glatt. „Du wirst ihn von den Socken hauen."

Gabbis Blick fuhr herum und erwiderte Hadleys. „Wen?"

Die Sentinel-Security-Agentin legte den Kopf zur Seite, ein kleines Lächeln auf den Lippen.

„Du weißt, wen. Den sündig heißen Italiener."

Gabbi schluckte. „Da ist nichts zwischen uns. Wir kennen uns kaum."

„Er ist schrecklich besitzergreifend dir gegenüber."

„Er scheint generell ein besitzergreifender Kerl zu sein."

„Ich habe ihn noch nie zuvor mit irgendwem so gesehen."

Gabbis Herz vollführte einen Salto. Oder eher einen Bauchklatscher. Sie ignorierte es. „Weißt du, ich habe einen Plan für mein Leben. Guter Job, hübsches Haus, ein geregeltes Leben."

„Das klingt –"

„Langweilig, ich weiß. Und nachdem ich beinahe

niedergeschossen wurde, will ich jetzt ein bisschen mehr leben. Reisen. Öfter essen gehen. Andere Orte sehen. Aber nirgendwo in meinem Plan taucht ein Mann wie Matteo Mancini auf."

Hadley lächelte bloß. „Komm, bringen wir dich nach unten."

Sie gingen zu den Büros von Sentinel Security, und Gabbis Absätze klackerten durch die Gänge, während sie Hadley folgte. Sie war dankbar, dass sich die Schuhe als überraschend bequem zum Laufen erwiesen.

Vorhin hatte sie mit ihrem Boss gesprochen und ihm einen Überblick über ihre derzeitige Lage gegeben. Cain hatte bereits den Großteil der Details weitergeleitet. Gabbis Boss hatte ihr befohlen, auf sich aufzupassen, und ihr gesagt, dass sie Sentinel Security zur Unterstützung zugewiesen worden wäre, wozu auch immer das Team sie brauchen würde.

Für den Moment war sie nun also Sentinel Security unterstellt, wenn man so wollte.

Killian und Matteo waren mit Hex in der Kommandozentrale. Ein dritter Mann stand neben ihnen. Er trug eine Anzughose und ein weißes Hemd mit hochgerollten Ärmeln, aus denen muskulöse Unterarme hervorschauten. Seine Haare waren dunkelbraun, und er hatte einen ordentlich gepflegten Bart.

Noch so ein kantiger Hottie. Gabbi fragte sich, ob das bei Sentinel Security Einstellungsvoraussetzung war.

Der bärtige Mann erblickte sie als Erster, und seine Augen wurden groß.

Nach ihm hob auch Matteo den Kopf – und erstarrte.

„Sie ist fertig", verkündete Hadley.

Matteo starrte Gabbi einfach nur an, während sie gegen den Drang ankämpfte, nervös herumzappeln. Dann flog sein Blick zu Hadley.

„Dein Ernst?", fragte er sie.

„Sie brauchte einen Look, der glaubwürdig für das Envy wirkt. Den hat sie jetzt."

Gabbis Finger glitten über ihr Kleid. Verdammt, es war wirklich kurz. „Sehe ich passabel aus?"

„Bestens." Etwas Schneidendes lag in Matteos Stimme. Er griff nach seiner Jacke und schlüpfte hinein.

„Gabbi", sagte Killian. „Das hier ist mein Stellvertreter, Nick *Wolf* Garrick. Er hat ein paar Tage frei und ist nur kurz vorbeigekommen, um nach dem Rechten zu sehen."

Der bärtige Mann nickte. „Hi, Gabbi."

„Hallo."

„Du siehst heiß aus." Nick wirkte, als ob er ein Lächeln verbergen würde.

Gabbi wurde rot. „Oh, danke."

Matteo knurrte.

Er hatte sich umgezogen und trug nun ein dunkelgraues Hemd unter seinem dunklen Anzug. Er sah ein bisschen gefährlich aus.

„Gehen wir", sagte er.

Seine verhaltene Reaktion enttäuschte Gabbi etwas, aber sie winkte den anderen zum Abschied zu, wobei sie Hadley dabei ertappte, wie sie einen genervten Blick in Richtung Decke warf.

Matteo führte sie in die Tiefgarage zu einem sportlichen, sexy geschnittenen Wagen in Schwarz. Gabbi warf einen Blick auf das Dreizack-Logo. Ein Maserati. Natürlich fuhr er einen italienischen Wagen.

„Ist das dein Auto?", fragte sie.

„Ja." Er zog ihr die Beifahrertür auf. „Ich fahre gerne schnell und stilvoll."

Das Leder der Sitze war weich und glatt, und das Wageninnere roch nach teurem Auto, vermischt mit Matteos Eau de Cologne.

Er sagte nicht viel, während sie nach Brooklyn fuhren.

„Wir treffen Giorgio. Normalerweise hält er im Envy Hof, umringt von seinen Vollstreckern. Bleib in meiner Nähe."

„Und sieh hübsch aus?"

Er blickte in ihre Richtung. „Ja. Und setze deinen wachsamen Verstand ein."

Gabbi atmete tief durch. „Noch mal, tut mir leid, dass du mich am Hals hast."

Er schnaubte. „Mir nicht."

„Du hast eine komische Art, es zu zeigen."

„Ich habe Temperament, Gabbi. Seit ich mit der Undercover-Arbeit aufgehört habe, habe ich es öfter herausgelassen, als ich es hätte tun sollen."

Unruhig rutschte sie auf ihrem Sitz herum. „Das ist gut. Besser, nicht immer alles runterzuschlucken."

Wieder schaute er sie an. „Ist es das, was du tust?"

„Ja", gestand sie. „Ich bin eine regelrechte Meisterin darin. Musste ich sein. Das habe ich bereits als Kind gelernt. Weinen und Schreien hat mir immer nur Ohrfeigen eingebracht. Und auch später war es am besten, keine Enttäuschung oder Scham zu zeigen, denn das hat mir mitfühlende oder bedauernde Blicke von Fremden beschert." Sie hatte es gehasst. „Oder meine Familie hat es gegen mich eingesetzt."

Warum erzählte sie ihm das?

Sie hörte, wie er fluchte. Dann sah sie vor ihnen das, was der Club sein musste.

Das Envy war nicht besonders auffällig. Es befand sich in einem gewöhnlichen Gebäude, und nur das diskrete, rot leuchtende Schild über der Tür und die zwei stämmigen Türsteher davor gaben Hinweise darauf, was sich in den Räumen dahinter abspielte.

Matteo parkte seinen Maserati vor dem Eingang. Er schritt um das Auto herum und half Gabbi heraus.

Gabbi erhob sich und straffte die Schultern. Devyn beschrieb verdeckte Ermittlungen immer damit, in eine fremde Haut zu schlüpfen. Wie ein Schauspieler in ein Kostüm.

Gabbi setzte ein, wie sie hoffte, kokettes, rätselhaftes Lächeln auf, als sie gemeinsam mit Matteo auf den Eingang zuging. Die Blicke der Türsteher hefteten sich auf sie, oder besser gesagt, auf ihre Beine.

Matteo runzelte die Stirn und griff nach ihrer Hand.

„Richtet Giorgio aus, dass Hades hier ist, um mit ihm zu sprechen."

Etwas blitzte in den Gesichtern der massigen Türsteher auf. Einer der beiden wandte sich ab und sprach in ein Funkgerät.

Der andere winkte sie hinein.

Das Dekor des Clubs war rot, mit schwarzen Akzenten. Riesige, goldgerahmte Bilder von sich umarmenden Paaren zierten die Wände.

Aus den Lautsprechern schallte Musik, und sie folgten den Klängen. Matteo hielt einige schwere Türen für sie auf, und dahinter erstreckte sich die große Tanzfläche.

Sie befand sich in der Mitte des Raumes, mit einer weiten, gewölbten Decke darüber. Tische und Stühle waren in die Schatten am Ende des Saals verbannt.

Eine Kellnerin stolzierte mit einem Tablett voller Getränke an ihnen vorbei. Sie trug einen sehr kurzen Rock und einen Hauch von Satin als Top.

Männer in Anzügen saßen auf den Sesseln. Während Gabbi zu ihnen sah, tätschelte einer von ihnen den Oberschenkel einer Frau, die auf der Armlehne seines Sessels saß. Seine Hand verschwand unter dem Rock ihres kurzen Kleides.

„Hades!"

Ein junger Mann in einem Nadelstreifenanzug erschien, eindeutig Italoamerikaner. Seine dunklen Haare hatte er zurückgegelt, und vermutlich wünschte er sich, er sähe mehr wie Matteo aus. Seine Nase war ein wenig zu groß, sein Kiefer ein wenig zu weich.

„Tommy, Giorgios Sohn", murmelte Matteo Gabbi zu.

Sie nickte.

„Tommy", begrüßte Matteo den Mann.

„Wer ist das?" Tommys Blick wanderte über Gabbis Körper.

„Gabbi." Matteo schlang einen Arm um ihre Taille und zog sie an sich.

„Hübsch. Er wird gleich mit dir sprechen. Er telefoniert noch." Sein Blick wanderte zu Gabbis Beinen.

„Warum tanze ich nicht eine Runde mit der reizenden Gabbi, während wir warten?"

Matteo versteifte sich. „Nein."

Tommy sah ihn finster an. „Du solltest ein bisschen Vertrauen zeigen, Hades."

„Du sagst mir nicht, was ich zu tun habe."

Gabbi spürte, wie die Spannung stieg.

Sie leckte sich über die Lippen. „Warum denn nicht? Ich würde gern tanzen." Ihre Augen suchten Matteos, und sie warf ihm einen vielsagenden Blick zu. *Vielleicht kann ich Informationen aus ihm herausbekommen.*

Matteos Hand schlang sich noch fester um ihre Taille. „Geh nicht zu weit weg, *Cara*."

Sie stellte sich auf die Zehenspitzen und drückte ihm einen Kuss auf den Mundwinkel. „Werde ich nicht."

MATTEO SASS in einem Ohrensessel und konnte kaum dem Drang widerstehen, auf die Tanzfläche zu stürmen und Gabbi aus Tommys Armen zu reißen.

Sie standen nicht besonders eng zusammen, während sie tanzten, aber das Arschloch hatte seine Hände auf ihren Körper gelegt, hielt ihre Hüfte fest und lächelte, als ob er sie sich gerade nackt vorstellte.

„Hades."

Er drehte sich um. Giorgio kam auf ihn zu, flankiert von zwei Muskelprotzen von Bodyguards.

Matteo stand auf. „Giorgio."

Er sah aus wie jedermanns reicher Lieblingsonkel. Eher klein und mit überschüssigen Kilos um die Mitte, die auch sein Designeranzug nicht kaschieren konnte. Seine Haare waren von Grau durchzogen, und er hatte ein joviales Lächeln auf dem Gesicht.

Giorgio mochte zwar lächeln, aber er hatte Augen wie ein Hai – leer, leblos und berechnend.

„Setz dich, mein Freund, setz dich." Giorgio ließ seinen schweren Körper in einen Sessel Matteo gegenüber sinken. Er winkte eine Kellnerin herüber.

„Zwei Macallans. Fünfundzwanzig Jahre alt. Pur."

Die junge Frau nickte und ließ ihr Lächeln auch dann nicht verrutschen, als Giorgio ihren Hintern tätschelte.

„Also, mein Freund. Was führt dich in mein Etablissement?"

Wieder wanderte Matteos Blick zur Tanzfläche, wo sich Gabbi zum Rhythmus der Musik bewegte. Sie tanzte überraschend gut und mit natürlicher Anmut. Wenn sie die Dinge nicht zergrübelte, kam ihre Sinnlichkeit an die Oberfläche.

Dann versuchte Tommy, sie enger an sich zu ziehen, und Matteos Blick verfinsterte sich.

„Deine Frau?"

Matteo sah zurück zu Giorgio. Er wusste, dass er *für heute Abend* sagen sollte, dass Gabbi nur eine zeitweilige Unterhaltung sei, aber diese Worte kamen ihm einfach nicht über die Lippen.

„Ja, sie gehört mir."

„Ich kann den Reiz sehen. Normalerweise mag ich ein bisschen mehr Auffälligkeit, aber das bringt meistens auch mehr Kopfschmerzen mit sich."

„Ich will nicht deine oder meine Zeit verschwenden",

sagte Matteo. In Wirklichkeit wollte er Gabbi einfach nur so schnell wie möglich wieder hier rausbringen. „Ich wurde in D.C. von irgendwelchen Typen angegriffen."

Die Kellnerin kam zurück, und Giorgio griff nach seinem Drink und schwenkte den Whiskey im Glas. „Du hast Feinde, Hades. Genau wie dein Boss."

„Diese Männer waren Italiener. Italienische Reisepässe, allerdings haben sie Kreditkarten benutzt, die mit einem deiner Geschäfte hier in New York in Verbindung stehen." Matteo griff nach seinem eigenen Glas, und die Kellnerin warf ihm einen langen Blick und ein aufreizendes Lächeln zu.

„Ah." Giorgio runzelte die Stirn. „Welches Geschäft?"

„Die *Clean and Easy Dry*-Wäscherei."

„Emilio." Giorgio schnipste mit den Fingern.

Einer der Bodyguards trat vor. Giorgio bellte ihm Befehle für das Auftreiben von Informationen zu, und der Mann schlenderte davon.

„Trink." Giorgio nahm selbst einen Schluck. „Richte Hawke aus, dass ich kooperiert habe."

„Selbstverständlich."

Giorgio blickte an Matteo vorbei und lächelte. „Vorsicht. Mein Sohn könnte dir deine Frau vor deinen Augen wegschnappen."

Matteo drehte sich um. Tommy hatte einen Arm um Gabbi geschlungen und wisperte etwas in ihr Ohr. Gerade wollte Matteo aufspringen, als er sah, wie Gabbi den jungen Mann verspielt fortschob und etwas erwiderte.

Tommy sah verdrossen aus, gehorchte aber.

Matteo verbarg sein Lächeln. Seine *Cara* hatte auf sich selbst aufgepasst. Sie war klug und fähig. Sicher, ihr inneres Selbstbewusstsein hatte dank ihrer Arschlochfamilie Schaden genommen, aber es war noch da.

Wie würde es sein, sie erstrahlen zu sehen? Wenn sie aufhörte, sich selbst zurückzuhalten?

Matteo wollte es sehen.

Der Bodyguard kam zurück und flüsterte Giorgio etwas ins Ohr. Wieder schwenkte der Mafiaboss die bernsteinfarbene Flüssigkeit in seinem Glas, sah dabei aber unbehaglich aus. „Die Kreditkarten waren ein Gefallen. Für einen Freund der Familie."

„Ich brauche mehr als das."

Die Musik wechselte. Gabbi hörte auf, mit Tommy zu tanzen, und tanzte nun für sich. Anmutig bewegte sie sich zur Musik, als hätte sie die Welt um sie herum vergessen.

Matteos Herz wurde warm bei ihrem Anblick. Sie war so bezaubernd. Der Saum ihres kurzen Kleides rutschte höher und höher.

„Ich habe einen Neffen", fuhr Giorgio fort. „Macht mir das Leben verdammt schwer. Ich war froh, als er in eine Familie in Washington D.C. hineingeheiratet hat."

Matteo zwang seinen Blick zurück zu dem Mann. „Es gibt Mafia in D.C.?"

„Die Mafia ist überall. Diese Familie ist unauffällig. Das muss sie auch sein, wenn man bedenkt, wie viele Bundesagenturen in Washington ihre Zentrale haben. Sie besitzt eine Kette von Pizzerien. FullService." Er gluckste. „Die Kunden können mehr als nur Salamipizza bestellen. Kokain. Heroin. Ecstasy. Meth. Wonach auch immer dir ist."

Verdammte Scheiße.

„Sie expandieren und haben Kontakte nach Übersee geknüpft", fuhr Giorgio fort.

„Und weiter?", drängte Matteo ihn.

„Mit irgendeiner Familie in Italien. Einer, die ebenfalls darauf aus ist, zu expandieren."

„Name?"

„Weiß ich nicht. Die Familie in D.C. sind die Morellos. Über ihre internationalen Freunde weiß ich gar nichts. Aber sie brauchten saubere Kreditkarten, weil ihre Freunde hier einen Job hatten und unsichtbar bleiben wollten. Ich nehme an, dass ihnen das nicht gelungen ist, wenn sie deine Aufmerksamkeit erregt haben."

„Nein. Sie sind definitiv nicht unter dem Radar geblieben, als sie in einem der besten Restaurants in D.C. mit Handfeuerwaffen um sich geschossen haben, um mich zu erwischen."

Giorgio schnalzte mit der Zunge. „Amateure. Scheint, als ob du jemanden sehr verärgert hättest."

Matteo grunzte. „Es gibt immer jemanden, der verärgert ist. Du weißt, wie es ist."

Giorgio stieß ein dröhnendes Lachen aus. „Das weiß ich allerdings. Man ist gerade mit dem einen fertiggeworden, und schon taucht der Nächste auf. Und ehe man sich versieht, sind auch die Kinder erwachsen und hegen ebenfalls einen Groll gegen dich."

Matteo sah zu, wie Tommy auf der Tanzfläche erneut versuchte, sich an Gabbi ranzumachen.

Er war fertig hier.

„Danke für den Whisky." Er erhob sich, fuhr herum und marschierte auf die Tanzfläche.

Lichter blitzten durch die Schatten.

Gabbi befand sich in ihrer eigenen Welt, schwang ihre Hüften, ein goldener Strahl in der Dunkelheit.

Matteo trat hinter sie und suchte Tommys Blick.

Der Mann runzelte die Stirn und sah aus, als ob er diskutieren wollte, besann sich dann jedoch eines Besseren und schlich sich davon.

Matteo drückte sich gegen Gabbi. Sie zuckte zusammen, als er seinen Mund an ihr Ohr presste.

„Ruhig, *Cara*."

Entspannt lehnte sie sich an ihn.

In diesem Moment wurde ihm klar, dass er ihr Vertrauen gewonnen hatte.

Eine Kostbarkeit, das Vertrauen einer Frau.

Matteo bewegte sich zur Musik. Seine Mutter hatte früher immer Musik gespielt oder Partys gegeben, als er ein Kind gewesen war. Er war mit Tanzen aufgewachsen.

Er schlang seinen Arm um Gabbi. Sie schmiegte sich so perfekt an ihn. Während sie sich zusammen bewegten, drückte sich ihr Hintern gegen seinen härter werdenden Schwanz. Sein Stöhnen wurde von der Musik übertönt.

Als er eine Hand auf ihren Bauch legte, bedeckte sie sie mit ihrer.

Zusammen bewegten sie sich zum Rhythmus der Musik. Sie pulsierte durch ihn hindurch wie ein zweiter Herzschlag.

Matteos Hand glitt Gabbis Arm hinunter, und er

verschränkte seine Finger mit ihren. Er spürte, wie ihr Bauch unter seiner anderen Hand bebte.

Das Verlangen brannte in seinen Lenden. Für Matteo gab es niemand anderen mehr im Raum, nur noch sie beide.

Er drehte Gabbi zu sich um. Diese großen, blau-grauen Augen suchten seine.

Matteo nahm ihr Gesicht in seine Hände, dann strei-chelte er über die Linie ihres Kiefers. Ihre Lippen öffneten sich.

Fuck. Er wollte sie so dringend, sie zu küssen. Ihren Duft einatmen.

Aber er konnte nicht. Nicht an diesem Ort.

Er war sich nicht sicher, ob er nach nur einem Kuss überhaupt aufhören könnte.

Sein Daumen strich über ihre Unterlippe. „Gabriella ...“

Sie drückte sich an ihn. Matteo senkte den Kopf, und ihre Lippen waren nur noch ein Wispern voneinander entfernt.

„Wir müssen gehen“, sagte er.

Ein neuer Song begann. Die Musik wurde schneller. Gabbi blinzelte, als ob sie aus einer Trance erwachen würde.

Sie schluckte. „Hast du bekommen, was du brauchst?“

Er nickte. „Nicht so viel, wie ich mir erhofft hatte, aber es ist ein Anfang.“

„Okay. Tommy hatte leider auch nichts Nützliches mitzuteilen.“ Sie wollte einen Schritt zurückweichen, aber Matteo zog sie eng an sich. Ihre Hände pressten sich auf seine Brust.

„Du bist atemberaubend", murmelte er.

Ihre Augen wurden groß.

„Ich wünschte, wir wären woanders, an einem sicheren Ort", sagte er.

„Matteo, ich weiß, dass ich nicht die Sorte Frau bin, mit der du sonst Zeit verbringst."

„Intelligent und wunderschön?"

Ihr Blick fiel auf seinen Mund.

Er stöhnte leise. „Gabriella, du solltest mich nicht so ansehen. Nicht hier."

„Okay." Ein Wispern. „Du hast recht."

Ihre Hand fest in seiner, zog Matteo Gabbi zum Ausgang.

Er wollte sie hier rausbringen. Er wollte sie nur für sich haben.

KAPITEL NEUN

Als sie sich in den Beifahrersitz zurücklehnte, krallte Gabbi ihre Finger in den Rock ihres Kleides.

Ihr Puls raste noch immer, und ihr Blut war heiß wie Lava.

Sie warf einen Blick auf Matteo auf dem Fahrersitz. Er hatte sich in den Sitz gefläzt wie ein großes, gefährliches Raubtier.

Das Schnurren des kraftvollen Motors vibrierte durch sie hindurch, und Gabbi versuchte, sich nicht auf ihrem Sitz zu reiben.

Mit Matteo zu tanzen ... war so heiß.

Ihre Haut glühte, ihr Bauch stand in Flammen.

Auf der Tanzfläche, unter dem blitzenden Stroboskoplicht, hatte er sie an den finsteren Gott denken lassen, Hades. Er hatte sie gejagt wie Hades seine Persephone. Hatte sie sich geholt.

Gabbi betrachtete seinen starken Kiefer, die Linie seiner Nase. So verdammt attraktiv.

Ich will dich.

Die Stimme hallte in ihrem Kopf nach. Sie wollte ihn wirklich für sich haben.

Plötzlich bemerkte sie, wie Matteo die Stirn runzelte und einen Blick in den Seitenspiegel warf.

Er trat aufs Gas und bog abrupt um die nächste Ecke. Gabbi wurde fest in ihren Sitz gedrückt.

„Matteo?"

„Jemand folgt uns", knurrte er.

Gabbi warf einen Blick in den Rückspiegel „Der schwarze Mercedes?"

„Genau der." Er sprach lauter. „Ruf Hex an."

Der Anruf wurde über die Freisprecheinrichtung verbunden. „Hey, Hades." Hex' Stimme erfüllte das Auto. „Wie ist es gelaufen?"

„Gut. Gabbi und ich kommen gerade aus dem Envy, aber wir haben Gesellschaft."

„Ich rufe euren Standort auf." Hex' Stimme klang augenblicklich schärfer.

Gabbi wurde klar, dass Hex zwar lustig und ungezwungen sein konnte, aber dennoch verdammt gut in ihrem Job war, wenn es darauf ankam.

„Schwarzer Mercedes", informierte Matteo sie. „C-Klasse."

„Ich sehe ihn. AMG."

Matteo fluchte. „Also hat er ordentlich Power unter der Motorhaube."

„Ja", bestätigte Hex.

Matteo wechselte die Spur und bog erneut ab.

Gabbi zückte ihr Handy. „Hex, hast du eine Verkehrs-App?"

„Ja. Ist bereits auf deinem neuen Handy installiert."

Gabbi hielt inne. „Was?"

„Ich habe mir vorhin dein Handy geschnappt und einige zusätzliche Sicherheitsfunktionen und ein paar andere Dinge installiert."

Kopfschüttelnd öffnete Gabbi die App und tippte auf dem Bildschirm herum. „Matteo, biege an der nächsten Kreuzung rechts ab. Auf der Straße sollte kein Verkehr sein."

„Wird gemacht", erwiderte er.

Sie verspürte einen Anflug des Stolzes. Er hatte nicht gezögert, ihren Vorschlag zu befolgen.

„Okay. Dann nimmst du die übernächste Straße links." Sie warf einen Blick in den Seitenspiegel. „Sie folgen uns noch immer, aber sie sind zurückgefallen."

Matteo grunzte und gab Gas.

Gabbi wischte durch die Karte und studierte die Verkehrslage. Sie mussten diese Arschlöcher abhängen.

„Wer ist das?", fragte sie.

„Ich weiß es nicht."

„Glaubst du, Giorgio hat uns verraten?"

„Das bezweifle ich, aber möglicherweise jemand anderes im Club."

Vor ihnen kam ein Auto aus einer Nebenstraße gebogen.

Matteo stieg auf die Bremse, und Gabbi wurde gegen ihren Gurt geschleudert. Ihr Handy fiel in den Fußraum.

Der Mercedes schloss die Distanz zu ihnen und fuhr neben sie, die Scheiben dunkel getönt.

Dann öffnete sich das hintere Fenster, und der Lauf einer Waffe erschien.

„Schütze!", schrie Gabbi.

Kugeln prallten vom Wagen ab. Matteo legte den Rückwärtsgang ein, und sie rasten zurück. Weitere Kugel schlugen in ihre Fenster ein, aber das Glas zersplitterte nicht.

Schneidend stieß Gabbi den Atem aus. Die Scheiben waren kugelsicher.

Trotzdem, sie wusste, dass nichts hundertprozentig kugelsicher war, wenn es nur lange genug beschossen wurde.

„Festhalten!", knurrte Matteo.

Er riss das Lenkrad herum, dann schoss das Auto wieder vorwärts. Sie wechselten die Spur und rasten an dem Mercedes vorbei.

Gabbi wurde in ihren Sitz gedrückt. Die Straße war aufgrund der späten Uhrzeit so gut wie leer, Gott sei Dank.

Plötzlich stieg Matteo voll auf die Bremse und ließ das Auto hart um hundertachtzig Grad herumwirbeln.

Gabbis Herz pochte ihr bis zum Hals. Ihre Finger klammerte sich um das Leder ihres Sitzes, während der Wagen herumschleuderte.

Sie kamen frontal vor dem Mercedes zum Stehen, der nun auf sie zuraste.

Oh. Gott.

Sie schossen vorwärts. Gabbi zwang sich, nicht die Augen zuzukneifen. In letzter Sekunde riss Matteo das Lenkrad herum, fuhr auf die Gegenfahrbahn und wich dem Mercedes aus, der gleichzeitig hart abbremste.

Mit rasendem Puls tastete Gabbi im Fußraum nach

ihrem Handy, während Matteo sein Auto zurück auf die richtige Spur lenkte.

Gabbi versuchte, sich zu konzentrieren, und stieß geräuschvoll den Atem aus. „Bieg an der nächsten Ecke links ab. Dann kommt rechts eine Gasse. Wenn wir da durchfahren, könnten wir sie abhängen."

Matteos Zähne blitzten auf, als er sie angrinste. „Danke, *Cara*."

Ihm gefiel das hier. Wohingegen sie, wenn sie zu sehr darüber nachdachte, panisch werden würde.

„Da ist die Gasse." Sie deutete durch die Windschutzscheibe.

Ohne merklich langsamer zu werden, riss Matteo den Wagen herum und bog ab.

Gabbi zuckte zusammen, denn sie erwartete, dass sie gegen eine der Wände kratzen würden, aber Matteo fuhr geschickt die schmale Gasse hinunter und auf der anderen Seite wieder hinaus.

Zurück auf der Straße bog er links ab und mischte sich unter den Verkehr.

„Sind sie irgendwo zu sehen?", fragte er.

Gabbi drehte sich in ihrem Sitz um und atmete erleichtert auf. „Nein. Ich glaube, wir haben sie abgehängt."

„Dank dir."

„Alles okay bei euch?", fragte Hex. „Ich kann euch sehen, aber kein Zeichen des Mercedes auf den Überwachungsaufnahmen."

„Wer sind sie, Hex?", fragte Matteo.

„Ich habe das Nummernschild durch die Datenbank gejagt. Das Auto ist gestohlen."

Matteo fluchte.

„Kommt zurück zur Zentrale", sagte Hex.

„Sind auf dem Weg", erwiderte er.

Gabbis Puls hämmerte noch immer, als sie in die Tiefgarage des Sentinel-Security-Lagerhauses fuhren.

Matteo parkte den Wagen und stellte den Motor ab.

Als sie ausstieg, zitterten ihre Knie ein wenig. Matteo fuhr mit der Hand über die beschädigte Wagenseite.

„Ist es schlimm?", fragte sie.

„Nichts, was man nicht reparieren könnte." Er blickte auf. „Ich kenne da einen Kerl." Er griff nach ihren Fingern. „Bist du in Ordnung?"

„Ähm, ich bin nicht sicher. Ein bisschen zittrig."

„Adrenalinrausch."

„Ja." Er sprudelte durch ihre Adern, und sie spürte, dass sie nicht ganz Herr ihrer Sinne war. Sie streichelte Matteos Finger. „Ich fühle mich ... aufgekratzt."

Er schenkte ihr dieses sexy Lächeln. „Das geht vorüber."

Sie trat auf ihn zu. „Wird es das?"

Sein Blick heftete sich auf ihren Mund, und er senkte den Kopf. „Ja."

Scheiß drauf. Gabbi war es leid, sich immerzu infrage zu stellen und um diese Anziehung herumzuschleichen wie um den heißen Brei. Sie griff nach dem Revers seiner Jacke und zerrte ihn daran an sich.

Ihr Mund prallte auf seinen.

Ein wenig verfehlte sie ihr Ziel, sodass ihre Zähne seine Lippe trafen. Innerlich stöhnte sie auf. Gott, sie konnte nicht einmal richtig küssen.

Sie löste sich von ihm. „Sorry. Ich bin so bescheuert. Ignorier mich einfach –"

Matteo riss sie wieder an sich und presste sie an seine Brust. Dann drängte er sie zurück.

Ihr Puls drehte vollkommen durch, als ihr Rücken gegen eine Wand stieß.

„Matteo?"

„Lass uns das noch mal probieren."

Sein Mund eroberte ihren.

Seine Zunge glitt zwischen ihren Lippen hindurch, und ihr Verstand setzte aus. Sie schlang ihre Arme um seinen Hals und drückte sich an ihn, dann schmolz sie gegen seinen Körper.

Gabbi erwiderte seinen Kuss, hungrig danach, ihn zu schmecken.

Ihre Zungen tanzten einen feurigen Tanz miteinander, und Gabbi wollte nichts mehr, als seinen großen, perfekten, muskulösen Körper zu erklimmen.

Er hob sie von den Füßen und drückte sie gegen die Wand.

Sie klammerte sich an ihn. Sie brauchte mehr. So dringend, so viel mehr.

Doch Matteo zog sich zurück und legte seine Stirn gegen ihre.

„Wir sollten das nicht tun", sagte sie.

Er stieß einen erregten Laut aus. „Ich finde schon."

„Matteo –"

Seine tiefbraunen Augen blickten in ihre. „Wir werden viel Zeit miteinander verbringen, während wir an diesem Fall arbeiten. Also habe ich Pläne für dich."

Gabbi holte tief Luft, um sich zu beruhigen. Wusste

er, wie schwer es war, klar zu denken, wenn sich dieser köstliche Körper gegen sie presste? „Ich mag Pläne."

Er lächelte. „Das weiß ich. Also – vor mir bist du noch nie mit einem Mann gekommen."

Er klang schrecklich selbstgefällig, als er das sagte.

„Ja", sagte sie betont bedächtig.

„Lass mich dir mehr zeigen."

Ihr Bauch zog sich zusammen, und sie spürte ein Pochen zwischen ihren Schenkeln. „Was?"

Matteo beugte sich vor und knabberte an ihrem Ohr. „Lass mich dir ein paar Dinge beibringen, Gabriella. Lass mich dir all die Arten zeigen, wie ein Mann eine Frau befriedigen kann."

Oh. Gott. Hitze flutete ihren Unterleib beim Gedanken daran, Matteo für sich zu haben, für eine Weile zumindest, bevor sie wieder in ihr echtes Leben zurückkehrte.

Das zu haben, was mit Sicherheit heißer, unglaublicher Sex sein würde.

Sie erwiderte seinen Blick. *Tu es, Gab.*

Diesen umwerfenden Mann so lange zu genießen, wie sie konnte. Erfahrungen zu sammeln, Erfahrungen, von denen sie sich sicher war, dass sie sich für den Rest ihres Lebens daran erinnern würde.

„Okay", wisperte sie.

Sein Lächeln erstrahlte. „Ja?"

Sie nickte. „Ja." Gott, sie hoffte nur, dass sie keinen Fehler beging.

Nein, sie war sich ausgesprochen bewusst, dass sie es hier nicht mit einem „für immer" zu tun hatte. Und weder brauchte sie die Liebe, noch glaubte sie daran. Es bestand also absolut kein Risiko, dass sie sich in ihn verlieben würde.

Als sich sein Kopf erneut senkte, knurrte ihr Magen.

Dieses sexy Lächeln wurde noch breiter und drohte, ihren Verstand in Brei zu verwandeln.

„Komm, *Cara*." Er setzte sie ab. „Ich mache dir etwas zu essen. Und später ..." Sein sinnlicher Ton ließ keinen Zweifel daran, was später passieren würde.

Sie hielt sich an seiner Hand fest, denn ihre Knie waren noch immer weich. Zum Glück war es nur eine kurze Aufzugfahrt bis zu den Büros von Sentinel Security.

Hex und Killian warteten dort bereits auf sie.

„Gehts euch beiden gut?" Sorge erfüllte Hex' Augen.

Gabbi schaffte es, zu nicken.

Dann fiel der Blick der Hackerin auf Gabbis geschwollenen, lippenstiftverschmierten Mund und Matteos zerzauste Haare.

Gabbi erinnerte sich nicht einmal mehr daran, mit den Fingern durch seine dichten Strähnen gefahren zu sein, aber wie es aussah, hatte sie das.

Hex' Sorge verwandelte sich in Belustigung.

„Was hat Giorgio dir verraten?", fragte Killian.

„Die Kreditkarten waren ein Gefallen für die Morello-Familie, unten in D.C.", berichtete Matteo.

Killian runzelte die Stirn. „Warum sollten sie dich angreifen?"

„Wir konnten die Punkte noch nicht verbinden, aber die Morellos haben vor Kurzem Verbindungen zu einer Gruppierung in Italien aufgenommen. Eine Allianz, um ihre Geschäfte zu expandieren."

Hex fuhr sich mit den Fingern durch die Haare. „Ich mache mich dran, alles über die Morellos auszugraben."

„Danke, Hex. Und jetzt", seine Finger schlossen sich um Gabbis, „muss ich meiner Frau Essen machen."

„Ich bin nicht deine Frau", widersprach Gabbi.

Er lächelte sie einfach nur an.

MIT EINER BEWEGUNG aus dem Handgelenk rührte Matteo die Soße aus Garnelen, Tomaten und Weißwein in der Pfanne um.

Hinter ihm hörte er leise Schritte.

„Die Pasta ist fast fertig. Ich habe dir schon ein Glas Weißwein eingegossen." Er drehte sich um.

Matteo spürte, wie sich sein Herz zusammenzog.

Gabbi hatte sich umgezogen und abgeschminkt. Er war froh, statt der Perücke ihre echten Haare zu sehen, die sie in einen einfachen Pferdeschwanz gebunden hatte. Sie trug eine Jeans und ein langärmliges, schwarzes T-Shirt mit tiefem Ausschnitt.

Er versuchte, seinen Blick nicht auf die Kurven ihrer Brüste zu heften.

„Setz dich. Wir können gleich essen."

Er wandte sich wieder dem Herd zu, schüttete die Pasta ab und richtete sie an.

„Du kannst also kochen?", bemerkte sie.

Matteo warf ihr einen Blick über die Schulter zu. „Ja. Ich komme nicht oft dazu, aber ich koche gern. Eine unserer Haushälterinnen hat es mir beigebracht, als ich jünger war. Ich habe ständig Ärger gemacht." Er lächelte. „Ich war ein ziemlich energiegeladener Junge."

„Darauf will ich wetten."

„Donata hat sich erbarmt und mich in der Küche beschäftigt."

Gabbi fingerte am Stiel ihres Weinglases herum. „Ihr hattet eine Haushälterin?"

Sie hatten eine ganze Flotte von Angestellten gehabt. „Meine Familie ist wohlhabend."

Gabbi legte den Kopf zur Seite. „Steht ihr euch nah?"

„Nein." Er schluckte. „Sie waren nicht gerade begeistert, als ich zur Polizei gegangen bin." Vor allem, weil sein Job ihre luxuriöse Existenz bedroht hatte. „Mein Vater wollte, dass ich ins Familienunternehmen einsteige." Er zuckte mit den Schultern. „Wir sind entfremdet."

„Das tut mir leid."

Er griff über die Kücheninsel und drückte ihre Hand. „Familie ist immer kompliziert. Niemand hat die perfekte Bilderbuchfamilie, von der wir alle träumen."

Sie prustete. „Meine ist von Bilderbuchidylle so weit entfernt, es ist schon nicht mehr lustig."

Sein Griff um ihre Hand wurde fester. „Aber du hast dich befreit."

Gabbi zog die Nase kraus. „Sie versuchen immer wieder, mich zurückzuziehen. Ehrlich gesagt lasse ich es auch zu. Irgendwie hoffe ich immer noch, dass sie sich ändern werden ... Es ist dumm. Ich lasse mich von ihnen ausnutzen."

„Weil du ein guter Mensch bist."

„Tja, davon hat Casey mich geheilt." Traurigkeit schlich sich in ihre Züge.

Matteo drückte ihre Finger. „Komm mit."

Sie runzelte die Stirn. „Ich dachte, wir würden essen?"

„Werden wir auch." Er griff nach einem dicken, fluffigen, hellgrauen Mantel, der über einem Stuhl hing. „Den habe ich mir von Hadley für dich ausgeborgt."

Er half ihr hinein, und Gabbi sah verwirrt aus. Dann drückte Matteo auf einen Schalter an der Wand, und die Lichterketten auf seiner Terrasse erstrahlten.

Ihr Mund klappte auf.

Matteo öffnete die Schiebetür und führte Gabbi hinaus. Die Luft war kühl, aber er hatte bereits eine Feuerschale angezündet und den Tisch gedeckt.

Er zog ihr einen Stuhl zurück. Gabbi setzte sich.

„Ich komme gleich wieder." Als er zurückkam, brachte er ihre Teller und sein eigenes Glas mit. „Und jetzt iss, *Cara*."

Gabbi blinzelte, starrte auf den Tisch, dann auf die Lichter. „Das ist wunderschön, Matteo."

„Eine wunderschöne Frau verdient ein wunderschönes Essen."

Noch immer starrte sie auf den Tisch.

Matteo runzelte die Stirn. „*Cara?*"

Als sie den Blick hob, schimmerten Tränen in ihren Augen.

„Niemand hat jemals etwas so Nettes für mich getan."

Er verspürte einen Anflug von Zorn. „Du solltest mehr erwarten."

„Es schmerzt, wenn man sich etwas wünscht und es nicht bekommt." Gabbi räusperte sich, warf ihm einen weiteren Blick zu, dann griff sie nach ihrem Weinglas. „Vergiss, was ich gesagt habe. Ich will den Augenblick nicht ruinieren." Sie stieß ihr Glas mit seinem an.

Matteo schob ihr ihren Teller zu. „Iss."

Sie gehorchte und es war offensichtlich, dass es ihr schmeckte. Er verspürte ein unvertrautes Gefühl der Zufriedenheit, als er Gabbi beim Essen zusah.

„Oh, das ist so gut." Sie rieb sich den Bauch, dann legte sie den Kopf in den Nacken. „Es wird bald schneien. Und Weihnachten steht vor der Tür."

„Ist dir kalt?"

Sie schüttelte den Kopf.

„Hast du Pläne für Weihnachten?", fragte er.

Sie rümpfte die Nase. „Das geht schon wieder in den *Augenblick-ruinieren*-Bereich."

Er griff nach ihrer Hand. „Erzähl es mir."

„Ich plane, meiner Familie aus dem Weg zu gehen. Meistens kommen sie vorbei und fragen nach Geld, weil sie hoffen, die Feiertagsstimmung würde mich weich machen." Sie seufzte. „Letztes Jahr war ich in Florida, und als ich zurückgekommen bin, musste ich feststellen, dass mein Bruder in mein Haus eingebrochen war. Er und seine Freunde hatten allen Alkohol ausgetrunken und den reinsten Saustall hinterlassen."

Matteo stieß einen italienischen Fluch aus.

„Ich bin pappsatt", sagte sie. „Das war so lecker, Matteo."

Er stand auf, nahm die Teller mit nach drinnen und stellte sie in seine Spüle. „Und jetzt zum zweiten Teil unseres Abends."

Ihre Augenbrauen wanderten fragend in die Höhe.

„Verstehe es als ersten Schritt meines Plans." Er hielt ihr seine Hand hin.

Sie ergriff sie, noch immer eine Augenbraue hochgezogen.

„Deine nächste Lektion. Du wirst dich auf die Couch legen, und ich werde dir diese Jeans ausziehen. Und dann werde ich dir deine hübsche Pussy lecken, bis du kommst."

Sie zuckte zusammen, und ihre Wangen wurden rot. „Matteo!"

Er trat auf sie zu. „Ich liebe es, wenn du meinen Namen so sagst."

„Vielleicht ist unser Plan keine gute Idee. Wir ergeben keinen Sinn. Du bist ... du. Und ich bin ... ich." Sie schloss die Augen. „Siehst du, du hast mich schon unfähig gemacht, auch nur einen geraden Satz herauszubringen."

Er strich ihr eine lose Haarsträhne hinter die Ohren. „Das gefällt mir."

„Ich komme mir albern vor."

Matteo streichelte ihren Kiefer. „Bist du nicht. Fühle einfach, *Cara*. Stelle das Denken für eine Weile ab. Lass mich dich befriedigen."

„Matteo ..." Ihre Stimme war nur noch ein Murmeln.

Die Art und Weise, wie sie seinen Namen wisperte, diese Mischung aus Verlangen und Sehnsucht, schoss direkt in seinen Schwanz.

Und er sah, wie sie sich verspannte.

Er zog sie nach drinnen und schloss die Schiebetür. „Ich habe es geliebt, dich in diesem goldenen Kleid zu sehen." Er zog sie an sich. „Ich habe es geliebt, mich auf der Tanzfläche mit dir zu bewegen."

Ein wohliger Schauer durchfuhr sie.

Er versuchte, sein eigenes aufwallendes Verlangen im Zaum zu halten.

Das hier war für sie.

Die Frau, die so viel gab und im Gegenzug so wenig erwartete.

Er küsste sie, vergrub seine Finger in ihren Haaren und hielt sie für seinen feurigen Kuss fest.

Ihre Anspannung verflüchtigte sich, und sie stöhnte in seinen Mund. Ihre Zungen trafen aufeinander, und Gabbis Hände krallten sich in sein Hemd. Hatte er jemals eine Frau gehabt, die ihn so sehr wollte? Als ob sie ihn zum Atmen brauchte?

Er schob sie rückwärts, dann drückte er sie auf seine Couch hinunter.

„Was für ein schöner Anblick." Er kniete sich hin, öffnete ihre Jeans und zog sie ihr langsam über die Hüfte.

Gabbis Atem ging flach, ihre Brust hob und senkte sich bebend.

Er erblickte lange Beine und einen winzigen Fetzen goldener Spitze.

Matteo stieß ein summendes Geräusch aus, dann hakte er seine Finger in den Bund ihres Höschens. Bevor er es herunterzog, strich er über die Spitze.

Gabbi drückte den Rücken durch und stieß ein Keuchen aus.

„*Cara*, du bist triefend nass." Er zog ihr die Spitze über die Beine. Dann schob er ihre Oberschenkel auseinander. „Mhm, sehr hübsch." Er streichelte ihren feuchten Schlitz.

Sie gab einen unartikulierten Laut von sich, als sich ihre Blicke trafen. Mittlerweile war er sich sicher, dass sie keine Sorge mehr hatte, nicht kommen zu können.

„Du bist ganz pink und geschwollen, *Tesoro*." Seine Finger strichen hinauf und fanden den kleinen Noppen, der sich dort verbarg. Er neckte ihn, und Gabbis Hüften schossen nach oben.

„Matteo!"

„Du wirst so köstlich schmecken."

Aber er wollte ihr mehr als nur Lust verschaffen. Er wollte sehen, wie sie sich selbst vertraute, wollte Zeuge davon werden, wie sie aufblühte.

Er setzte sich neben sie auf die Couch, auf den breiteren Chaiselongue-Teil, und lehnte sich zurück.

Gabbi stützte sich auf einem Ellenbogen ab und atmete heftig, ihr Ausdruck ein klein wenig verzweifelt. „Was –"

„Komm her, Gabriella."

Für eine Sekunde erstarrte sie.

„Komm her, du umwerfendes Mädchen, und setz dich auf meine Brust."

Sie richtete sich auf. „Warum?"

„Weil ich dann deine süßen Schenkel noch weiter spreizen werde und du auf meinem Gesicht reiten kannst."

Sie stöhnte und biss auf ihre Unterlippe.

„Ich glaube, die Vorstellung gefällt dir. Komm und nimm dir, was du willst."

Ihre Blicke trafen sich, und Gabbi atmete einmal tief

durch, bevor sie über die Couch zu ihm krabbelte. Als sie näher kam, griff er nach ihrem Oberteil und half ihr, es über den Kopf zu ziehen.

Goldene Spitze bedeckte ihre Brüste.

„Gut, *Cara*. Setz dich rittlings auf mich."

Sie schwang ein Bein über seinen Schoß. Er roch ihre Erregung, und sein Schwanz drückte hart gegen den Reißverschluss seiner Hose.

„Ich habe noch nie etwas Schöneres gesehen", knurrte er, als er nach ihren Schenkeln griff und sie zu sich hinzog.

Gabbi schnappte nach Luft. Matteo küsste ihre Pussy, und ihr Keuchen verwandelte sich in Stöhnen. Er ließ sich Zeit, küsste, leckte, erforschte ihre süße Mitte.

Er hatte gewusst, dass sie köstlich schmecken würde.

Als ihre Hüften gegen ihn schaukelten, benutzte er seine Zunge, um in sie hineinzustoßen.

„Gott ... *O Gott*." Ihre Finger krallten sich in seine Haare.

Er presste die Hände auf ihre Pobacken und vergrub seine Finger darin, während seine Zunge ihren Kitzler fand. Er leckte ihn erst, dann saugte er daran.

Gabbi schrie auf, ihre Hüften zuckten und ihre Oberschenkel spannten sich an.

„Gut, Gabriella?"

„Ja, ja. Wage es bloß nicht, aufzuhören."

Ich werde dir geben, was immer du willst. Alles, was du verdient hast.

Mit flacher Zunge leckte er schneller und schneller.

„Oh ... *Matteo*."

„Komm, Gabriella", knurrte er gegen ihre Pussy.

Gabbi bäumte sich auf und schrie. Ihr ganzer Körper bebte, während sich ihre Finger fest in seine Haare krallten.

Matteo war noch nie im Leben so zufrieden mit sich selbst gewesen.

KAPITEL ZEHN

Gabbi musste sich an der Couchlehne festklammern, um sich aufrecht zu halten.

Als sie sich zurücksetzte, während die Lust noch immer durch sie hindurchvibrierte, blickte Gabbi hinunter in Matteos dunkle Augen. Er hatte sein typisches sexy, selbstgefälliges Grinsen aufgesetzt.

Seine Hand strich über ihre Seite, und sie schauderte. Ihre Haut war empfindlich, jede ihrer Nervenzellen von Energie erfüllt.

Und ihr Verlangen nach diesem Mann war noch immer ein unerbittliches Pulsieren in ihr.

Er schob sie auf die Couch neben sich. Dann beugte er sich hinüber, legte sanft seine Hand an ihren Hals und streichelte mit den Fingern über ihren rasenden Puls.

„Ich mag es, dich zu schmecken, wenn du kommst." Seine Hand wanderte hinunter zu ihrer Brust und drückte gegen einen spitzenbedeckten Nippel. „Du hast keine Vorstellung davon, wie schön du bist."

Sie leckte sich über die Lippen. Vielleicht doch. Er gab ihr das Gefühl, schön zu sein.

Und er gab ihr das Gefühl, selbstbewusst genug zu sein, um nach dem zu verlangen, was sie wollte.

Gabbi streckte die Hand aus und legte sie auf seinen Oberschenkel. Sie spürte, wie sich seine Muskeln anspannten.

„Jetzt bist du dran", sagte sie.

Matteo hielt ihr Handgelenk fest. „Heute Abend war für dich, *Cara*. Deine Lust."

In der Vergangenheit hätte dieser Satz Gabbi womöglich innehalten lassen, aus Sorge, er könne sie nicht wirklich wollen.

Stattdessen drückte sie seinen Oberschenkel. „Das hier ist meine Lust. Es ist das, was ich will."

Sie sah ein Aufflammen in seinen Augen. Heiß wie Lava.

„Was willst du?" Seine Stimme war ein heiseres, sexy Knurren.

Ihr Puls jagte wie irre dahin, und sie leckte sich über die Lippen. „Ich will deinen Schwanz lutschen."

Matteo atmete zischend aus und zog sie an sich. Seine Hand vergrub sich in ihren Haaren, und er küsste sie so heftig, dass es beinahe wehtat. Lust mit einem gewissen Extra.

Dann löste er sich von ihr und lehnte sich zurück in die Sofakissen. Einen Arm verschränkte er hinter seinem Kopf.

Mit dem anderen drückte er sie sanft von der Couch und zwischen seinen gespreizten Beinen auf die Knie.

„Hol ihn raus, *Cara*."

Das tiefe Grollen ließ sie erschaudern. *Oh, Junge.*

Er drückte die Beule in seiner Hose. „Du willst das hier, oder?"

„Ja." Sie rückte noch etwas näher.

Sein dunkler Blick wanderte über sie. „Du hast keine Ahnung, wie atemberaubend du bist. Deine Brüste, die sich gegen die goldene Spitze drücken, deine offenen Haare. Eine verdammte Sirene."

Diese Worte ließen Hitze in ihrem Bauch aufsteigen. Sie streckte die Hand nach dem Reißverschluss seiner Hose aus und fummelte in ihrem Eifer unbeholfen daran herum. Frustriert schnaubte sie, bis sie ihn auf bekam.

Matteo trug keine Unterwäsche.

„Natürlich, sogar dein Schwanz ist schön", stellte sie fest. Er war lang, glatt und dick.

„Er ist hart für dich, Gabriella."

Mit der Hand in ihren Haaren führte er ihren Kopf hinunter.

Mit hämmerndem Herzen griff Gabbi nach dem Schaft seines Schwanzes. „Ich ... ich glaube nicht, dass ich besonders gut darin bin. Aber ich wäre es gerne."

„Hör auf zu denken. Fühle einfach. Tu, was du tun willst."

Sie leckte mit der Zunge über seine Eichel.

Matteo stieß ein leises Geräusch aus, und das feuerte sie an. Sie leckte über seine gesamte Länge.

„Gut. Und jetzt nimm ihn in den Mund, Gabriella." Seine Stimme war pures Reibeisen.

Sie öffnete den Mund und schloss ihre Lippen um seinen harten Ständer, saugte ihn so tief in den Mund, wie sie konnte. Matteo stöhnte.

Oh, dieses Geräusch gefiel ihr. So sehr.

Ihr Kopf wippte auf und ab, während sie seinen Schwanz immer tiefer in den Mund nahm.

„Das ist gut. Fuck. So gut."

Matteos Finger vergruben sich fester in ihren Haaren, und seine Lenden zuckten, als er ihren Mund fickte.

Sein nächster Stoß war tiefer, und sie würgte. Gabbi hob den Kopf und schnappte nach Luft.

Matteo massierte ihre Kopfhaut. „Entspanne dich, *Cara*. Gib dir Zeit."

Bei ihrem nächsten Hinabgleiten entspannte sie sich, und sein Schwanz versank tiefer in ihrem Mund. Sie begann, sich schneller zu bewegen.

Schon bald spürte sie, wie sich Matteos Körper anspannte. Knurrend stieß er einen Fluch aus.

„Heilige Scheiße. Ich komme gleich, Gabriella. Willst du schlucken oder soll ich auf deinen Brüsten kommen?"

Ihre Antwort war ein noch stärkeres Saugen. Ihr Blick wich nicht von seinem.

Dann stieg Farbe in sein Gesicht, und er stöhnte laut auf.

Sie saugte weiter, während er in ihrer Kehle kam. Sein Körper bebte, und seine Hüften schnellten empor, bis sie seine salzige Essenz schmeckte.

Gabbi war Feuer und Flamme. Matteo warf den Kopf in den Nacken, und die Sehnen in seinem Hals spannten sich an, während sie alles schluckte, was er ihr gab.

Matteo stieß ein tiefes, ersticktes Geräusch aus.

Dann riss er sie in seine Arme und küsste sie, wobei er ihren Kiefer festhielt. Schließlich zog er ihren Kopf unter sein Kinn.

„Fantastisch", sagte er.

Sie fühlte sich herrlich. „Ich bin mir ziemlich sicher, das sagen die meisten Kerle nach einem Blowjob."

„Es war nicht nur der Blowjob, *Cara*."

Sie kuschelte sich an ihn. Gott, sich an seinen großen, starken Körper zu schmiegen, zu wissen, dass sie in Sicherheit war ...

Es gefiel ihr.

Sehr.

Gewöhne dich bloß nicht dran, Gab. Es wird zu sehr schmerzen, wenn es wieder vorbei ist.

Trotzdem, dieser Gedanke hielt sie nicht davon ab, die Unterseite seines Kiefers zu küssen.

Seine Finger drückten ihre Hüfte. „Du brauchst etwas, worin du schlafen kannst. Damit ich nicht noch auf irgendwelche Gedanken komme."

„Ich habe nichts gegen Gedanken." Sie lehnte den Kopf zurück. Seine Augen waren schwarz wie die Nacht. „Wir haben einen Plan, schon vergessen?"

„Und ein guter Plan sollte niemals überstürzt werden. Ich werde dich heute Nacht nicht ficken, Gabbi. Ich weiß, dass du müde bist." Sein Blick wanderte über die dunklen Schatten unter ihren Augen. „Ich will, dass du hellwach und bereit für eine ganze Nacht mit meinem Schwanz bist."

Ihre Augen wurden groß. „Eine ganze Nacht?" Sie hatte immer geglaubt, so etwas würde nur in Fantasien oder Liebesromanen passieren.

„Eine ganze Nacht." Er drückte einen sanften Kuss auf ihre Lippen. Es fühlte sich sexy an, intim. „Und jetzt suche ich dir eins meiner T-Shirts raus, und du kannst deinen hübschen Hintern in mein Bett schwingen."

„Ich glaube, Hadley hat mir auch ein Nachthemd besorgt."

„Du trägst mein T-Shirt."

Sein Tonfall verriet ihr, dass er nicht diskutieren würde.

Ein paar Minuten später fand sie sich im Bad wieder, wo sie in einem superweichen, marineblauen T-Shirt neben Matteo stand und sich die Zähne putzte. Er hatte sich noch nicht umgezogen, und sie fragte sich, was er wohl zum Schlafen trug.

Als sie so neben ihm stand und sie gemeinsam Zähne putzten, war das beinahe so intim, wie seinen Schwanz in ihrem Mund zu haben.

Noch immer spürte sie die Begierde in ihrem Innern simmern und rieb ihre Schenkel aneinander. Sie spülte sich den Mund aus, dann ging sie ins schummrige Schlafzimmer.

Gabbi war sich nicht sicher, ob sie neben Matteo schlafen konnte. Sie war zu aufgekratzt, auch wenn sie müde war. Sie krabbelte unter die Decke. Eine Sekunde später kam Matteo aus dem Bad und schaltete das Licht aus.

Langsam gewöhnten sich ihre Augen an die Dunkelheit. Sie sah, wie er sich auszog.

Bis auf die Haut.

Dann kroch er ins Bett.

„Du bist nackt", quietschte sie.

„Ja. Ich schlafe immer nackt, wenn ich kann."

„Ich kann nicht neben dir schlafen, wenn ich weiß, dass du nackt bist."

Er zog sie an sich und drückte ihr einen Kuss auf den Scheitel. „Warum nicht?"

„Es ... ist zu ablenkend." Seine Haut war so heiß. Einen Moment lang kämpfte sie gegen das Verlangen an, sich an ihn zu schmiegen. *Scheiß drauf*. Sie kuschelte sich an ihn.

„Schlaf jetzt, *Tesoro*."

Lustigerweise schlief sie schon nach wenigen Minuten ein, während sie dem gleichmäßigen Schlag seines Herzens lauschte.

EIN ALBTRAUM RISS ihn aus dem Schlaf.

Mit hämmerndem Herzen setzte Matteo sich auf, wobei er heftig ein- und ausatmete. Seine Haut war schweißbedeckt.

Fuck. Er ließ seinen Kopf in seine Hände sinken. Die alten Bilder verblassten. Die schrecklichen Dinge, die er die Mafiabosse hatte tun sehen. Diese kranken Wichser, die Gewalt und Folter liebten.

Die Schreie der Menschen, die er nicht hatte retten können.

Neben sich hörte er leises Atmen.

Gabbi.

Sie hatte sich auf der Seite zusammengerollt und schlief. Gott sei Dank hatte er sie nicht aufgeweckt. Das war der Grund, weshalb er es vorzog, allein zu schlafen.

Er berührte ihr Haar und atmete dabei tief ein und aus. Er wollte sich mit ihr zusammenrollen. Sie ganz eng an sich spüren.

Du solltest sie mit deinen schmutzigen Händen nicht einmal berühren.

Sein Kiefer spannte sich an, und er wandte sich ab. Leise glitt er aus dem Bett und zog sich seine Hose an. Mit nacktem Oberkörper ging er ins Wohnzimmer.

Schwer ließ sich Matteo in einen Sessel fallen. Er starrte blind auf die dunklen Fenster, aber in seinen Gedanken sah er all die Grausamkeiten, die ihn immer wieder heimsuchten.

Es war nicht immer so. Normalerweise schlief er nur kurz, stand auf, trank Kaffee und arbeitete. Aber hin und wieder wurde die Finsternis, die in ihm hauste, zu verfickt groß.

Er war sich nicht sicher, wie lange er hier in der Dunkelheit gesessen hatte, verloren in seinen Albträumen, als er das leise Tapsen von Schritten hörte.

Sein Körper spannte sich an, aber er blieb stumm und sah nicht auf.

Gabbi kam zu ihm herüber und blieb vor ihm stehen.

„Geh zurück ins Bett, Gabbi." Seine Stimme war tief und rau.

„Albträume?", fragte sie leise.

Er nickte. „Geh wieder ins Bett."

Doch wieder einmal bewies sie ihre innere Stärke, als sie die Hand ausstreckte und sie sanft auf seine Wange legte. „Deshalb schläfst du nicht viel."

Scharf stieß er den Atem aus. „Lass mich einfach in Ruhe und geh ins Bett."

„Du machst mir keine Angst, Matteo." Sie kam näher. Dieser Körper mit den sanften Kurven, nur mit seinem T-Shirt bekleidet. Ihr Duft umhüllte ihn, und wie ein Junkie atmete er ihn ein.

Sie nahm sein Gesicht in beide Hände, und seine Bartstoppeln kratzen über ihre Haut.

„Wenn du wüsstest, was ich getan habe, würdest du mich nicht berühren. Du würdest nicht zulassen, dass ich dich anfasse. Du würdest davonrennen."

„Du irrst dich."

Er schaute auf, und ihre Blicke verschmolzen. „Ich sollte dich nicht anfassen." Er holte tief Luft. „Ich habe getötet, Gabbi. Ich habe so viele Dinge gesehen, bei denen dir schlecht werden würde."

Ihre Finger streichelten seine Haut. „Ich arbeite für die CIA, Matteo. Ich bin beigetreten, weil ich einen sicheren, stabilen Job haben wollte, aber auch, weil ich dabei helfen wollte, die schwierigen Jobs zu tun, die für die Sicherheit unseres Landes sorgen. Ich mag nicht als Agent im Außendienst arbeiten, mit einer Waffe in der Hand, aber ich bin mir durchaus bewusst, was von uns verlangt wird. Dass die Guten manchmal die schwierigen, komplizierten, nicht besonders angenehmen Jobs erledigen müssen."

Ihr Tonfall war sachlich. Matteo hob die Hand und griff nach einem ihrer schlanken Handgelenke.

„Das Schlimmste, die Dinge, die mich im Schlaf heimsuchen, sind die Menschen, die ich nicht retten konnte." Sein Körper schauderte.

Sie bewegte sich zwischen seine Beine, und er stellte fest, dass er sie selbst dann nicht fortstoßen konnte, wenn er wusste, dass er es tun sollte. Er schlang einen Arm um ihren Körper, zog sie an sich und presste sein Gesicht in ihren Bauch.

Sie in seiner Nähe zu haben, in seinen Armen, beruhigte etwas in ihm. Er stieß einen langen Seufzer aus.

Gabbis Finger spielten mit seinen Haaren. „Erzähl mir davon."

Ihre Wärme drang in seine eisige Haut. Und ihre Weichheit war ein Trost, von dem er sich sicher war, dass er ihn nicht verdient hatte.

„Als ich zur DIA gegangen bin, war ich großspurig, viel zu selbstsicher. Ich war überzeugt davon, dass ich die gefährlichen Mafiagruppierungen in einem einzigen Schlag zu Fall bringen könnte. Ich war undercover. Mehrere Jahre lang musste ich so tun, als ob ich selbst eins der Monster wäre, die ich jagte. Musste mir die Dinge anschauen, die sie taten, musste so tun, als ob ich mitmachen würde, so tun, als ob es mir gefallen würde."

„Ich kann mir kaum vorstellen, wie schwer das gewesen sein muss. Verdeckt zu ermitteln, kann brutal sein."

Es tötete die Seele. All die Menschen, die er hatte sterben sehen. „Ich musste so oft danebenstehen und zuhören, wie Leute flehten und bettelten, und konnte nichts tun, wenn ich nicht die ganze Mission riskieren wollte."

„Was auf lange Sicht betrachtet mehr Leben gerettet hat."

Das wusste er natürlich, aber das machte es nicht leichter. „Ich habe durchgehalten. Habe einige berühmte, mächtige Bosse zu Fall gebracht." Er rieb seine

Wange gegen ihren Bauch. „Schließlich ist meine Identität aufgeflogen. Ab dem Moment konnte ich offen kämpfen. Seitdem nennen sie mich Hades. Gott des Todes und der Bestrafung. Ich habe alle gejagt, die ich töten und foltern gesehen hatte."

Ihre Finger strichen durch seine Haare. „Aber es wurde nicht leichter."

Nein. Er hatte geglaubt, er würde sich besser fühlen, wenn er nicht länger verdeckt ermitteln musste und frei von all der Finsternis war.

„Es gab mehrere Anschläge auf mein Leben." Und einen auf das Leben seiner Familie, was seinen Vater vollkommen hatte ausrasten lassen. „Und irgendwann brauchte ich eine Veränderung." Oder er hätte sein Leben verloren. „Ich bin zu Interpol gegangen, aber dort habe ich nur ein Jahr ausgehalten. Zu viel Papierkram und Telefonate, nicht genug Action."

Gabbi blieb stumm und ließ nur ihre Finger weiter durch seine Haare kämmen. Das war etwas, was er an Gabbi bemerkt hatte. Sie war eine hervorragende Zuhörerin.

„Dann ist Killian in meinem Büro aufgetaucht. Wir hatten uns ein paarmal getroffen, als er noch bei der CIA gewesen war. Er hat mir ein Angebot gemacht."

„Es gefällt dir hier."

„Ja, das tut es." Und er hatte in seinen Kollegen von Sentinel Security gute Freunde gefunden – nein, eine Familie. „Aber nichts, was ich tue, kann meine Vergangenheit ändern. Diese Dinge haben Narben auf meiner Seele hinterlassen. Gabbi, ich hätte mir niemals gestatten dürfen, dich zu berühren. Ich weiß, dass ich genauso schlecht bin wie die Männer, die ich früher gejagt habe."

Sie hob sein Kinn an, ein feuriges Glimmen in ihren Augen „Jetzt hörst du mir mal zu." Ihre Finger schlossen sich fester um seine Haut. „Glaub mir, ich habe schlechte Menschen gesehen, ganz aus der Nähe."

Seine Brust zog sich zusammen. Sie sprach von ihrer Familie und all den anderen Arschlöchern, denen sie als Kind sonst noch ausgesetzt gewesen war.

Er zog sie zu sich auf seinen Schoß. Mit einem überraschten Keuchen fand sie sich nun rittlings auf ihm wieder.

„Hat dir jemand wehgetan? Dich angefasst? Haben deine Arschlocheltern zugelassen, dass irgendwer –"

„Nein." Sie streichelte seine Schläfe. „Nein. Ich war sehr gut im Verstecken."

Eine Überlebende. Er wünschte, er könnte in der Zeit zurückreisen und sie beschützen. Der kleinen Gabriella alle Schmerzen nehmen.

„Ich arbeite zwar nur im Büro, aber ich habe die Ermittlungsakten gelesen. Ich habe gesehen, was da draußen passiert." Ihr Blick war klar. „Und es gibt einen riesigen Unterschied zwischen dir und den Kriminellen, die du jagst, Matteo."

„Und welchen?" Seine Stimme klang heiser.

„Ihnen gefällt es, anderen Menschen wehzutun. Sie vergeuden nicht eine Sekunde Schlaf wegen der Leute, die sie umgebracht oder verletzt haben. Sie genießen es. Das ist das absolute Gegenteil von dir. Du bist ein Mann, der sich nicht dafür vergeben kann, dass er manche ihrer Opfer nicht retten konnte."

Ihre Worte vibrierten durch ihn hindurch, und er zog sie enger an sich.

Gabbi schlang ihre Arme um ihn und hielt ihn fest. „Die Dunkelheit hat es vielleicht auf dich abgesehen, Matteo, aber sie ist nicht in dir drin. Sie kann dich nicht haben, weil du ein guter Mann bist, der dafür kämpft, Menschen zu beschützen und Verbrecher zu Fall zu bringen."

Merda. Da waren wieder das Licht und die Güte, die aus ihr herausstrahlten und ihn erfüllten.

„Weißt du, dass Hades in der Mythologie nicht als negativ dargestellt wurde? Er war nicht der Tod. Er war dafür verantwortlich, das Gleichgewicht zu wahren und die Leute vor dem Gesetz zur Rechenschaft zu ziehen."

„Gabbi ..." Er presste seine Wange auf den gleichmäßigen Schlag ihres Herzens.

„Halt dich einfach fest." Sie senkte ihren Kopf auf seinen. „Halt dich fest, solange du es brauchst. Und dann gehen wir zurück ins Bett und du schläfst."

Seine Hand glitt hinauf und griff nach ihrem Kiefer. Er zwang sie, ihm in die Augen zu sehen. „Nimm dich in Acht. Hades war vielleicht nicht schlecht, aber als er Persephone erblickt hat, die Frau, die er wollte, hat er sie sich geschnappt und sie nie wieder gehen lassen."

KAPITEL ELF

Als Matteo das nächste Mal aufwachte, schien die Sonne, das Bett neben ihm war leer und der Geruch von gebratenem Speck hing in der Luft.

Er räkelte sich und lächelte. Jeder seiner Gedanken galt Gabbi.

Zusammen waren sie in der Dunkelheit sitzengeblieben und hatten sich im Arm gehalten, bis Gabbi ihn schließlich zurück ins Bett gezogen hatte. Er war mit ihr in seinen Armen eingeschlafen, sein Gesicht in ihren Haaren vergraben.

Er hatte tief geschlafen. Keine Albträume mehr.

Matteo stand auf und ging ins Bad, dann zog er sich eine schwarze Jogginghose über. Als er seine Küche betrat, erblickte er etwas, das ihm gefiel. Sehr sogar.

Eine Gabbi mit nackten Beinen, nur mit seinem T-Shirt bekleidet, die an seinem Herd Eier und Speck briet und leise vor sich hinsummte.

„Guten Morgen", murmelte er.

„Oh!" Erschrocken fuhr sie zusammen und warf

einen Blick über ihre Schulter. „Ich habe dich nicht gehört. Mach doch ein paar Geräusche, wenn du reinkommst."

Matteo trat hinter sie und spürte, wie sie den Atem anhielt. Er strich ihr die Haare zur Seite und küsste ihre schlanke Schulter, dann ihren Hals.

Sie quiekte. „Das solltest du nicht tun."

„Warum nicht?"

„Weil dann der Speck verbrennt."

Er knabberte an ihrer Haut. „Macht nichts."

„Wir sollten das nicht tun." Ihre Stimme klang ein wenig zittrig.

Ah. Eine weitere von Gabbis Reden.

„Warum, *Cara*?" Seine Zähne kratzten über die Sehnen ihres Halses, und er merkte, wie sie ein Stöhnen unterdrückte.

„Mit dir habe ich das Gefühl, die Kontrolle zu verlieren."

„Mhm." Er schmiegte sein Gesicht an ihren Hals. „Und du hast Angst, wenn du keine Kontrolle hast."

„Ja"

„Vertraust du mir, Gabriella?"

Für einen Augenblick verstummte sie. „Ja."

„Gefällt es dir, wie ich dich empfinden lasse?"

Sie leckte sich über die Lippen. „Du weißt, dass es mir gefällt."

„Hat dir gefallen, was wir gestern Abend gemacht haben?"

„Matteo ..."

Er knabberte an ihrem Hals, genau an der Stelle, an der

er noch die verblassende Bissspur erkennen konnte, die er im Fahrstuhl dort hinterlassen hatte. *Mhmm.* Es gefiel ihm nicht, dass sie verblasste. „Hat es dir gefallen, auf meiner Couch zu liegen und auf meiner Zunge zu kommen?"

Wilde Röte erfüllte ihre Wangen.

„Und meinen Schwanz zu lutschen?"

Sie schnaubte. „Hör auf. Du bist umwerfend, attraktiv und geübt mit deinem Mund. Vermutlich hast du überall auf der Welt Frauen. Das ist noch so eine Sache. Du reist um die Welt, und ich habe die USA noch nie verlassen."

„*Cara*, ich bin ungebunden. Und wohin wir schon überall gereist sind, hat nichts zu bedeuten. Das sind nur Ausreden." Er knabberte an ihrer köstlichen Haut. „Ich würde dich gern an so viele Orte mitnehmen. An weiße Sandstrände, an denen du einen winzigen Bikini tragen kannst. In die herrlichen Straßen von Paris. An den Comer See."

Gabbi drohte ihm mit ihrem Holzlöffel. „Das wird nicht passieren."

So stur. „Doch, wird es."

„Du wirst schon lange vorher das Interesse an mir verloren haben." Sie wandte sich wieder dem Speck zu.

Matteo hob den Blick zur Decke und flehte um Geduld. Gabbis verfickte Familie. Wenn er die jemals in die Finger kriegen sollte …

Seine *Cara* würde einen Beweis dafür brauchen, dass er nicht vorhatte, irgendwohin zu verschwinden, sondern sich um sie kümmern wollte.

In lockerer, angenehmer Stille frühstückten sie

Rühreier und Speck. Gabbi aß ihren Teller leer, und das gefiel ihm. Kein Herumgestochere oder Gemäkel.

„Konntest du schlafen?", fragte sie ihn irgendwann und musterte sein Gesicht.

„Ja. Dank dir." Dank der Art und Weise, wie sie ihn festgehalten hatte. Ihn vor der Finsternis abgeschirmt hatte. Sie konnte nicht wissen, wie viel ihm das bedeutet hatte. Wie sehr er es gebraucht hatte.

Sie lächelte, und er berührte ihren Oberschenkel.

Ihre Gabel blieb auf halbem Wege zu ihrem Mund in der Luft stehen, und Gabbis Augen wurden schmal.

Matteo ließ seine Finger über ihre Haut streicheln. „Deine Haut ist so glatt." Seine Finger wanderten weiter hinauf, und er spürte, wie ihre Schenkel zitterten.

„Matteo ..."

„Du weißt, dass ich es liebe, wenn du meinen Namen so sagst." Er beugte sich zu ihr. „Das macht mich hart."

Ihr Atem stockte. Seine Lippen streiften über ihre.

„Vielleicht ist es Zeit für eine weitere Lektion", murmelte er.

Sie biss in seine Lippe. „Ja ..."

In diesem Moment klingelte sein Handy.

„*Merda*." Matteo stach förmlich mit dem Zeigefinger auf den Button. „Hex."

„Hades, Morgen. Du und Gabbi kommt besser runter ins Büro."

Er erstarrte. „Du hast etwas gefunden."

„Einen dampfenden Haufen Etwas." Hex' Stimme klang seltsam.

Fuck. Das bedeutete nichts Gutes.

„Wir kommen runter." Er steckte sein Handy weg.

„Du duschst zuerst, *Cara*. Ich mache die Küche sauber, und dann sehen wir uns an, was Hex für uns hat.“

Gabbi nickte und knabberte an ihrer Unterlippe herum, bevor sie in seinem Schlafzimmer verschwand.

Zwanzig Minuten später betraten sie die Kommandozentrale und erblickten Hex, Hadley und Killian, die auf sie warteten.

„Hey.“ Hex sah ein wenig müde aus, was ungewöhnlich für sie war, denn normalerweise war sie ein kleiner Duracell-Hase. Er hatte gesehen, wie sie nächtelang durchgearbeitet hatte, ohne auch nur zu gähnen.

Matteo griff nach Gabbis Hand. „Was hast du für uns?“

„Salvatore Morello, der Kopf der Familie in D.C., hat eine Menge Ausflüge nach Mailand unternommen“, erklärte Hex.

Matteo runzelte die Stirn. „Die Mafiafamilien konnten bisher noch nie nach Mailand vorstoßen. Es ist zu wohlhabend.“

„Jemand versucht es aber“, bemerkte Killian.

„Sieht aus, als ob sie Familienmitglieder aus anderen Gegenden rekrutieren würden“, fuhr Hex fort. „Aus Gegenden, wo Mafiafamilien zu Fall gebracht und verhaftet wurden.“

Matteo erstarrte. „Gegenden, in denen ich sie zu Fall gebracht habe?“

Hex nickte. „Ich weiß noch nicht, wer der Anführer ist.“ Sie lehnte sich in ihrem Sessel zurück. „Aber ich konnte immerhin eine Verbindung finden. Vito Bruno. Sein richtiger Name lautet Vito Bagiletti. Sein Vater war –“

Matteo versteifte sich noch mehr. „Leonardo Bagiletti."

Hex nickte.

„Wer ist Leonardo Bagiletti?", fragte Gabbi.

„Er war Vollstrecker für die *Società foggiana*."

Sie runzelte die Stirn. „Sagt mir nichts."

„Eine kleine, aber gnadenlose Mafiaorganisation, die in der Provinz Foggia in Süditalien zugange war. Sie war dafür bekannt, eine der brutalsten und blutrünstigsten der Familien zu sein. Wurde von einem Mann namens Francesco Carella angeführt. Carella und Bagiletti waren beste Freunde. Blutsbrüder."

„Was ist passiert?", fragte Gabbi.

„Ein ambitionierter, engagierter DIA-Agent hat sich undercover in die *Società foggiana* eingeschleust", erklärte Killian. „Hat sie von innen heraus auseinandergenommen."

Gabbi drehte sich um und sah Matteo an.

Dunkle Erinnerungen blitzten in seinen Gedanken auf, und etwas rumorte in seinem Bauch. Etwas Finsteres, Saures. „Ich habe sie zerstört. Es waren Killer, und ich wollte, dass sie gestoppt werden. Carella kam um. Bagiletti wanderte ins Gefängnis, und die *Società foggiana* lag in Trümmern."

„Also hat Vito Bagiletti es auf Rache abgesehen", sagte Hadley.

„Vermutlich", erwiderte Killian.

Mit blassem Gesicht schnappte Gabbi nach Luft.

Matteo streichelte ihr über den Rücken, während er in Gedanken die Erinnerungen und Fakten sortierte. „Vito Bagiletti ist nicht der Boss. Sein Vater war Vollstrecker. Ein Muskelprotz, der nicht den Grips hatte, Anführer zu werden."

Hex runzelte die Stirn. „Du glaubst, jemand anderes hält die Fäden in der Hand?"

„Genau", bestätigte Matteo.

Gabbi blinzelte. „Hatte Carella Kinder?"

Matteo schüttelte den Kopf. „Keine, die er öffentlich anerkannt hätte. Allerdings hatte er diverse Liebhaberinnen."

„Ich schaue es mir an." Hex tippte auf ihrer Tastatur herum.

„Hey." Matteo hob Gabbis Kinn an, damit sie ihn ansah.

Ihr Ausdruck war wild entschlossen. „Ich werde diese Person aufhalten, wer auch immer es ist."

Er spürte einen Stich in der Brust. Noch nie zuvor war jemand so fest entschlossen gewesen, ihn zu beschützen. „*Cara* –"

„Ich werde nicht aufhören, Matteo. Diese Leute müssen aufgehalten werden. Und ...", ihre Stimme wurde leiser, „ich will nicht, dass dir etwas zustößt."

Fuck. Er wollte sie wirklich, *wirklich* dringend ficken.

„Heilige Scheiße!", rief Hex aus.

Killian fuhr herum. „Was?"

„Ich glaube, ich habe was gefunden." Hex schnipste mit den Fingern. „Carella hatte eine Geliebte, ein Model namens Claudia Lanza. Sie hat vor sechsundzwanzig Jahren einen Sohn zur Welt gebracht."

Matteo schnappte nach Luft. „Giorgio hat gestern Abend etwas zu mir gesagt. Irgendwas darüber, sich mit

Rivalen rumschlagen zu müssen, und wie ihre Kinder erwachsen werden und ebenfalls einen Groll hegen."

„Carella hat den Jungen nie anerkannt", sagte Hex. „Aber er hat ihn finanziell unterstützt ... bis Matteo die *Società foggiana* infiltriert hat und Carella umgekommen ist." Hex verzog das Gesicht. „Sieht aus, als ob es danach hart für Claudia und den Jungen geworden ist. Sein Name ist Rocco Lanza."

Matteos Magen zog sich zusammen. „Er macht mich also dafür verantwortlich."

„Rocco Lanza?" Hadley runzelte die Stirn. „Der Name kommt mir bekannt vor."

„Weil er ausgesprochen bekannt ist. Er ist ein aufstrebender Promikoch in Mailand." Hex tippte erneut etwas ein, und auf dem riesigen Bildschirm an der Wand erschienen Bilder. „Hat eine Kochshow, die auf Netflix sehr beliebt ist."

Matteo musterte den jungen, attraktiven Mann. Er konnte eine gewisse Ähnlichkeit mit Carella erkennen, aber er musste viel von seiner Mutter mitbekommen haben. Rocco hatte dichte, dunkle Haare mit goldenen Strähnchen, braune Augen und war glatt rasiert.

„Er sieht Carella ein bisschen ähnlich", sagte Matteo.

„Rocco Lanza ist auf dem Weg nach ganz oben." Killian verschränkte die Arme vor der Brust. „Würde er das wirklich alles für Rache riskieren?"

„Ich habe noch das hier gefunden." Hex tippte auf ihr Tablet.

Ein Bild von Lanza erschien, in einem legeren Hoodie, wie er zusammen mit Vito Bruno – auch bekannt als Vito Bagiletti – eine Straße in Mailand entlanglief.

„Sie kennen sich", stieß Gabbi hervor.

„Es gibt einen Weg, das mit Sicherheit herauszufinden", sagte Hex. „Nämlich, mit Rocco Lanza zu sprechen."

Matteo runzelte die Stirn.

„Weil er hier in New York ist", fuhr die Hackerin fort. „Er veranstaltet ein Event für eine Kooperation mit einem Restaurant, hier in Downtown Manhattan. Findet auf der 230 Fifth Rooftop Bar statt. Heute Abend."

„Eine Dachterrasse, mitten im Winter?", fragte Gabbi fassungslos.

„Sie haben diese Glas-Iglus auf dem Dach aufgebaut", erklärte Hex. „Die sind im Winter sehr beliebt."

„Kannst du mir ein Ticket besorgen?", fragte Matteo.

„*Tickets*. Ich komme mit." Herausfordernd reckte Gabbi das Kinn.

Es gefiel Matteo nicht, aber er sparte sich seinen Kommentar. „Ich weiß, *Cara*."

„Mach vier Tickets draus", wies Killian Hex an. „Hadley und ich kommen auch mit."

Hadley lächelte. „Fantastisch. Gabbi, lass uns was zum Anziehen raussuchen."

„GOTT, siehst du großartig in dem Kleid aus."

Gabbi hörte Genugtuung in Hadleys Stimme.

Sie stand vor dem Spiegel in Hadleys toller Wohnung und starrte ihr Spiegelbild an.

Sie sah wirklich toll aus.

Sie trug ein cremefarbenes Kleid, das ihre Kurven umspielte. Verdammt, sie konnte sogar Kurven erkennen, von denen sie nicht einmal gewusst hatte, dass sie sie besaß. Lange, schwarze Stiefel schlangen sich bis über ihre Knie, und Hadley hatte ihr einen großen, karamellfarbenen Mantel um die Schultern gelegt. Ihre Haare hatte Gabbi in einen strengen Pferdeschwanz gebunden, und Hadley hatte bei Gabbis Make-up ihren Zauber wirken lassen – Smokey Eyes und rote Lippen.

Sie sah winterlich sexy aus.

Gabbi machte den Rücken gerade. „Ich sehe wirklich gut aus."

Hadley lächelte. „Freut mich, dass du es endlich zugeben kannst."

„Du aber auch", fügte Gabbi hinzu.

Die Sentinel-Security-Agentin war ganz in Schwarz gekleidet. Taillierte Hosen, ein schwarzer Rollkragenpulli und ein schwarzer, dreiviertellanger Mantel. Ihre braunen Haare hatte sie offen gelassen.

„Lass uns deinen Mann suchen gehen, und dann finden wir heraus, wie der Promikoch Rocco Lanza in diese ganze Sache hineinpasst", sagte Hadley.

Ein Kloß breitete sich in Gabbis Hals aus. „Matteo ist nicht mein Mann."

Hadley griff nach einer kleinen Tasche und hängte sie sich über die Schulter. „Ist er, auch wenn du es noch nicht akzeptiert hast."

„Es ist ... vorübergehend."

„M-hm."

„Wir haben einfach Spaß miteinander, solange es eben dauert." Noch einmal warf Gabbi einen Blick auf ihr Spiegelbild. „Diese Frau, das bin nicht wirklich ich. Darunter bin ich nur die einfache Gabbi mit ihrer beschissenen Familie. Irgendwann wird Matteo weiterziehen."

Hadley berührte ihren Arm. „Wir sind nicht unsere Vergangenheit, Gabbi. Wir sind das, was wir selbst aus uns machen. Wir sind die Werte, die wir vertreten, und wie wir handeln. Matteo sieht klar und deutlich, wer du bist. Ich glaube, du bist es, die sich selbst nicht ganz so deutlich sieht." Hadley lächelte. „Und jetzt lass uns zu dieser Party gehen."

Als Gabbi und Hadley die Sentinel-Security-Zentrale betraten, hallte ein schneidender Pfiff durch die Luft. Hex schob die Hüfte vor. „Ladies, ich würde zu keiner von euch Nein sagen."

Gabbi lachte. „Danke ...?"

Sie hob den Kopf und erwiderte Matteos Blick. Er stand regungslos da, aber sein Blick war glühend und heiß, während er über ihren Körper wanderte.

„*Belissima*, meine Damen", sagte er langsam.

„Du Charmeur", erwiderte Hadley.

Matteo trug einen gut sitzenden, dunkelblauen Anzug. Killian trug sein typisches Schwarz und sah so gefährlich aus wie eh und je.

„Gehen wir." Der Boss von Sentinel Security wedelte mit der Hand durch die Luft.

Kurz darauf fand sich Gabbi auf der Rückbank eines großen, exklusiven BMWs wieder. Die Männer saßen auf den Vordersitzen, Killian hinter dem Steuer.

„Also, wir mischen uns unter die Partygäste, dann nehmen wir Kontakt zu Lanza auf", erklärte Killian.

Gabbis Herz schlug schneller. Die drei Agenten waren so ruhig und cool und hatten solche Dinge eindeutig schon tausendmal gemacht.

Sie kämpfte gegen den Drang an, nervös herumzappeln. Sie war einfach nicht dafür gemacht, eine Agentin im Außendienst zu sein.

Als sie an dem Gebäude angekommen waren, in dem sich die 230 Fifth befand, fuhr Killian auf einen Valet-Parkplatz. Die Hintertür wurde geöffnet, und Matteo streckte die Hand ins Wageninnere und hielt sie Gabbi hin.

Er half ihr aus dem Auto, dann küsste er ihren Handrücken. „Ich werde die ganze Zeit über bei dir sein, *Cara*." Er hakte ihren Arm in seinem Ellenbogen ein.

Augenblicke später spuckte der Aufzug sie auf der Dachterrasse aus.

„Oh, wow", stieß Gabbi atemlos hervor.

Die Glas-Iglus, die auf dem Dach verteilt standen, schimmerten mit Lichtern. Aus Lautsprechern schallte Musik, und auf der Terrasse tummelte sich eine riesige Menge von Gästen. Viele von ihnen hatten sich in rote Decken gehüllt, die die Veranstalter bereitgestellt hatten. Feuerschalen waren auf der gesamten Fläche verteilt und wurden von ausgelassenen Partygästen umringt.

Die Hauptattraktion allerdings war der Ausblick. Um sie herum ragten die Wolkenkratzer von Manhattan auf, schimmernde Monolithe, die sich in den Himmel erstreckten. Atemberaubend.

Sie gingen an einem der Iglus vorbei und erblickten

durch das Glas hindurch Gäste, die auf bequemen Stühlen saßen und Cocktails in den Händen hielten, zwischen ihnen ein Tablett mit Pizzastücken auf einem niedrigen Tisch.

Kellner mit Tabletts wanden sich zwischen den Iglus durch die Menge und boten Pizza, Arancini-Bällchen und andere, sehr lecker aussehende Snacks an.

„Da", murmelte Matteo.

Gabbi hob den Kopf. Ein Mann stand auf einem Podium am hinteren Ende der Dachterrasse. Vor ihm befand sich ein großer Tisch mit mobilen Kochplatten darauf. Gekonnt schwang er eine Pfanne, lächelte und unterhielt sich mit der Menschenmenge, die sich um ihn herum versammelt hatte.

Rocco Lanza.

Er besaß diese Arroganz eines Mittzwanzigers, als ob er sein ganzes Leben geregelt hätte. Er sah gut aus, allerdings auf eine weitaus weniger reife Art und Weise wie Matteo.

Seine Haare waren länger, lockten sich über den Kragen seiner Jacke und waren von goldenen Strähnen durchzogen. Über seinem schwarzen Anzug trug er eine Schürze.

Während Gabbi ihn beobachtete, beugte er sich vor und bot einer jungen Frau in einem winzigen Cocktailkleid einen Bissen von irgendetwas an. Die Frau kaute, schluckte, dann seufzte sie begeistert auf.

„Hadley und ich drehen eine Runde über die Dachterrasse und stellen ein paar diskrete Fragen." Mit einem Nicken mischten sich Killian und Hadley unter die Gäste.

Gabbi bemerkte, wie mehrere Frauen die Köpfe drehten und Killian hinterhersahen. Er bewegte sich mit kraftvollen Schritten – ein Mann, der daran gewöhnt war, das Kommando zu haben. Er verströmte es förmlich.

„Lust auf einen Snack, *Cara?*", fragte Matteo.

„Sicher. Warum gehe ich nicht zuerst allein hin? Er scheint die Damen zu mögen."

Matteo zögerte, dann nickte er.

Gabbi strich über ihr Kleid und ging auf den Tisch des Kochs zu.

„Spart nicht bei den Zutaten", mahnte Lanza, und sein italienischer Akzent verzauberte die Menge. „Das ist mein Tipp Nummer eins. Qualitativ hochwertige, frische Zutaten machen jedes Essen besser."

„Oh, diese Pasta schmeckt so gut." Eine weitere Frau leckte sich über die Lippen.

Lanza lächelte. „Handgemacht. Ich spare weder am Salz noch an der Zitrone. Ich mache an *alles* Zitrone. Und kocht all eure Gerichte mit einer ordentlichen Portion Liebe." Er zwinkerte, und die Menge kicherte.

Einen Augenblick später trafen braune Augen, viel heller als Matteos, Gabbis Blick. Lanza warf ihr ein Lächeln zu, das einstudiert aussah.

„Würden Sie gern was von meinem weltberühmten Risotto probieren?" Sein Lächeln wurde breiter.

Gabbi lächelte zurück und zog eine Augenbraue hoch. „Weltberühmt? Wie könnte ich da Nein sagen?"

Rocco beugte sich vor. „Ich verspreche Ihnen, Sie werden es lieben."

Er hatte eine echte Schlafzimmerstimme, so viel war sicher.

Sie nahm die Gabel entgegen, und Aromen explodierten in ihrem Mund. So viele davon. Sie musste zugeben, dass es wirklich gut war, und nickte.

Wieder blitzte Roccos Lächeln auf. „Ich werde bald eine Kette von Restaurants hier in New York eröffnen. Mein Name wird gleichbedeutend mit hervorragendem, erschwinglichem italienischen Essen sein."

Tja, ihm fehlte es wirklich nicht an Selbstbewusstsein, das war offensichtlich. „Schmeckt sehr gut."

Er zwinkerte ihr zu. „Ich bin eben sehr gut in dem, was ich tue, *Bella.*"

Schloss das auch ein, das Verbrechersyndikat seines toten Vaters wiederaufleben zu lassen und Menschen umzubringen?

Gabbi spürte eine Präsenz hinter sich, und ein Arm schlang sich um ihre Taille und zog sie gegen einen harten Körper.

Die Veränderung in Rocco Lanzas Gesicht ließ ihr Herz für einen Moment stocken.

Der unbekümmerte Charme verschwand und verwandelte sich in einen Ausdruck puren Hasses.

„*Agente* Mancini." Roccos Stimme triefte vor Verachtung.

„Ich glaube nicht, dass wir uns schon einmal begegnet sind", erwiderte Matteo.

Rocco warf einem Assistenten in seiner Nähe einen Blick zu. „Ich mache kurz Pause. Mische mich unter unsere Gäste." Er nahm seine Schürze ab und warf sie dem jungen Mann zu. Dann wirbelte er herum und marschierte in ein leeres Iglu, das eindeutig für ihn reserviert war.

Mit pochendem Puls folgte Gabbi Matteo, ihre Finger mit seinen verschränkt.

Beinah augenblicklich tauchte Killian neben ihnen auf. Matteo nickte seinem Boss zu.

Dann betraten Matteo und Gabbi das Iglu.

Rocco goss irgendeinen gelblichen Alkohol aus einer langen Flasche in ein Glas.

Er nippte daran und suchte Gabbis Blick. „Sie haben schlechten Geschmack bei Männern, *Bella*. Dieser hier zerstört Leben."

„Sie irren sich", erwiderte sie leise. „Er ist ein Mann, der für das kämpft, was richtig ist. Der Kriminelle zwingt, die Konsequenzen für ihre Taten zu tragen."

Rocco lachte bellend auf. „Ist sie wirklich so naiv? Wenn Sie glauben, er wäre irgendeine Art edler Ritter, irren Sie sich."

„Sie sind Carellas Sohn", sagte Matteo nun.

Die Augen des Mannes loderten vor Hitze. „Ja. Sie haben ihn zerstört."

„Ich habe meinen Job gemacht."

„Sie haben mein Leben ruiniert." Die Worte schnitten durch die Luft wie Kugeln. „Sie haben meinen Vater umgebracht. Die Existenz meiner Mutter zerstört. Ich bin durch die Scheiße gekrochen, dank Ihnen."

„Ihr Leben scheint sich zum Besseren gewendet zu haben", bemerkte Gabbi.

Das Gesicht des Mannes verzog sich. „Weil ich hart dafür gearbeitet habe."

„Oder weil Sie in die Fußstapfen Ihres Vaters treten?", fragte Matteo ruhig.

Rocco kippte seinen Drink hinunter. „Ich bin

cleverer als Sie. Niemand kann mir irgendetwas anhängen. Ich bin der große Rocco Lanza." Er breitete die Arme aus. „Und ich werde nicht ruhen, bis Sie tot sind, Mancini."

„Geheimnisse kommen immer ans Licht", bemerkte Matteo.

„Ah, Ihre reizende Dame kennt also all Ihre Geheimnisse? Sie sind weder gut noch gerecht. Schmutz bleibt kleben, Mancini. Und ich kann ihn überall an Ihnen sehen." Er lächelte. „Ich freue mich schon darauf, meine Herrschaft als Kopf der neuen *Società foggiana* zu genießen, wenn Sie bereits tot sind und unter der Erde verrotten. Sie sollten wachsam sein." Damit marschierte er aus dem Iglu.

KAPITEL ZWÖLF

M it kochendem Blut stürmte Matteo in die Sentinel-Security-Zentrale.

All das hatte sich nur aufgrund seiner Taten zusammengebraut.

Er hatte die *Società foggiana* zerschlagen, hatte Carella zu Fall gebracht und im Zuge dessen Rocco Lanzas Rachegelüste erzeugt.

Es war seine Schuld, dass Gabbi nun in Gefahr schwebte.

Er wusste, wie viel sie geleistet hatte, um sich ein eigenes Leben aufzubauen, unabhängig von ihrer Familie.

Und dank Matteo schwebte dieses Leben nun in Gefahr.

„Matteo." Leise erklang ihre Stimme hinter ihm. Er konnte auch Killian und Hadley spüren.

Rocco hatte recht. Er war kein edler Ritter.

Seine Hände ballten sich zu Fäusten.

„Matteo." Gabbis Stimme klang schärfer, als sie vor

ihn trat. Sie hatte ihren Mantel ausgezogen, sodass das cremefarbene Kleid zum Vorschein kam, das sich an ihren Körper schmiegte. „Was auch immer du gerade denkst, hör auf damit."

„Rocco Lanza ist meine Schuld."

„Quatsch." Ihre Stimme war voller Emotionen. „Du hast deinen Job gemacht. Du hast Kriminelle zu Fall gebracht, die unzählige Menschen verletzt und umgebracht haben. Männer, die so viele unschuldige Familien zerstört haben. Du bist ein verdammter Held."

Er stieß ein verärgertes Geräusch aus.

„Rocco ist das Ergebnis seiner Erziehung, und vermutlich hat er soziopathische Tendenzen." Gabbi griff nach seinem Arm. „Konzentrieren wir uns darauf, ihn zu stoppen."

Matteo starrte auf sie hinab, dann blickte er zu Killian und Hadley. Hadley sah besorgt aus. Killians Gesicht war ausdruckslos, aber hellwach.

Killian nickte. „Lanza muss aufgehalten werden."

Matteo atmete tief ein.

„Hey, ihr seid zurück."

Hex kam aus der Küche, in der Hand hielt sie einen dampfenden Becher. Vermutlich Tee. Tagsüber kippte sie Unmengen von Cola und Kaffee in sich hinein, aber abends war es immer Tee.

„Also, dieser Rocco Lanza ist wirklich eine harte Nuss", fuhr sie fort. „Während ihr unterwegs wart, habe ich ein bisschen geschnüffelt. Kommt, schaut es euch an." Sie ging zurück in die Kommandozentrale.

Noch einmal atmete Matteo tief durch, um seinen Atem zu beruhigen. Gabbis Finger streiften seine. Er sah nicht zu ihr, ergriff aber ihre Hand. Sanft erwiderte sie den Druck.

Sie folgten den anderen.

„Also, nachdem Carella zu Fall gebracht worden war", Hex saß auf einem Stuhl und blies in ihren Becher, „waren Rocco und seine Mutter vollkommen mittellos. Sie zogen nach Mailand, wo sie eine Weile als Model arbeitete, aber sie wurde älter und fing außerdem an, Drogen zu nehmen. Ihr Modeln wurde zu Prostitution."

„Verdammt", murmelte Killian.

„Zuerst als High-End-Escortdame. Konnte ein paar Sugardaddys an Land ziehen, aber als ihre Sucht schlimmer wurde, wurde sie zunehmend verzweifelter. Ein paarmal wurde sie wegen Anschaffen festgenommen."

„Wurde Rocco irgendwo erwähnt?", fragte Matteo.

„Nein. Er war zwanzig, als sie starb." Hex spielte mit ihren Haaren.

„Das ist nicht deine Schuld, Matteo", sagte Killian. „Carella und die *Società foggiana* haben Menschen umgebracht, haben die Geschäfte der Leute in Brand gesteckt, die kein Schutzgeld bezahlen wollten, haben mit Drogen gehandelt und das Auto von jedem in die Luft gejagt, der sich ihnen in den Weg gestellt hat. Sie mussten aufgehalten werden."

„Und jetzt will Rocco das Gleiche tun", murmelte Gabbi. „Du weißt, was für eine Zerstörung er herbei-führen könnte. Wenn Menschen gewillt sind, andere Menschen für Geld und Macht zu verletzen ..." Sie suchte Matteos Blick.

Matteo rechnete die aktuelle Uhrzeit in Italien aus. Es war spät, aber Aurelio würde noch wach sein.

„Ich muss meinen DIA-Kontakt anrufen."

„Mach das", sagte Killian.

Schnurstracks marschierte Matteo unter dem geschwungenen Backsteintürbogen hindurch in sein Büro.

Hinter ihm erklangen Schritte. Gabbi folgte ihm, und wieder hatte sie diesen sturen Ausdruck auf ihrem Gesicht.

Seine Hände ballten sich zu Fäusten. Dieses verdammte Kleid. Es reizte ihn dazu, sie auf seinen Schreibtisch zu heben, es hochzuschieben und ...

Scheiße. Jetzt war er hart. Er knirschte mit den Zähnen und versuchte, ihre Anwesenheit zu ignorieren. Gabbi ließ sich in den Stuhl ihm gegenüber fallen und schlug die Beine übereinander.

Verdammt.

Er klappte seinen Laptop auf und startete den Videoanruf.

Der Anruf wurde schnell angenommen, und das raue, zerfurchte Gesicht von Aurelio Conti erschien auf dem Bildschirm.

„Hades." Seine Stimme war ein tiefes Kratzen, wegen der Zigaretten, die er nie ganz aufgeben konnte. Der DIA-Agent war zehn Jahre älter als Matteo und hatte eine langjährige Karriere hinter sich. Er war Matteos Mentor gewesen.

Der Mann besaß einen unverwüstlichen Kern der Ehre.

Die Mafia hatte Aurelios Eltern umgebracht, als er

noch ein Kind gewesen war. Danach hatte er sein Leben dem Ziel verschrieben, die Mafia zu Fall zu bringen.

„Dachte ich mir, dass du noch im Büro bist", sagte Matteo.

„Mein zweites Zuhause. Wie läufts bei dir?"

Matteos Augen flogen zu Gabbi. „Viel zu tun."

„Ich schätze, dieser späte Anruf bedeutet, dass etwas vorgefallen ist?"

„Was weißt du über Rocco Lanza?"

Aurelios Ausdruck veränderte sich. Wurde härter. „Lanza zeigt der Welt ein attraktives, charmantes, blitzsauberes Gesicht, aber er ist verdorben bis in den Kern. Er war schon jahrelang auf unserem Radar, bevor wir realisiert haben, dass er der neue Boss ist. Wir wissen nicht genau, wie weit sein kriminelles Imperium reicht."

„Habt ihr vor, ihn zu Fall zu bringen?"

Aurelio stieß ein frustriertes Geräusch aus und fuhr sich mit der Hand durch die kurzen Haare. „Würden wir gern, aber er ist gerissen. Wir haben nichts, was ihn mit der wiederauferstandenen *Società foggiana* in Verbindung bringt. Er hat legitime Geschäfte und ist ein beliebter Promikoch. Und außerdem hat er einen Haufen wichtiger Freunde in einflussreichen Kreisen der Mailänder Gesellschaft."

Matteo fluchte.

„Wir überwachen ihn. Er besitzt eine Luxusvilla am Stadtrand von Mailand. In der Öffentlichkeit leistet er sich keinen noch so kleinen Fehltritt."

Gabbi erhob sich und ging auf und ab.

„Warum interessierst du dich für ihn, Matteo?", fragte Aurelio und lehnte sich in seinen Stuhl zurück.

„Er ist in New York. Ich habe ihn getroffen. Sagen wir einfach, dass er mich für jedes Problem in seinem Leben verantwortlich macht."

Jetzt war es sein Freund, der fluchte. „Er will Rache."

„Ja."

„Er ist jung, aber unterschätze ihn nicht. Er ist unerbittlich, Matteo. Wir haben die Ergebnisse seiner Folter gesehen. Gerüchten nach macht er seine schmutzige Arbeit selbst – und genießt es auch noch."

„Wie können wir ihn aufhalten?" Gabbi kam um den Schreibtisch herum, blieb neben Matteos Stuhl stehen und blickte auf den Bildschirm.

Aurelio zog die Augenbrauen hoch. „Hallo. Wer sind Sie?"

„Sie gehört zu mir." Matteo griff nach Gabbis Hand. „Gabriella Hansley, das ist Aurelio Conti."

„Freut mich, Sie kennenzulernen."

„Arbeiten Sie auch für Sentinel Security?", fragte der DIA-Agent.

„Nein, für die CIA", erwiderte sie. „Ist eine lange Geschichte, aber ich arbeite derzeit mit Matteo zusammen. Es ist unerlässlich, dass wir Rocco aufhalten und seine Pläne zunichtemachen."

„Da stimme ich Ihnen zu, *Signorina* Hansley. Aber es ist nicht einfach. Wir versuchen es seit Jahren."

„Menschenleben hängen davon ab", betonte sie.

„Das ist mir bewusst. Wir hatten eine verdeckte Ermittlerin in Lanzas Villa." Der Ausdruck des Mannes verfinsterte sich. „Jung, intelligent. Sie war nicht als DIA-Agentin bekannt."

Matteos Magen zog sich zusammen. Wie viele junge,

idealistische Leute hatte er in diese Löwenhöhle hineinge-schickt? Wie oft hatte er zusehen müssen, wie sie zermalmt, verletzt oder umgebracht worden waren. „Was ist passiert?"

„Sie konnte uns einige gute Informationen übermit-teln, bevor wir den Kontakt verloren haben. Seitdem wurde sie nicht mehr gesehen."

Zweifelsohne befand sie sich am Grund eines Flus-ses, an irgendetwas Schweres festgekettet.

„Hat sie etwas herausgefunden?", fragte Gabbi nach.

Aurelio nickte. „Sie hat berichtet, dass sie elektroni-sche Akten gesehen hätte, in denen Lanza seine sämtli-chen kriminellen Aktivitäten vermerkt. Alles in großer Ausführlichkeit. Auf einem diskreten Computer, der nicht mit einem Netzwerk verbunden ist. Der Laptop befindet sich in seinem Safe, unter seiner Villa." Aurelio schnaubte. „Ein nicht zu knackender Safe. Ein Riv3001."

„Scheiße." Matteo knirschte mit den Zähnen.

Gabbi hatte davon gehört. Der Riv3001 war ein Super-Hightech-Safe, der von der Firma des Tech-Milli-ardärs Maverick Rivera hergestellt wurde.

„Also, wenn du diesen Laptop hättest, hättest du alle Informationen, die du bräuchtest, um Lanza zu Fall zu bringen?", fragte Matteo.

„Ja. Aber in diese Villa reinzukommen, ist unmög-lich. Er hat eine Armee von Wachen angestellt, unter-stützt von Ex-Militär-Söldnern. Und dann ist da noch dieser Riv3001 –"

„Bring mich da rein, und ich besorge dir den Laptop", sagte Matteo.

Aurelio knurrte. „Du hörst mir nicht zu."

„Ich kann den Riv3001 knacken", sagte Matteo.

Der andere Mann zögerte. „Wirklich?"

Matteo nickte. „Gibt es eine Möglichkeit, wie wir in die Villa kommen können?"

Sein Freund wandte kurz den Blick ab, dann sah er wieder zu ihm. „Wenn es einer schafft, dann du. Und dein Team von Sentinel Security. In zwei Tagen hält Lanza einen großen Maskenball in seiner Villa ab. Ein riesiges Event. Der Ball findet jedes Jahr statt. Die Villa wird vor Gästen aus allen Nähten platzen."

„Wir können uns reinschleichen", sagte Matteo aufgeregt.

„Besser noch, ich kann euch Einladungen besorgen." Aurelio fuhr sich mit der Hand über das Kinn. „Bist du dir sicher, Matteo?"

Rocco Lanza zu Fall bringen und Gabbi beschützen.

Vielleicht ein gewisses Maß an Wiedergutmachung finden.

„Ja. Ich bin mir sehr sicher."

SIE HATTE NICHT LANGE GENUG GESCHLAFEN.

Am nächsten Morgen fühlte sich Gabbi ein wenig groggy. Sie kämpfte kurz mit der Hightechmaschine in der Küche von Sentinel Security, dann plätscherte der Latte in ihren großen Becher.

Die wenigen Stunden Schlaf, die sie bekommen hatte, hatte sie in Matteos Bett verbracht, allein. Sie hatte nicht gehört, wie er zurückgekommen war, und vermutete, dass er überhaupt nicht geschlafen hatte.

Als sie ihn mit Hex zusammen in der Kommandozentrale vorfand, sahen die beiden viel zu munter für zwei Menschen aus, die die ganze Nacht durchgearbeitet hatten.

„Hey." Matteo lächelte sie an. „Hast du gut geschlafen?"

Sie nickte. „Du?"

Er schüttelte den Kopf. „Wir waren damit beschäftigt, unsere Reise nach Mailand zu planen."

„Bist du dir sicher, dass der Safe zu knacken ist?", fragte sie. „Nach allem, was ich darüber gehört habe, ist er unbezwingbar."

„Für die meisten Menschen." Sein Lächeln wurde breiter. „Füll deinen Kaffee in einen Reisebecher. Wir haben einen Termin."

Sie blinzelte. „Okay."

Killian und Hadley kamen in die Kommandozentrale.

„Der Jet wird gerade betankt", sagte Killian. „Seid ihr auf dem Sprung zu Mav?"

Matteo nickte.

„Wir treffen uns am Flughafen."

„Ich gehe packen", verkündete Hadley.

Wieder hatte Gabbi das Gefühl, in einen Wirbelwind hineingerissen zu werden. Diese Sentinel-Security-Leute agierten, ohne zu zögern. Wenn sie eine Mission hatten, waren sie nicht zu bremsen. „Ähm, ich habe keinen Reisepass."

Hex prustete belustigt. „Das ist nun wirklich kein Problem."

„Wir haben uns bereits darum gekümmert", erklärte Killian ihr.

Dank einer Prise Killian-Hawke-Magie. Gabbi entschied, dass es am besten war, keine Fragen zu stellen.

Nachdem sie ihren Kaffee in einen Reisebecher umgefüllt hatte, führte Matteo sie hinunter in die Tiefgarage zu einem schnittigen, silbernen Audi A7.

„Du hast noch ein Auto?", fragte sie.

Als sie näher kamen, piepte der verschlossene Wagen. „Nein. Das ist der Firmenwagen von Sentinel Security."

Bevor Gabbi ihren Kaffee austrinken konnte, hatte Matteo sie bereits bis nach SoHo gefahren. Er hielt vor einem siebenstöckigen, historischen Gebäude an, einem Vertreter der Gusseisenarchitektur.

„Wo sind wir?", fragte sie.

„Maverick Riveras Penthouse."

Gabbi fielen beinahe die Augen aus dem Kopf. „Du stattest berühmten Milliardären einfach einen Besuch ab, wann immer dir danach ist?"

Matteo trat zu Gabbi auf den Gehweg und lächelte. „Seine Verlobte hat früher für Sentinel Security gearbeitet."

„Wirklich?"

„Wirklich. Sie ist eine verdammt gute Hackerin." Er drückte auf die schicke Gegensprechanlage, und sie wurden hereingelassen.

Nach einer kurzen Aufzugfahrt zum Penthouse des

Gebäudes traten sie auf die Wohnungstür zu. Noch bevor sie klingeln konnten, wurde die Tür aufgerissen.

Die Frau war zierlich und kurvig zugleich, mit einer üppigen Pracht dunkler Haare.

„Hades." Die Frau umarmte ihn herzlich.

„Hey, Remi." Zuneigung schwang in Matteos Stimme mit, als er ihre Umarmung erwiderte.

Sie sahen gut zusammen aus – harmonisch aufeinander abgestimmte, dunkle Schönheit. Gabbi verspürte einen plötzlichen Anflug von Eifersucht.

Dann erschien ein großer, grüblerischer Mann und stellte sich direkt hinter Remi. Eine Sekunde später wurde Remi an seine Seite gezogen.

Matteo grinste. „Rivera."

„Mancini." Die Stimme des Milliardärs war tief, und er hatte einen beeindruckend finsteren Ausdruck aufgelegt. „Kommt rein."

„Remi, Maverick, das ist Gabriella Hansley. Sie ist CIA."

Gabbi nickte. „Freut mich, Sie kennenzulernen."

Remi wedelte mit der Hand durch die Luft. „Kommt in die Küche. Es gibt Kaffee und Gebäck."

Die großzügig geschnittene Küche war grau und mit deckenhohen Schränken und einem langen, rustikalen Holztisch ausgestattet.

Ehrfürchtig sah sich Gabbi in der umwerfenden Wohnung um. Sie konnte kaum glauben, dass sie sich gerade im Zuhause eines verdammten Milliardärs befand. Gabbi benutzte Computer von Rivera Tech auf der Arbeit.

Als sie die Küche betraten, erblickte Gabbi eine

weitere Frau. Die schlanke Brünette saß auf einer riesigen schwarzen Kücheninsel aus Stein, hatte die langen Beine überschlagen und aß ein Gebäckstückchen. Sie war leger gekleidet, trug Jeans und einen locker fallenden, blauen Pullover und hatte ihre Haare in einen unordentlichen Chignon gebunden.

Die Frau musterte sie und lächelte. „Hi."

Matteo nickte, und Gabbi hob grüßend die Hand.

„Das ist meine Freundin Monroe", stellte Remi sie vor. „Sie hat eigentlich ihr eigenes Zuhause, aber sie taucht ständig hier auf und sucht nach Essen."

Die Brünette warf Remi einen Kuss zu. Sie waren offensichtlich enge Freundinnen.

Remi trat an die Kaffeemaschine. „Wer möchte einen Kaffee?"

Gabbi schüttelte den Kopf, und Matteo bat um einen Espresso.

Maverick verschränkte die Arme vor der Brust. „Also, worum gehts? Du hast gesagt, es wäre dringend."

„Es geht um ein Arschloch namens Rocco Lanza", erklärte Matteo.

Remi runzelte die Stirn. „Der Koch?"

„Genau." Matteo vermittelte ihnen kurz die wichtigsten Details über Rocco.

Mavericks Kiefer spannte sich an.

„Klingt nach einem echten Gewinner." Monroe verputzte den letzten Bissen ihres Gebäcks und leckte sich die Finger.

„Wir fliegen nach Italien, um ihn aufzuhalten", sagte Matteo. „Der Typ ist gefährlich und skrupellos. Er hat das komplette Lafayette in D.C. niedergemäht, nur um mich zu erwischen."

Monroe schnappte nach Luft. „Davon habe ich in den Nachrichten gehört."

Gabbi musterte Monroe. Je länger sie sie betrachtete, desto mehr war sie der Überzeugung, dass ihr die Frau bekannt vorkam. Sie konnte sie nur nicht einordnen.

„Die DIA, die Anti-Mafia-Einheit in Italien, hat Informationen darüber, dass Lanza eine Akte über all seine kriminellen Machenschaften führt und sie auf einem Laptop speichert", erklärte Matteo. „Damit können wir ihn drankriegen."

„Aber?", fragte Maverick. „Ich kann ein *Aber* hören."

„Er bewahrt den Laptop in seiner Villa in Mailand auf. In einem Riv3001."

Stille herrschte im Raum.

Matteo fuhr fort. „Ich will, dass du mir zeigst, wie ich ihn knacken kann."

Gabbi sah, wie sich Mavericks Kiefer weiter verkrampfte und seine dunklen Augen aufblitzten.

Die beiden Frauen tauschten einen Blick aus.

„Er ist nicht zu knacken", sagte Maverick schließlich.

„Vielleicht für Otto Normalverbraucher, aber nicht für den Mann, der ihn entworfen hat", erwiderte Matteo.

Maverick schüttelte den Kopf. „Wenn herauskommen sollte, dass ich verraten habe, wie man mein eigenes Produkt knackt, dann zerstört das die Glaubwürdigkeit meiner Firma."

„Rocco Lanza ist ein sehr gefährlicher Mann", warf Gabbi ein.

Im Kiefer des Milliardärs zuckte ein Muskel. „Ich kann euch nicht helfen."

„Ich helfe euch." Anmutig hüpfte Monroe von der Kücheninsel.

„Ich auch", fügte Remi hinzu.

Maverick stieß ein ersticktes Geräusch aus.

„Ich habe schon mal einen Riv geknackt", sagte Monroe.

„Du hast einen Riv 3000 geknackt", erwiderte Maverick mürrisch. „Daraufhin habe ich den 3001 erfunden, um die Sicherheitslücke zu schließen."

Monroe zuckte mit den Schultern. „Den 3001 habe ich auch geknackt. Nur so zum Spaß."

Remi leckte sich über die Lippen. „Ich habe ihr einen zum Üben gegeben."

Der Mann drehte sich um und starrte seine Verlobte an.

Völlig unbeirrt lächelte sie zurück. „Sie hat versprochen, es niemandem zu verraten."

Rivera kniff sich den Nasenrücken.

Matteo konzentrierte sich auf Monroe. „Sie haben den Safe geknackt?"

Sie nickte. „Ich bin Schlosserin."

Mit einem Mal wurde Gabbi urplötzlich klar, wer diese Frau war. „Monroe O'Connor. Sie sind die Inhaberin von Lady Locksmith."

Sie lächelte und nickte. „Mittlerweile ist es Monroe O'Connor-Roth."

„Sie sind mit Zane Roth verheiratet." Der milliardenschwere Finanzkönig der Wall Street. Einer von Maverick Riveras besten Freunden. Gabbi hatte einen Artikel darüber gelesen, wie Monroe und Zane sich kennengelernt hatten ... nämlich als sie erpresst worden war, ihn auszurauben.

Die Frau grinste noch strahlender.

„Ich glaube nicht, dass deine Freunde der Welt verraten werden, wie man den Riv3001 knackt, Mav." Remi streichelte seinen Arm. „Wenn sie diesen Typen aufhalten können, ist es das wert."

Er griff nach ihrem Kinn und starrte sie an.

Sie lächelte zu ihm auf.

Unterlegen schüttelte er schließlich den Kopf. „Na schön. Aber Monroe verrät mir, wie sie ihn geknackt hat."

Gabbi verbarg ihr Lächeln und wollte wetten, dass es nicht lange dauern würde, bis ein Riv3002 auf den Markt gebracht wurde. „Danke."

ALS GABBI und Matteo auf den Flughafen von Teterboro bogen, waren sie im Besitz einer Akte, in der sich sämtliche Skizzen für den Safe befanden, ebenso wie detaillierte Instruktionen darüber, wie man ihn knackte.

Vor ihnen erblickte sie den schnittigen schwarzen Jet, in dem sie bereits von D.C. nach New York geflogen waren.

Als sie die Stufen zum Flugzeug hinaufstiegen, konnte Gabbi nicht glauben, wie ihr geordnetes Leben sich ins reinste Chaos verwandelt hatte. Mit Privatjets fliegen, Milliardäre zu Hause besuchen, vor Mafiagangstern fliehen ... Sie blickte zu Matteo auf. Und Zeit mit dem sexysten, attraktivsten Mann zu verbringen, den sie je in ihrem Leben getroffen hatte.

Ihre Sexlektionen waren unterbrochen worden, und ein Teil von ihr hoffte, sie würden noch etwas Zeit dafür finden, bevor sie zu ihrem normalen Leben in D.C. zurückkehren musste.

Sie wollte mehr von ihm.

Sie fragte sich, ob sie ihn jemals *nicht* wollen würde.

Vorsicht, Gab. Gewöhne dich nicht zu sehr an ihn.

Im Flugzeug warteten bereits Killian und Hadley auf sie. Hadley saß in ihrem Sitz und blätterte durch eine Zeitschrift. Killian stand im Gang und presste sich sein Handy ans Ohr.

Er beendete den Anruf und erwiderte Matteos Blick. „Habt ihr alles bekommen?"

„Haben wir."

Ein dunkles Lächeln verzog Killians Lippen. „Dann lasst uns auf die Jagd gehen."

KAPITEL DREIZEHN

D er See schimmerte wie ein Juwel.

Sogar im Winter war der *Lago di Como* wunderschön. Das Wasser war blau, die Berge, die den See umgaben, waren schneebedeckt, und pittoreske Dörfer, die aussahen, als wären sie einem Märchen entsprungen, zierten die Ufer.

Matteo lenkte den Mietwagen – ein Maserati, natürlich – eine von Bäumen gesäumte Einfahrt hinunter.

Gabbi war zu sehr damit beschäftigt, den Anblick des Sees und der Berge aufzusaugen, um ihrem Reiseziel Aufmerksamkeit zu schenken.

Der Flug von New York war ereignislos gewesen. Nun hatten sie noch den Rest des Tages und den ganzen nächsten Tag Zeit, bevor sie zu Lanzas Maskenball nach Mailand fahren würden.

Killian und Hadley waren in Mailand geblieben, um Lanzas Villa zu überwachen. Morgen würden sie an den See nachkommen, damit sie gemeinsam noch einmal den Plan durchgehen konnten.

Heute würde Matteo ein Modell des Riv3001 aufbauen und üben, ihn zu knacken, bis er es aus dem Effeff beherrschte.

Es hatte Gabbi überrascht, als Matteo ihr gesagt hatte, dass sie beide zum Comer See fahren würden. Scheinbar besaß er dort ein Haus.

Das Auto wurde langsamer, und sie wandte den Kopf.

Ihre Augen weiteten sich.

„Matteo", stieß sie atemlos hervor.

„Hm." Er stoppte den Wagen.

Ein wenig benommen stieg Gabbi aus. Sie hatte sich eine niedliche Wohnung oder ein kleines Ferienhaus vorgestellt.

Stattdessen starrte sie auf eine riesige, wunderschöne Villa.

Das Haus hatte drei Stockwerke und war mit cremefarbenem Stuck und jeder Menge Bögen und dunklen Akzenten verziert. Definitiv nicht das, was sie erwartet hatte.

Sie blickte Matteo an. „Du besitzt eine *Villa* am Comer See? Eine riesengroße, gottverdammte Villa?"

Er sah sie an, als ob er gegen ein Lächeln ankämpfen müsste. „Ja."

Sie war sich ziemlich sicher, dass Villen, die aussahen, als ob ein italienischer Graf darin wohnte, und die sich am Ufer des Comer Sees befanden, ein Vermögen wert sein mussten.

„Du bist steinreich", sagte sie vorwurfsvoll.

Er zuckte mit einer Schulter und ging um das Auto herum. „Meine Familie ist reich. Meine Großmutter hat mir das Haus vererbt."

Gabbi konnte ihre Gedanken nicht so recht sammeln. Matteo griff nach ihrer Hand und führte sie die Marmorstufen empor.

„Die Küche sollte mit Vorräten gefüllt und die Betten gemacht sein. Ich habe den Angestellten ein paar Tage freigegeben."

„Angestellte", wisperte sie entgeistert.

Matteo zog einen Schlüsselbund hervor und schloss die enorme Eingangstür auf, dann führte er sie in die Villa.

Das Innere war eine perfekte Mischung aus Alt und Neu. Die historischen Elemente schimmerten hindurch, aber es war offensichtlich, dass das Haus in einem traditionellen, modernen Stil renoviert worden war. Der prachtvolle Eingangsbereich hatte einen schwarzweiß karierten Fliesenboden, und eine beeindruckende Treppe schwang sich hinauf in die oberen Etagen. Große, kunstvoll verzierte Vasen standen in Nischen entlang der Wände.

Gott, noch nie zuvor war sie in einem solchen Haus gewesen.

Matteo führte sie in einen weitläufigen Wohnbereich. Die Wände waren buttergelb gestrichen und die Möbel allesamt elegant und in neutralen Farben gehalten, bis auf einige blaue und braune Farbakzente der Kissen sowie Kunstwerke und andere Accessoires, die auf den Regalen verteilt standen. In einem prachtvollen Marmorkamin prasselte ein Feuer. Vor dem Feuer lag ein herrlicher, flauschiger Teppich, und über dem Sims hing ein riesiger, goldgerahmter Spiegel.

Aber es war die lange Fensterfront, die Gabbis Blick anzog. Die Fenster rahmten die Aussicht auf den See perfekt ein.

Zwischen der Villa und dem See befand sich ein langer, rechteckiger Pool, der beinahe aussah, als ob er ins Wasser des Sees übergehen würde. Daneben standen mehrere Sonnenliegen. Gabbi wünschte, es wäre Sommer, damit sie im Pool schwimmen und diese Aussicht genießen könnte.

Matteo strich über ihre Haare. „Schwimmst du gerne?"

„Ich liebe es. Ich habe gerade gedacht, wie schade es ist, dass Winter ist ... Nicht dass wir zum Urlauben hier wären."

„Wir fahren im Sommer wieder hierher, *Cara*. Und heute Nachmittag steht nichts als Entspannung auf dem Programm. Für den Maskenball morgen Abend müssen wir ausgeruht sein."

In New York war es gerade Mittagszeit, daher war sie überhaupt nicht müde.

Matteo lächelte sie an. „Komm." Er griff nach ihrer Hand. „Ich will dir etwas zeigen." Er zog sie durch das Haus.

Weitere herrliche Einrichtungsgegenstände fielen ihr ins Auge. Sie seufzte. Es war alles so fantastisch.

Matteo führte sie eine Treppe hinunter.

„Kommst du oft hierher?" Insgeheim stellte sie sich ihn hier mit irgendeinem glamourösen Model vor.

„Nein." Ihre Blicke trafen sich. „Ich komme nicht oft nach Italien. Und ich habe bisher noch nie eine Frau mit hierhergebracht."

Ihr Kopf schnellte hoch. Konnte er ihre Gedanken lesen?

Als er am Ende des kurzen Flurs eine Tür aufdrückte, konnte sie Chlor riechen.

Gabbis Mund klappte auf.

Ein Indoor-Pool.

Das Wasser in dem Rechteck, das von Travertinfliesen umgeben war, schimmerte. Ein großes Oberlicht ließ das Tageslicht hinein, ebenso wie die Reihe von Bogenfenstern, die sich auf beiden Seiten des Raumes erstrecken. An den Wänden standen Topfpflanzen, die dem Raum grüne Akzente verliehen. Hinter den Fenstern an einer Wand erblickte sie den See. Ein Boot fuhr vorüber.

„Ich dachte, wir könnten uns hier entspannen und ein bisschen schwimmen", sagte Matteo.

Gabbi blickte ihn an und erkannte die Begierde in seinen braunen Augen. Ihre Lust regte sich.

„Ist das unsere nächste Lektion?", fragte sie atemlos. „Ist es sicher, sich ... ablenken zu lassen?"

Etwas huschte über sein Gesicht, zu schnell, als dass sie es lesen konnte.

Dann lächelte er. „Nur wir beide sind hier, *Cara*. Wir sind hier in Sicherheit, und nur mein Team kennt unseren Aufenthaltsort."

Sie schluckte und spürte, wie sich Verlangen in ihren Adern ausbreitete.

„Lass uns schwimmen", forderte er sie auf. „Der Pool ist beheizt."

„Ich habe keinen Badeanzug dabei."

Da war wieder dieses sexy Lächeln. „Du brauchst

keinen, aber es gibt auch eine Kiste mit Badeanzügen, da drüben." Er zeigte mit dem Finger darauf. „Neben der Tür zu den Umkleidekabinen."

Sie warf ihm einen Blick zu, dann ging sie zu der Holzkiste hinüber. Sie wühlte darin herum und suchte ein paar Badeanzüge heraus.

Als sie die Umkleidekabine betrat, fand sie, dass es hier wie in einem luxuriösen Spa aussah. Nichts als Marmor und ein paar Holzbänke, ein riesiger Spiegel und einige gepolsterte Sessel. Neben den Waschbecken standen teure Lotionen und Beauty-Produkte.

Gabbi probierte die Badeanzüge an. Einer war zu groß, der Bikini hingegen zu klein. Die winzigen Dreiecke versuchten nicht einmal, ihre Brüste zu bedecken.

Nur noch ein langweiliger schwarzer Einteiler blieb übrig. Seufzend zog sie ihn an. Sie drehte sich zum Spiegel herum, und ihre Augen wurden groß.

Doch nicht so langweilig.

Der Badeanzug hatte einen tiefen V-Ausschnitt, während er an den Beinen atemberaubend hoch geschnitten war. Zwei Streifen Netzstoff verliefen quer über ihren Bauch.

Das Teil war verdammt sexy und stand ihr gut.

Sie rollte ihre Schultern zurück.

Morgen Abend würden sie sich in Gefahr begeben. Wenn auch nur ein Teil des Plans schiefgehen sollte ...

Sie krümmte ihre Finger. Die Vorstellung, dass Matteo etwas zustoßen könnte ...

Nein. Solche Gedanken durfte sie nicht zulassen.

Ihm würde nichts zustoßen. Und anschließend

würde er nach New York zurückkehren und sie nach D.C.

Bei diesem Gedanken zuckte ein wehmütiger Schmerz durch sie hindurch.

Sie würde das meiste aus ihrer gemeinsamen Zeit herausholen. Gabbi starrte ihr Spiegelbild an. Sie würde alles, was sie konnte, aus dieser gemeinsamen Nacht herausquetschen.

Entschlossen marschierte sie aus der Umkleidekabine.

Matteo schwamm gerade eine Bahn im Pool zu Ende, athletisch schnitt sein Körper durchs Wasser. Er bemerkte sie und stieg aus dem Pool.

Ihr Mund wurde staubtrocken.

Die winzigen, schwarzen Badeshorts und die nackte Brust waren eine verdammt geniale Kombination. Gott, er war einfach perfekt gebaut. Gabbis Blick folgte den kleinen Wassertropfen, die über seine Brust und seine harten Bauchmuskeln rannen.

Er warf sich die nassen Haare aus der Stirn. Sein glutheißer Blick wanderte über sie. „Cara."

Er blieb vor ihr stehen, nur wenige Zentimeter entfernt. Dann streckte er die Hand aus und glitt mit einem Finger ihren gewagten Ausschnitt entlang.

Gänsehaut breitete sich auf ihrem Körper aus.

„Wunderschön." Er griff nach ihrer Hand. „Komm. Lass uns die Aussicht genießen." Er ließ sich auf einen der bequemen Liegestühle an den Fenstern sinken. Dann zog er sie auf seinen Schoß.

„Ich könnte den ganzen Tag lang auf den See schauen", sagte sie. „Er ist wunderschön"

Matteo schmiegte sein Gesicht an ihren Hals. „Kein Vergleich zu dir."

Gabbi schluckte ein Stöhnen hinunter und setzte sich so, dass er besser an sie herankam. Seine Lippen neckten ihre Haut, und Lust kribbelte durch ihren ganzen Körper. Ihre Hand strich über seinen nassen Oberschenkel.

„Matteo."

„Wenn du so meinen Namen sagst, will ich dich zu Boden werfen und meinen Schwanz in dir vergraben." Seine Stimme war nur noch ein Knurren.

Sie wandte ihm den Kopf zu und presste ihre Lippen auf seine. „Dann tu es."

Er biss in ihre Unterlippe. „O nein. Das werde ich nicht überstürzen." Er lächelte. „Abgesehen davon macht Vorfreude alles noch besser."

Sie schauderte. „Bist du dir sicher?"

„Testen wir diese Theorie."

Er spielte mit dem Ausschnitt ihres Badeanzugs und glitt mit den Fingern über ihr Schlüsselbein. Wieder schauderte sie, während sie seine Berührung genoss.

Er schob einen Träger ihres Badeanzugs zur Seite, dann den anderen, sodass ihre Brüste nun entblößt waren.

„Matteo."

Er spielte mit ihren Brustwarzen, bis sie sich zu harten Knospen zusammenzogen. Blind starrte Gabbi aus dem Fenster auf den See.

„Jemand könnte durchs Fenster schauen und uns sehen", wisperte er in ihr Ohr.

Es war unwahrscheinlich, aber Gabbi kümmerte es

nicht, denn sie konnte in diesem Moment nichts anderes tun, als zu genießen. Es fühlte sich ein wenig unanständig an, doch ihr gefiel die Vorstellung, wie jemand sie beobachtete.

Unter ihrem Hintern spürte sie Matteos steifer werdenden Schwanz. Offensichtlich war sie hier nicht die Einzige, die erregt war.

Matteo lehnte ihren Kopf zurück und küsste sie. Ein tiefer, besitzergreifender Kuss, der sie nach Luft schnappen ließ.

Dann wanderte seine Hand zwischen ihre Oberschenkel. Sie wand sich.

„Du warst noch gar nicht im Pool und bist schon nass, Gabriella." Er streichelte sie durch den Stoff hindurch, dann schob er ihn zur Seite.

„O Gott." Sie wand sich verzweifelter, und ihr Po rieb über seinen Schwanz.

Matteo streichelte ihren Schlitz, dann fand er ihren Kitzler. Sie stöhnte auf und schaukelte mit den Hüften, um seiner neckenden Hand entgegenzukommen. Ihr Puls raste, als ihre Lust sich in ihrer Mitte ausbreitete.

„So nass für mich. Bereit für mich, damit ich meinen harten Schwanz hineinstoßen kann."

Ja. *Ja.* Seine schmutzigen Worte funktionierten total für sie. Diese Vorfreudenummer war pure Folter, aber effektiv.

Dann versanken zwei seiner Finger in ihr.

„Matteo, ich ... Das fühlt sich so gut an."

Er stieß mit seinen Fingern in sie hinein. Sein Mund verschluckte ihren Schrei.

„Du fühlst dich so gut an, *Cara.*"

Immer wieder tauchten seine Finger in sie hinein, und Gabbi rieb sich weiter an seinem Schwanz. Voller Hemmungslosigkeit ritt sie seine Hand, während die Lust in ihr emporkochte.

„Komm, Gabriella", knurrte er. „Komm für mich."

Beim nächsten Eindringen seiner Finger zuckten ihre Muskeln um seine Hand. Ihr Höhepunkt rauschte mit aller Macht heran.

„Matteo!" Sie nahm nichts mehr wahr als ihre Empfindungen, nichts als ihren Körper und das, was Matteo damit anstellte.

Er verschluckte ihre Schreie, und seine Zunge tauchte tief in ihren Mund.

Als Gabbi schließlich wieder zu sich kam, zitterte sie noch immer von den Nachbeben ihres Höhepunkts. Sie versuchte, Luft in ihre Lungen zu ziehen.

Unter ihr war Matteos Körper angespannt, sein Schwanz wie eine Stahlstange unter ihrem Hintern.

„Ich brauche dich, *Cara*." Er biss in ihr Ohrläppchen. Seine Finger waren noch immer in ihr, und er drehte sie. „Ich brauche diese enge, nasse Hitze um meinen Schwanz."

Sie drehte den Kopf. Seine Augen loderten vor Verlangen, und ihr stockte der Atem. „Sie gehört dir."

Matteo stieß einen hungrigen Laut aus. „Nicht hier." Er zog seine Finger aus ihrer Pussy, und Gabbi stieß ein heiseres Geräusch aus.

Kraftvoll hob er sie in seine Arme und marschierte mit ihr zurück ins Haus.

SEIN VERLANGEN ZERRISS MATTEO INNERLICH.

Ungeduldig trug er Gabbi die Treppe hinauf, und sie schlang ihre Arme und Beine um ihn, während sie gierig an seinem Ohr knabberte.

Sein Verlangen nach ihr wurde übermächtig und pochte mit jedem Schlag seines Herzens durch seinen Körper.

Er hatte früher schon Verlangen empfunden. Aber niemals so wie in diesem Moment.

Eine ungezähmte, besitzergreifende Begierde erfasste ihn. Ließ ihn nichts dringender wollen, als dieser Frau nahe zu sein.

Tief in ihr zu sein.

Seinen Anspruch auf sie zu erheben.

Er wollte ihr erstes gemeinsames Mal in einem Bett erleben. Es romantisch für sie machen. Er wollte den Raum und die Annehmlichkeit, um ihr alles zu geben, was er sich für sie wünschte. Ihr alles zu geben, was sie wollte.

Er schaffte es nur bis zum Wohnzimmer, Gabbis Mund noch immer an seinem Ohr und seine Hände in ihren Hintern gekrallt. Sie biss in die Sehne an seinem Hals, und er stöhnte auf. Sein Schwanz war so hart, dass es wehtat. Weiter als bis hier würde er es nicht schaffen.

„Das Schlafzimmer ist zu weit weg", knurrte er.

„Ja. Hier. *Egal wo.*" Sie klang atemlos.

Matteo durchquerte das Zimmer und ließ sich auf dem großen Teppich vor dem knisternden Kamin auf die Knie sinken.

Er kämpfte um seine Kontrolle. Sein Verlangen war

so groß, dass er Sorge hatte, ihr wehzutun. Grob riss er ihr den Badeanzug vom Körper, bis sie nackt vor ihm lag.

Er knurrte, während er mit seiner Hand über die Mitte ihres nackten Körpers fuhr.

„Ich liebe es, wie du mich ansiehst", hauchte sie und schob sich seiner Berührung entgegen. „Ich liebe es, wie du mich berührst."

„Und du wirst es lieben, meinen Schwanz zu nehmen." Seine Stimme klang heiser, angestrengt.

„*Ja*." Ihr Gesicht war gerötet vor Hitze und Erregung. „Bitte, brauche dich so sehr, Matteo."

Ihre Worte ließen seinen Schwanz noch heftiger pochen.

„Ich wollte es perfekt für dich machen." Er verspürte einen Anflug von Schuldgefühlen. Stattdessen lagen sie auf dem verdammten Fußboden. „Dir eine weiche Matratze bieten, ein bisschen Romantik ..."

Sie gab ein verlangendes, frustriertes Geräusch von sich und streckte die Hand nach ihm aus.

„Ich will nur *dich*. So wie es jetzt ist. Authentisch. Ich will dich auf mir spüren. Ich will sehen, wie du deine muskulösen Arme um mich schlingst, und ich will von deinem Gewicht zu Boden gedrückt werden, während du mich fickst."

Merda. Ihre Worte schickten Blitze der Lust durch ihn hindurch.

Direkt in seinen steinharten, ungeduldigen Schwanz.

Eilig riss er seine Badehose hinunter und zog das Kondom aus der kleinen Innentasche. Innerhalb weniger Sekunden hatte er die Verpackung aufgerissen und die Latexhülle über seinen steifen Schwanz abgerollt.

Gabbi sah ihm zu, mit nichts als Verlangen in ihrem Gesicht.

Er griff einen ihrer Oberschenkel, dann streichelte er sie und vergewisserte sich, dass sie bereit war.

Sie stöhnte erregt, und ihre Hüften zuckten nach oben. „Fick mich, Matteo. *Bitte.*"

Er bedeckte sie mit seinem Körper und griff nach seinem Schwanz. Er musste sich zurückhalten, nicht einfach in sie hineinzustoßen. Mit seiner Eichel drückte er gegen ihre feuchte Hitze. Für eine Sekunde erstarrten sie beide.

„Sieh mich an", verlangte er.

Ihre wunderschönen, graublauen Augen hefteten sich auf sein Gesicht.

„Ich will dich ansehen, Gabriella. Dir in die Augen sehen, wenn ich tief in dir versinke."

„*Matteo.*"

Sein Name auf ihren Lippen raubte ihm den letzten Rest seiner Beherrschung.

Mit einem heftigen Stoß drang er in sie ein.

Sie schrie auf.

Er spürte, wie sie sich um ihn herum dehnte. „Wie gemacht für mich", flüsterte er.

Er zog sich zurück und versenkte sich wieder in ihrer Hitze. Tief. So tief.

Mein.

Während dieses Wort in seinem Kopf widerhallte, vergrub er sich in ihr. Wieder und immer wieder. Er konnte ihr nicht nah genug sein, sich nicht tief genug mit ihr verbinden.

Unbeschreibliche, gänzlich neue Empfindungen durchströmten ihn.

Sie schlang ihre Beine um seine Taille, ihre Fingernägel gruben sich in seine Schultern. Während er seinen gnadenlosen Rhythmus aufrechterhielt, blieb auch sie nicht untätig. Sie hob die Hüften an, kam ihm entgegen und erwiderte jeden seiner Stöße.

Als sie einen spitzen Schrei ausstieß, spürte er, wie sich ihr Körper anspannte.

Sie war kurz vor dem Höhepunkt.

Stand kurz davor, zum allerersten Mal auf seinem Schwanz zu kommen.

Matteo verlagerte sich leicht, und Gabbi schrie erneut auf. Da war er, dieser eine, perfekte Punkt. Er gönnte ihr keine Pause.

„Du fühlst dich so riesig in mir an, Matteo", keuchte sie.

„Komm, Gabriella. Komm verdammt noch mal für mich."

Das tat sie.

Sie schrie auf, und ihre Pussy zog sich eng um seinen Schwanz zusammen.

Matteo hämmerte weiter tief in sie hinein und stöhnte, so scharf machte es ihn, seine Frau kommen zu sehen. Sein eigener Orgasmus rauschte näher.

Matteos Höhepunkt erwischte ihn wie ein Schlag ins Gesicht.

Er vergrub sich tief in Gabbi und warf den Kopf in den Nacken, als er ihren Namen stöhnte. Wogen der Lust peitschten durch ihn hindurch und ließen ihn nach Luft schnappen.

Sie waren beide völlig verbraucht.

Erschöpft lagen sie auf dem Teppich, das knisternde Feuer das Einzige, was die Stille durchbrach.

Matteo wollte sich nicht aus ihr zurückziehen. Er wollte mit ihr verbunden bleiben.

Ihre Finger vergruben sich in seinen Haaren, und sie zog ihn für einen Kuss zu sich hinab.

Ohne ihre Verbindung zu lösen, rollte sich Matteo auf die Seite. Er wollte sie nicht erdrücken.

„Du hattest recht." Ihre Stimme war heiser.

Er konnte kaum einen zusammenhängenden Gedanken fassen. „Womit?"

„Vorfreude macht es wirklich besser."

„Mhm." Er schmiegte sich an ihren Hals, schmeckte das Salz auf ihrer Haut und roch den moschusartigen Duft von Sex. „Tja, ich hoffe nur, du freust dich auch auf das, was als Nächstes kommt."

Gabbis Augen wurden groß. „Als Nächstes?"

„Ich hoffe, es diesmal bis ins Bett zu schaffen, so wie ursprünglich geplant." Er lehnte sich über sie und saugte eine ihrer Brustwarzen in den Mund.

Sie keuchte.

„Ich plane, all die Stellen deines Körpers zu erforschen, die ich bis jetzt vernachlässigt habe. Und dann werde ich alle Stellungen mit dir ausprobieren, die mir nur einfallen. Und mir fallen eine Menge ein."

Ihre Lippen öffneten sich, und er erkannte Verlangen – frisch und glühend – in ihrem Ausdruck. „Matteo ..."

„*Cara* ... mein Name auf deinen Lippen und mein Schwanz, der noch immer feucht ist von deiner süßen Pussy ... du lässt mich schon wieder hart werden."

Sie leckte sich über die Lippen.

Matteo erhob sich, während Gabbi ausgestreckt auf dem Teppich liegen blieb – wie die Beute eines Barbarenkriegers. Ihr Blick heftete sich auf seinen Schwanz.

„Ich kümmere mich um das Kondom, dann komme ich zurück", erklärte er.

„Okay."

„Mach dich bereit für die nächste Lektion."

Ihre Augen blitzten auf. „Welche Lektion ist das?"

„Du oben."

KAPITEL VIERZEHN

Gabbi presste ihre Wange in das kühle Laken und vergrub ihre Finger in der zerwühlten Decke. Sie war auf Händen und Knien, und Matteos Finger hielten ihre Hüften fest, während er sie von hinten nahm.

„Ist es das, was du brauchst, *Cara*?" Er stieß tief in sie hinein.

Ihre Schreie hallten von den Wänden wider. „*Ja*", keuchte sie.

„Seit ich heute Morgen aufgewacht bin, wollte ich nichts anderes als das. Du unter mir, deine Haut auf meiner." Seine Hand strich über ihren Hintern. „Deine Pussy, die meinen Schwanz nimmt."

„Ja." Ein Wimmern.

„Es ist nicht genug." Seine Hand wanderte ihren Hals hinauf und in ihre Haare. Er zog ihren Mund heran, damit er sie küssen konnte.

„Nie genug", wisperte sie.

Sie spürte, wie sein Schwanz pochte.

„Zeit, dass du für mich kommst, *Tesoro*. Dann komme ich in dir." Seine Hand glitt zu ihrem Kiefer. *„Jetzt."*

Bei seinem nächsten Stoß gab sie sich ganz ihrem Orgasmus hin.

Sie schrie auf und schob sich ihm entgegen. Ihre Lust schoss durch sie hindurch, direkt zwischen ihre Beine, in ihren Unterleib, in ihre Seele.

Matteo packte ihre Hüften fester, und seine Stöße wurden schneller. Haut klatschte auf Haut. Mit seinem nächsten Stoß vergrub er seinen Schwanz tief in ihr und fand seine eigene Erlösung. Er stieß ein tiefes Grollen aus, als sein Körper von einem heftigen Höhepunkt gebeutelt wurde.

„Ich kann spüren, wie du dich um mich zusammen-ziehst." Seine Worte wurden zu einem Stöhnen.

Vollkommen verausgabt lag Gabbi auf dem Bett ausgestreckt, während sie Matteos Gewicht auf sich spürte.

Er hatte keine Eile, sondern nahm sich Zeit, sich von ihr zu lösen.

Aber er zog sich nicht weit zurück. Er lag neben ihr und zog sie an seine schweißnasse Brust. Dann vergrub er sein Gesicht in ihren Haaren, und seine Finger glitten träge über ihren Rücken.

Während ihrer langen gemeinsamen Nacht hatte sie gelernt, dass es Matteo gefiel, sie zu berühren. Mit ihren Haaren zu spielen oder ihre Haut zu liebkosen. Er war so sexy und sinnlich.

Sie schauderte und seufzte leise.

„Ich rieche nach dir, *Cara*." Er presste seinen Mund

auf ihren Hals und atmete tief ein. „Dein Geschmack liegt auf meinen Lippen."

Gott, alles, was er sagte, erregte sie.

Gabbi sah sich im Schlafzimmer um. Das Bett war völlig aufgewühlt. Die meisten Kissen lagen auf dem Fußboden verstreut. Die Überreste des Snacks, den er irgendwann in der Nacht für sie zubereitet hatte, standen zusammen mit zwei leeren Weingläsern auf der Kommode.

Ein Stuhl war umgekippt. Sie lächelte. Matteo hatte auf dem Stuhl gesessen, hatte sie aufgefordert, sich auf ihn zu setzen, und sie hatte ihn geritten. Er hatte ihr gezeigt, wie sie sich bewegen musste, um sie beide in den Wahnsinn zu treiben. Dann hatte er mit ihrem Kitzler gespielt, bis sie gekommen war.

Gabbi hatte gelernt, dass sie es mochte, oben zu sein.

Matteo setzte sich auf. „Leider muss ich jetzt mit dem Safe üben."

Es war eine Erinnerung daran, was sie heute Abend tun mussten. Der angenehme Sexnebel lichtete sich.

Matteo drückte einen Kuss auf ihren Rücken, dann stand er auf. „Bleib liegen. Ruh dich noch ein bisschen aus."

Schamlos blickte sie seinem nackten, perfekten Hintern hinterher, als er aus dem Schlafzimmer ging.

Mhmm. Sie hörte, wie Matteo die Dusche anstellte. Es fiel ihr viel zu leicht, sich diesen heißen Körper unter dem Wasserstrahl vorzustellen. In der Nacht hatte sie ihn überall berührt. Sie liebte seine Brust, seine Bauchmuskeln, seine Oberschenkel und seinen Schwanz.

Plötzlich stieg die unterschwellige Panik, die im

Laufe der letzten zwölf Stunden in ihrer Brust ange-
wachsen war, an die Oberfläche.

Oh, Scheiße.

Sie setzte sich auf und strich sich die zerzausten
Haare aus dem Gesicht.

Sie war dabei, sich in Matteo Mancini zu verlieben.

„Nein." Ein leises Wispern. Sie durfte nicht derart
unvorsichtig sein.

Matteo war kein Kerl für etwas Dauerhaftes. Er
brachte keine Frauen mit in seine Wohnung. Er führte
keine Beziehungen.

Und selbst wenn er das täte, wäre er nie mit
jemandem wie ihr zusammen.

Gabbi stieß einen zittrigen Atemzug aus.

Die Liebe war eine Falle. Sie ließ die Menschen
dumme Dinge tun. Sie lieferte ihnen Munition, mit der
sie andere Menschen verletzen konnten.

Die Dusche wurde abgestellt, und Gabbi lehnte sich
wieder auf dem Bett zurück.

Diese Mission würde bald zu Ende sein. Ihre Fingernägel gruben sich in ihre Handflächen. Bevor sie sich
versah, würde sie zurück in D.C. sein, allein. Zurück in
ihrem Zuhause. Zurück in ihrer grauen Box in Langley.

Alles, was ihr bleiben würde, waren die Erinnerungen an Matteo.

Er kam aus dem Bad geschlendert, gekleidet in
braune Chinos und ein marineblaues Henley-Shirt. Sein
dichtes Haar war noch feucht.

Mit einem sexy Lächeln beugte sich Matteo über das
Bett. Er drückte Gabbi einen schnellen Kuss auf die
Lippen.

„Lass dir Zeit, *Tesoro*. Ich setze mich mit dem Safe-Modell in den Poolbereich. Ich habe dir einen Bikini und einen Pareo ins Bad gelegt. Du kannst schwimmen, während ich mich darin übe, Riveras ganzen Stolz zu knacken."

Gestern Abend hatte Matteo Zeit damit verbracht, mit einem 3D-Drucker Teile für das Modell des Safes auszudrucken.

„Ich will mir noch mal den Grundriss von Lanzas Villa anschauen." Gabbi mochte es, vorbereitet zu sein. Sie wollte keine Überraschungen erleben.

Matteo küsste ihre Nase. „Du musst ihn mittlerweile doch in- und auswendig kennen."

„Beinah."

Mit einem weiteren Lächeln ging er mit lockeren Schritten aus dem Zimmer.

Sobald er verschwunden war, presste sie eine Hand auf ihre Brust.

Sie *durfte* sich nicht in ihn verlieben. Das wäre ein Desaster.

Ihr Herz hämmerte. Sie hatte ihre Familie überlebt. Sie hatte den Mangel an Liebe, vermischt mit Vernachlässigung und Tyrannei, überlebt.

Sie brauchte keine Liebe; sie brauchte nur sich selbst.

Gabbi setzte sich auf. Sie würde Matteo oder ihre gemeinsame Zeit nicht bedauern.

Aber sie würde nicht ein derart furchteinflößendes Risiko eingehen, wie sich zu verlieben.

Gabbi duschte und sah, dass Matteo ihr einen winzigen, jadegrünen Bikini mit Schleifenverschluss an der

Seite sowie einen passenden grünen Pareo rausgelegt hatte.

Mit einem Kopfschütteln zog sie den Bikini an.

Na ja, sie würde ihn vielleicht nicht an einem Strand tragen, aber sie würde ihn definitiv anziehen, um den Mann zu reizen, mit dem sie zurzeit ins Bett ging.

Sie lächelte und ging zum Poolbereich hinunter. Auf dem Weg machte sie einen kurzen Abstecher in die Küche, um ein Gebäckstück zu essen, dann schnappte sie sich ihren Laptop aus dem Wohnzimmer.

Sie entdeckte Matteo in einem Stuhl neben dem Pool. Auf dem niedrigen Tisch vor ihm stand das Modell des Safes.

„Wie läuft es?", fragte sie.

Er hob den Kopf. Als er ihr Outfit sah, hellten sich seine Augen auf. „Jetzt schon viel besser."

„Ich meinte mit dem Safe."

Ein frustrierter Ausdruck breitete sich auf seinem Gesicht aus. „Okay. Ich kann ihn knacken, aber ich bin zu langsam. Ich muss schneller werden."

Gabbi ließ sich auf den Liegestuhl neben ihm sinken und klappte ihren Laptop auf. „Übung macht den Meister." Sie öffnete den Grundriss von Rocco Lanzas Villa in Mailand.

„Warum braucht ein alleinstehender Typ ein derart riesiges Haus?" Abgesehen von der Villa mit ihren zehn Schlafzimmern, die auf einem mehrere Tausend Quadratmeter großen Grundstück stand, gab es Gärten und diverse Nebengebäude.

„Statussymbol." Matteo beugte sich über den Safe und fingerte am Schloss herum.

„Hast du von Killian und Hadley gehört?", fragte Gabbi.

Er nickte. „Sie konnten keine Spur von Lanza finden. Aber es kommen permanent Lieferungen für den Maskenball in der Villa."

Nervosität stieg in Gabbi auf. Wieder starrte sie auf den Grundriss des Gebäudes. „In diesem Grundriss gibt es keinerlei Hinweise auf einen Keller."

„Nein. Ich bin mir sicher, Lanza hält ihn strengstens geheim. Aber ich werde ihn finden." Matteo hob den Blick. „Killian und Hadley werden in ein paar Stunden hier sein."

Mit einem Nicken sah sie ihm zu, als er sich wieder an die Arbeit machte. Matteos eigener Laptop stand neben ihm. Er ging die Abläufe mehrere Male durch, knackte den Safe und wurde mit jedem Mal schneller.

Gabbi entschied, dass es ihre Nerven beruhigen würde, ein paar Bahnen zu schwimmen. Sie wand sich aus dem Pareo und sprang in den Pool. Sie war bereits einige Bahnen geschwommen, als etwas nach ihrem Fußgelenk griff.

Sie schrie auf und fand sich an einen harten, männlichen Körper gepresst wieder.

Einen sehr nackten, männlichen Körper.

„Ich dachte, du musst arbeiten." Hitze breitete sich in ihrem Unterleib aus, und ihr Puls beschleunigte sich.

„Ich habe entschieden, dass ich auch eine Pause brauche." Er küsste sie und schob sie rückwärts durch den Pool.

Ihre Finger gruben sich in seine Haare.

„Regelmäßige Pausen sind gut für die Kreativität", erklärte er ihr und küsste ihren Kiefer.

„Ist das eine weitere Lektion?"

Sein Blick suchte ihren, und er sah sie ernst an. „Nein. Das bin nur ich, der seine Frau befriedigen will."

Seine Frau? Ihr Herz wurde schwer.

Matteo hob sie aus dem Wasser und setzte sie auf dem Beckenrand ab.

„Matteo?"

Seine Hände lagen an den Seiten ihrer Bikinihose und lösten die Schleifen.

„Das wollte ich seit dem Augenblick tun, als du reingekommen bist." Er zog den winzigen Fetzen nassen Stoffs von ihrem Körper und warf ihn zur Seite. Dann spreizte er ihre Oberschenkel und senkte den Kopf.

Oh. Gott.

Seine Zunge leckte sie. Gabbi wand sich auf dem Beckenrand. Sie senkte den Blick zu dem dunklen Schopf zwischen ihren Beinen und zu Matteos Mund, der sich über sie hermachte. Er saugte an ihrem Kitzler.

„*Ja*, Matteo. Nicht aufhören."

Sie bebte, und ihr Orgasmus war bereits quälend nah.

„Dein Geschmack, ich verzehre mich danach." Doch dann war sein Mund plötzlich nicht mehr dort.

„*Nein*. Ich war fast da."

„Du kommst mit mir in dir." Seine Stimme war ein harsches Knurren.

Er hob sie zurück in den Pool, schlang die Arme um sie und ließ sie ohne Umschweife auf seinen Schwanz gleiten.

Erschrocken schrie sie auf. Oh, er dehnte sie. Sie konnte nicht mehr zählen, wie oft sie sich in der Nacht geliebt hatten, aber noch immer fühlte es sich jedes Mal, wenn er sie ausfüllte, an wie bei ihrem ersten Mal.

„Reite mich, *Tesoro*."

Gabbi krallte die Finger in seine Schultern und hob die Hüften an. Heiße Empfindungen rauschten durch sie hindurch. Ihre Augen schlossen sich.

„Nein", knurrte er. „Lass sie offen. Sieh mich an."

Ihre Blicke verschmolzen.

Gott. Sie konnte den Blick nicht abwenden, als er sich in ihr bewegte.

Überwältigende Empfindungen stiegen in ihr auf, und Gabbi konnte sie weder aufhalten noch kontrollieren.

„Gabriella. *Tesoro. Tesoro mio.*"

Sie war bereits am Rande ihres Höhepunkts entlangbalanciert, und nun brauchte es nur wenige Stöße, bevor sie sich nicht länger zurückhalten konnte. Sie schrie auf.

Matteos Hände krallten sich in ihre Hüften. Er presste sie auf sich herab, seinen Schwanz tief in ihr vergraben, während er ihr nachfolgte und seine eigene Erlösung herausstöhnte.

NACHDEM SIE WIEDER IHREN Bikini angezogen und den Pareo um ihre Hüften geschlungen hatte, klickte Gabbi einmal mehr durch die Informationen auf ihrem Laptop.

Rocco Lanza hatte einen Haufen Geld für sein Sicherheitssystem ausgegeben.

Sie verspürte ein Kribbeln der Angst. Matteo wirkte weder gestresst noch besorgt über die bevorstehende Mission, aber ihr war bewusst, dass wenn irgendetwas schiefgehen sollte ...

Ihr Magen überschlug sich beinahe. Wenn Lanza Matteo heute Abend entdecken sollte ...

Matteo war verschwunden, um das Kondom zu entsorgen, das er heimlich übergerollt hatte, bevor er in den Pool gestiegen war.

Wie er in ihre Augen gestarrt hatte, als ob er sie lieben würde. Gabbi presste eine Hand auf ihren Bauch. Empfand er mehr als nur Verlangen?

Gott, bei dieser Vorstellung bekam sie furchtbare Angst und war gleichzeitig schrecklich erregt.

Sein Laptop pingte. Eine neue Nachricht. Noch ein Pingen.

Vielleicht waren das Killian oder Hadley? Gabbi beugte sich hinüber. Das Nachrichtenfenster war in der Mitte des Bildschirms geöffnet.

ICH HABE GEHÖRT, *dass du in Italien bist. Ich will dich sehen, Caro. Es ist zu lange her, seit du mich im Arm gehalten hast.*

AUGENBLICKLICH SPÜRTE Gabbi einen Stich im Herzen. Ihr Blick flog zu den früheren Nachrichten der

Unterhaltung. Jenen Nachrichten, die Matteo mit dieser Person ausgetauscht hatte, wer auch immer es war.

Zwei Worte stachen hervor.

Ti amo.

Ti amo. Das hatte er dieser Person geschrieben.

Ich liebe dich.

Gabbi wurde ein bisschen übel. Zitternd atmete sie ein und lehnte sich in ihrem Liegestuhl zurück.

Vielleicht war es nicht nur seine Arbeit, die ihn Beziehungen abschwören ließ? Vielleicht gab es bereits jemanden, den er liebte?

Jemanden, den er nicht haben konnte.

Gabbi stellte ihren Laptop zur Seite und stand auf. Sie hatte kein Anrecht auf ihn. Kein Recht, zu fühlen ... was auch immer zur Hölle es war, das sie fühlte.

In diesem Moment brauchte sie etwas Zeit für sich allein, um sich zusammenzureißen.

Matteo kam zurück, auch er war wieder angezogen.

„*Cara*, hast du Hunger –"

„Nein." Ihre Stimme klang schneidender, als sie beabsichtigt hatte.

Er wurde langsamer und sah sie an. „Was ist los?"

„Nichts. Ich gehe mich umziehen." Sie ging um das Becken herum. Als sie an Matteo vorbeikam, griff er nach ihrem Arm.

Sie riss sich los. „Ich ... komme gleich zurück."

Stirnrunzelnd blickte er sie an. „Gabbi –"

Sie warf ihm ein gezwungenes Lächeln zu. „Wird nicht lange dauern."

Sobald sie den Poolbereich verlassen hatte, wurde sie schneller. Sie joggte die Treppe hinauf.

Ich bin nicht verliebt in Matteo Mancini.

O Gott. Nein, ich bin nicht verliebt in ihn.

Aber sie fühlte sich schrecklich leer.

„So dumm, Gabbi", wisperte sie.

Plötzlich schlang sich ein Arm um ihre Taille. Wieder wurde sie an diesen harten, vertrauten Körper gezogen.

„Cara."

Sie schluckte. Sie hatte ihn nicht einmal kommen hören.

„Rede mit mir", drängte er.

„Ich muss mich umziehen. Und mich auf heute Abend konzentrieren."

„Du hast meine Nachrichten gesehen."

Sie schloss die Augen. *Scheiße.* „Tut mir leid. Das ist nicht meine Angelegenheit."

Er knurrte in ihr Ohr. „Hast du nicht gerade erst meinen Namen geschrien? Bist auf meinem Schwanz gekommen? Ich finde, das macht es sehr wohl zu deiner Angelegenheit."

Sie schluckte, aber ihr Hals war wie zugeschnürt. „Wir sind kein Paar, wir ..."

„Ficken nur."

Er klang wütend. Gabbi griff nach dem Arm, der ihre Taille umfasste. „Es geht mich nichts an." Sie musste ins Schlafzimmer. Musste allein sein, damit sie sich zusammenreißen konnte.

„Wenn ich sehen würde, wie du irgendeinem Typen Nachrichten schreibst, würde ich es zu meiner Sache machen", sagte er.

Seine Zähne kratzten über ihren Hals, und sie

keuchte.

„Deine Familie hat dich wunderbar trainiert, nichts zu erwarten." Seine Stimme zitterte vor Zorn.

Sie biss sich auf die Unterlippe. *Warum tat er das?*

Er wirbelte sie herum, sein Gesicht angespannt. „Frag mich."

„Es geht mich *nichts* an."

„Frag mich, wer sie ist."

Ein tiefer Schmerz schnitt durch Gabbis Inneres. Sie wandte den Blick ab. „Es ist egal." Sie durfte nicht zulassen, dass es etwas zu bedeuten hatte.

„Verdammt noch mal, kannst du stur sein, wenn du dich schützt."

Wut brach an die Oberfläche, und sie starrte ihn finster an. „Kannst du es mir vorwerfen? Jedes Mal, wenn ich etwas wollte, wurde es mir fortgerissen oder verboten. Ich weiß, was Enttäuschung ist. Ich weiß, dass es besser ist, kein Risiko einzugehen, als deswegen zu leiden."

„Du bist mutiger als das." Er nahm ihr Gesicht in seine Hände. „Du hast mehr verdient."

„Tue ich nicht." Sie versuchte, sich aus seinem Griff zu lösen. „Bitte, lass mich mich umziehen gehen."

Er hielt sie fest. „Frag mich."

Voller Zorn versuchte sie, sich von ihm loszureißen. „Warum tust du das?"

„Frag mich", knurrte er erneut.

„Ich will nichts über irgendeine atemberaubende, glamouröse Italienerin wissen, die du fickst, wenn du hier bist!"

Sie schrie fast. Wieder versuchte sie, sich aus seinem Griff zu befreien.

„Sie heißt Monica."

„Ich will es nicht wissen!" Gabbi wollte ihn treten.

„Monica Mancini. Meine Mutter."

Gabbi erstarrte. „Was?"

Er lächelte. „Meine Mom."

„Ich dachte, du und deine Familie wären entfremdet?"

„Oh, sind wir auch. Mein Vater hat mir vor Jahren ein flammendes Ultimatum gestellt – entweder zur Strafverfolgung gehen oder Teil der Mancini-Familie bleiben. Als ich noch bei der DIA war, hat eine der Mafiagruppierungen sein Auto in die Luft gejagt."

Gabbi schnappte nach Luft.

„Zum Glück saß er nicht im Wagen. Mein Vater kann oft ein Arschloch sein, aber ich wollte nie, dass er umkommt. Als ich mich geweigert habe, meine Karriere aufzugeben, habe ich mich von ihnen distanziert. Es war der einzig logische Schritt, denn auch wenn sie mich in den Wahnsinn treiben können, will ich nicht, dass irgendjemand aus meiner Familie umkommt." Ein leichtes Lächeln zuckte in seinen Mundwinkeln. „Es gibt einen Haufen Tanten, Onkel, Cousins und Cousinen. Der Großteil meiner Familie war erleichtert, aber nicht meine Mutter. Sie hat den Kontakt gehalten, und ich sehe sie hin und wieder, wenn es sicher ist. Aber ich würde nichts tun, was sie in Gefahr bringen könnte."

„Oh", sagte Gabbi nur.

Matteo strich mit dem Daumen über ihre Lippen. „Du bist die einzige Frau, die ich in meinem Bett will, *Tesoro*."

„Es ist nur vorübergehend", wisperte sie.

Sein Lächeln wurde breiter. „Ich habe entschieden, dass vorübergehend nicht das ist, was ich mit dir will."

Gabbis Augen wurden groß. „Du kannst dich nicht einfach umentscheiden."

Er zog sie näher an sich. „Kann ich. Habe ich schon. Du hast etwas in mir verändert."

„Nein."

„Doch. Ich erhebe meinen Anspruch auf dich, Gabriella Hansley."

Wild entschlossen schüttelte sie den Kopf. „Nein." Die Angst flatterte wie ein Schwarm aufgeschreckter Vögel durch ihre Brust.

Er küsste sie. „*Si*. Du wirst schon sehen. Und jetzt geh und zieh dich um. Killian und Hadley werden bald hier sein."

„Matteo, du kannst nicht einfach so entscheiden –"

Er verpasste ihr einen Klaps auf den Hintern. „Geh. Ich will nicht, dass Killian dich in einem Bikini sieht. Ich muss mich jetzt wieder um den Safe kümmern." Er drehte sich um und ging zurück zum Poolbereich.

„Matteo!", rief sie ihm hinterher. „Wir reden später noch darüber."

Er zwinkerte ihr über seine Schulter hinweg zu.

Sturer Mann. Gabbi schluckte ein Knurren hinunter.

KAPITEL FÜNFZEHN

„Fertig." In dem Augenblick, als Matteo einen Schritt vom Tisch zurücktrat, klickte das Schloss des Prototyp-Safes auf.

Neben ihm warf Killian einen prüfenden Blick auf seine Patek-Philippe-Armbanduhr. „Gut. Diesmal warst du unter dem Zeitlimit."

Matteo grinste. „Jetzt muss ich es nur noch bei Lanzas Safe schaffen. Ohne die Infos von Mav und die Hinweise von Monroe O'Connor-Roth hätte ich das nicht geschafft."

Sie standen um den langen, großen Tisch im Esszimmer der Villa herum, der voll mit Ausdrucken des Safes, dem Modell, Überwachungsaufnahmen und Laptops war.

Matteo und Killian trugen bereits ihre Anzüge und hatten ihre Sakkos über die Stuhllehnen gehängt. Hadley und Gabbi waren gerade oben und machten sich fertig.

Zuvor war Hadley mit diversen Kleidersäcken über

dem Arm hereingeschneit und hatte Gabbi sofort in Beschlag genommen.

Matteo starrte auf den Tisch. Mehrere Aufnahmen von Lanza vor seiner Villa, die Killian früher am Tag geschossen hatte, lagen auf der Tischplatte verteilt. Auf den Bildern hielt Lanza eine Frau in jedem Arm und küsste die beiden, bevor sie verschwanden.

Charmant.

Matteos Gedanken wanderten zu Gabbi.

Sie hatte Angst.

Nicht nur wegen der Mission, sondern auch vor ihren Gefühlen für ihn. Sein Kiefer spannte sich an. Er verstand es. Er wusste, was sie als Kind mit ihrer Familie durchgemacht hatte. Sie hatte ihre schützenden Mauern hochgezogen, um sich zu schützen.

Er hätte es genauso gemacht. Nach allem, was er bei seiner Arbeit getan und gesehen hatte, zog er es vor, jeden – und vor allem Frauen – auf Distanz zu halten.

Aber damit war er nun durch.

Gabbi fühlte sich für ihn an wie Erlösung, Wiedergutmachung und Licht, alles auf einmal.

In dem Moment, in dem er in ihre blaugrauen Augen geblickt hatte, war er durch damit gewesen, seine Distanz zu wahren.

Jetzt musste er nur den heutigen Abend durchstehen, dafür sorgen, dass Rocco Lanza weggesperrt wurde, und dann konnte Matteo sich daranmachen, Gabriella Hansley davon zu überzeugen, dass sie ihm gehörte.

Sein Herz hämmerte. Und dass er sich in sie verliebte.

„Matteo?"

Er schaute auf. Killian musterte ihn mit einem durchdringenden Blick.

„Sorry." Matteo schob die Hände in die Hosentaschen. „Killian, was immer heute Abend passiert, ich möchte, dass du mir etwas versprichst."

Sein Boss und Freund nickte. „Alles. Das weißt du."

„Wenn mir etwas zustößt, pass auf sie auf. Kümmere dich um Gabbi."

Für einen Augenblick starrte Killian ihn an. „Dir wird nichts zustoßen."

„Du weißt besser als jeder andere, dass du das nicht versprechen kannst."

Killian beugte sich vor, und sein Tonfall wurde schneidender. „Meinen Leuten stößt *nichts* zu. Ich passe auf sie auf, und ich passe auf die Menschen auf, die sie lieben."

„Liebe. Scheiße." Matteo fuhr sich mit den Fingern durch die Haare.

Jetzt lächelte Killian. „Ich hätte niemals gewettet, dass du der Nächste bist, den es erwischt, aber ich freue mich für dich. Gabbi ist intelligent, auf ihre subtile Art und Weise wunderschön und loyal."

„Sie hat Angst. Ihre beschissene Familie ist schuld daran, dass sie Schutzmauern errichten musste. Keine stacheligen, zornigen Mauern, die leicht bröckeln, sondern souveräne, solide Mauern, die niemanden hereinlassen."

„Klingt wie noch jemand, den ich kenne. Der sich alles Gute im Leben versagt, weil er glaubt, er hätte es nicht verdient. Der sich hinter einem charmanten Lächeln versteckt."

Matteo stieß einen Seufzer aus. „Ich ändere mich."

„Gut."

„Aber ich muss Gabbi noch immer davon überzeugen, dass sie mir gehört."

„Ich setze auf dich, Matteo. Aber bringen wir zuerst Rocco Lanza hinter Schloss und Riegel."

Matteo hörte Absätze über den Fußboden klackern.

Er drehte sich um und entdeckte Hadley, die die Treppe hinunterstolzierte.

Sie war eine Vision in Silber. Ihr ärmelloses Kleid hatte einen V-Ausschnitt, war mit schimmernden Perlen bestickt und schmiegte sich eng an ihren Oberkörper. An ihrer Taille endeten die Perlen und machten Platz für einen grazilen Rock aus hauchzartem Stoff, der in einer langen Woge zu Boden segelte. Während sie ging, zeigte sich ein schlankes Bein durch den hohen Schlitz im Rock. Ihr braunes Haar hatte sie in einen raffinierten Chignon gebunden, an ihren Ohren funkelten Diamanten, und in ihrer Hand hielt sie eine kunstvoll verzierte Maske.

„Und?", fragte sie, während sie mit einer Hand auf der Hüfte posierte.

„Wunderschön, wie immer", bemerkte Killian.

„Heiß, *Bella*."

„Warte nur, bis du Gabbi siehst." Hadleys Grinsen war mehr als nur ein bisschen selbstgefällig.

Es ließ die Nerven in Matteos Innerem flammend zum Leben erwachen.

Eine Sekunde später kam Gabbi die Treppe hinunter. Matteo stockte der Atem.

Ihr Kleid war aus einem tiefen, rostroten Satin

geschneidert. Der Stoff bedeckte nur eine Schulter, sodass die andere Schulter nackt blieb. Matteo starrte auf das unerhörte Ausmaß goldener Haut, die von dem Kleid freigegeben wurde. Der lange, bauschige Rock schwebte hinter Gabbi her. Wie Hadleys Kleid hatte auch Gabbis einen langen Schlitz, und ja, es zeigte *viel* zu viel Bein für Matteos Geschmack.

Gabbi blieb vor ihm stehen und zappelte ein wenig herum. Ihre Finger umklammerten eine schwarze Maske, die mit silbernen und roten Kristallen verziert war.

„Bestehe ich die Musterung?", fragte sie.

Matteo erwiderte nichts. Er trat einfach auf sie zu, zog sie an sich und küsste sie.

Sie griff nach seinen Schultern und erwiderte den Kuss.

Er wollte sie nicht loslassen. Er wollte sie zurück nach oben zerren. Er wollte sie in Sicherheit wissen.

Aber er zwang sich, sich von ihr zu lösen.

„Na toll, jetzt muss ich ihren Lippenstift auffrischen." Grinsend eilte Hadley auf Gabbi zu.

„Du siehst umwerfend aus, Gabbi." Matteo strich mit dem Daumen über ihren Wangenknochen.

„Okay", sagte Killian. „Der Plan ist klar. Wir gehen rein und kundschaften die Villa aus. Ich platziere eine Wanze, damit Hex sich ins Sicherheitssystem hacken und sich um die Kameras kümmern kann. Hadley wird einer der Wachen die Schlüsselkarte abluchsen. Diese wird sie an Matteo weitergeben, der sich in Lanzas Kellerbüro schleicht, den Safe knackt und den Laptop sicherstellt."

„Nachdem ich den Laptop habe, werden Gabbi und

ich ihn an Aurelio übergeben", übernahm Matteo. „Er wird mit einem Team von Agenten draußen vor der Villa warten. Sobald alle Informationen auf dem Laptop verifiziert sind, werden sie Lanza verhaften, und wir können nach Hause fahren."

Gabbi stieß geräuschvoll den Atem aus. „Ihr lasst es so einfach klingen."

Matteo drückte ihre Hand. „Es wird alles gut gehen." Er beugte sich hinunter und senkte die Stimme, sodass nur sie ihn hören konnte. „Anschließend kommen wir hierher zurück und ich ziehe dir dieses Kleid aus und überzeuge dich davon, dass du dich in mich verliebst."

Sie seufzte leise auf, und ihre Finger gruben sich in seinen Bizeps. „Matteo."

„Keine Diskussionen, *Tesoro*. Spar sie dir für später auf, wenn du nackt bist."

Sie zog sich zurück und sah ihm unverwandt in die Augen.

„Ich werde auf dich aufpassen." Sein Finger strich über ihren Kiefer. „Was immer es kostet."

Ein Aufblitzen der Angst in ihren Augen. Ihre Hand legte sich enger um seinen Arm. „Dir darf auch nichts zustoßen."

Er reckte sein Kinn.

„Ich meine es ernst, Matteo. Keine unnötigen Risiken. Keine Verletzungen. Keine Konfrontationen mit Lanza."

Diese Frau verliebte sich definitiv in ihn.

Wieder küsste er sie, während Hadley protestierte, er solle Gabbis Make-up nicht schon wieder ruinieren.

Die Wahrheit war, dass er Gabbi nicht anlügen wollte.

Denn er würde jedes Risiko eingehen, um sie zu beschützen. Er würde sich ein Messer oder eine Kugel für sie einfangen, wenn es sie retten würde.

DIE GESAMTE FAHRT nach Mailand über versuchte Gabbi, nicht zu sehr herumzuzappeln. Sie hielt ihre Nerven unter Kontrolle, indem sie ihren Laptop auf dem Schoß balancierte und den Plan dreifach überprüfte.

So viele Dinge konnten schiefgehen.

Auf dem Fahrersitz streckte Matteo den Arm aus und drückte ihr Knie. Sie fuhren mit dem Maserati, während Killian und Hadley in einem Bentley unterwegs waren.

Zitternd stieß Gabbi den Atem aus.

Es war nicht nur die Mission, die sie aufwühlte. Es war die Tatsache, dass Matteo darauf bestand, sie würde Gefühle für ihn entwickeln.

Ihr Innerstes rumorte.

Sie wusste, dass ihre Familie zwar Narben auf ihrem Herzen hinterlassen hatte, jedoch war es Matteo, der sie vollkommen zerstören konnte.

Denk jetzt nicht darüber nach, Gab. Später.

„Es wird gut gehen." Matteo lenkte den Wagen durch die Straßen von Mailand, als ob er sein ganzes Leben hier gewohnt hätte.

„Ich will einfach nur, dass es vorbei ist." Sie wollte, dass Lanza in Gewahrsam war und Matteo in Sicherheit.

„Bald. Ich verspreche dir, dass du heute Nacht wie ein Baby in meinen Armen schlafen wirst, *Cara*."

Sie schloss die Augen und schauderte bei dem Versprechen in seiner Stimme.

Vor ihnen tauchte die Villa auf, zusammen mit einer langen Schlange aus Limousinen und teuren Autos, die durch die verschnörkelten Tore in die Einfahrt einbogen.

Die Villa war groß, alt und weitläufig. Ihre prachtvolle, gelbe Fassade war mit grünen Fensterläden und aufwändigen Schnitzereien verziert.

Auf Gabbis Laptop ploppte ein Fenster auf. Sie blickte auf den Bildschirm und sah eine Nachricht von Hex.

GABBI, *viel Erfolg! Du bist jetzt Teil des Teams. Denk immer daran, dass sie dir den Rücken freihalten.*

GABBI TIPPTE IHRE ANTWORT.

Danke, Hex.

UND ICH BIN *mir ziemlich sicher, dass Matteo dir mehr als nur den Rücken freihält.*

. . .

EIN ZWINKERNDES EMOJI FOLGTE.

Gabbi lachte. „Hex schreibt."

„Was sagt diese Unruhestifterin?"

„Sie wünscht uns viel Erfolg." Auf dem Maskenball konnten sie keine In-Ears riskieren, denn dann würden sie sofort auffliegen, daher hatte Hex keinen permanenten Kontakt zu ihnen.

Gabbi packte den Laptop fort. Das Gelände der Villa war ebenso atemberaubend wie das Gebäude selbst. Lanza musste eine Armee von Gärtnern beschäftigen.

Zwischen den astrein beschnittenen Bäumen hingen Lichterketten. Die Villa war bereit für die Party.

Matteo hielt das Auto an. Dann schnappte er seine schwarze Maske und zog sie sich übers Gesicht.

Gott, sah er gut aus. Er war ganz in Schwarz gekleidet, bis hin zum schwarzen Hemd und der Maske.

Hades war zum Leben erwacht.

Gabbi verspürte ein Kribbeln. Sie wollte ihre Hände unter sein Hemd gleiten lassen und seine Haut fühlen. Seine Wärme. Sie wollte umschlungen mit ihm im Bett liegen.

Er hatte sie süchtig nach dem gemacht, was er mit ihrem Körper anstellen konnte.

Matteo stieg aus und ging um das Auto herum. Während er mit dem Valet sprach, setzte Gabbi ihre eigene Maske auf.

Matteo zog ihre Tür auf. Sie griff nach seiner Hand und stieg aus dem Wagen.

Seine Lippen zuckten, und er zog sie eng an sich, als sie die Stufen hinaufgingen und der funkelnden Prozession von Gästen folgten, die in die Villa strömten.

Vor ihnen entdeckte Gabbi das silberne Aufblitzen von Hadleys Kleid.

Während sie die Stufen hinaufstiegen, spürte Gabbi, wie die Leute sie anstarrten. Ein maskierter Mann erwiderte ihren Blick und lächelte sie an.

Matteo beugte sich zu ihr hinunter. „Sie fragen sich alle, wer diese traumhafte Kreatur an meinem Arm ist."

Gabbi kämpfte gegen die aufsteigende Röte in ihren Wangen an.

Als sie weitergingen, bemerkte sie mehrere finster dreinblickende Wachen, die im Raum verteilt standen. Ihr Magen zog sich zusammen.

Dann waren sie drinnen.

Dem Herrenhaus fehlte es an dem modernen, heimeligen Charme von Matteos Villa. Dieses Gebäude hier war herrschaftlich, mit jeder Menge Goldverzierungen, opulenten Decken und Kronleuchtern. Die Einrichtung schrie förmlich Reichtum und Geschichte.

Als sie den Ballsaal betraten, bemühte Gabbi sich nicht einmal, zu verbergen, wie erstaunt sie alles bewunderte. Alles war so üppig und übertrieben. Glänzender Parkettboden, riesige Kronleuchter und schwere Vorhänge. Große Topfpflanzen und Vasen mit kunstvollen Blumenarrangements füllten den Raum.

Viele der Paare tanzten bereits. Am hinteren Ende des Saals sah sie lange Tische, die mit Essen vollgeladen waren. Auf einem der Tische stand eine Eisskulptur aus Schwänen.

All diese Leute, die sich herausgeputzt hatten, tranken und aßen und keinen Schimmer davon hatten, dass ihr Gastgeber ein aufsteigender Mafiapate war …

Ein Dieb und ein Mörder.

„Hast du Lanza schon entdeckt?", fragte Gabbi Matteo.

„Noch nicht."

Matteo schlenderte durch den Saal, als ob er kein Wässerchen trüben könnte. Gemeinsam drehten sie ihre Kreise, kontrollierten Aus- und Eingänge und merkten sich die Positionen der Wachen.

Der erste Teil des Plans sah vor, dass Killian die Wanze platzierte, um Hex Zugang zu verschaffen. Anschließend würde Hex die Kameras deaktivieren und Killian eine Nachricht schicken, sobald sie aus den Aufnahmen eine Endlosschleife gebastelt hatte, um die Sicherheitsmitarbeiter hinters Licht zu führen.

Dann würde Hadley damit an der Reihe sein, einer der Wachen eine Schlüsselkarte zu stehlen und sie Matteo zuzustecken. Die Karte war die einzige Möglichkeit, Zugang zu Lanzas gesichertem Bereich im Keller zu bekommen.

Gabbi sah, wie Matteo sein Handy herausholte, eine Nachricht las und lächelte. „Aurelio ist draußen auf Position."

Sie nickte.

„Würdest du gern tanzen?", fragte Matteo.

Sie blickte ihn schräg an. „Nein. Ich bin zu nervös. Ich würde garantiert über meine eigenen Füße stolpern."

Er nahm ihr Gesicht in seine Hände. „Du traust dir zu wenig zu. Du bist intelligent, wunderschön und besitzt eine Hartnäckigkeit, die du sehr gut versteckst. Du bist zu so viel fähig. Und abgesehen davon hast du eine schreckliche Kindheit überwunden. Du bist ein Wunder, Gabriella."

Das meinte er ernst. Sein Tonfall und der Blick in seinen Augen machten es offensichtlich.

Hinter ihrer Maske stiegen Gabbi die Tränen in die Augen, und Emotionen wallten in ihr auf.

Es war zu spät.

Sie war bereits Hals über Kopf verliebt in Matteo Mancini.

Gabbi stellte sich auf die Zehenspitzen und küsste seinen Kiefer. „Und du bist ein guter Mann, Matteo. Mutig, charmant, ein Beschützer. Ein Mann, der für das kämpft, was richtig ist, ganz egal, wie schwer es ist."

Seine Hände schlangen sich fester um sie. „Ich bin nicht nur gut."

„Ich weiß. Ich weiß, dass die Dunkelheit da ist." Sie küsste seine Unterlippe. „Sie ist Teil von dir. Sie hat dich zu dem Mann werden lassen, der du bist. Hör auf, so sehr dagegen anzukämpfen." Sie senkte die Stimme. „Abgesehen davon gefällt mir dein dunkles Ich hin und wieder ganz gut."

Mit einem Knurren neigte er ihren Kopf zurück. Ihre Lippen öffneten sich.

„Du willst auch mein raueres, düsteres Ich, *Cara*? Wenn du das tust, sei dir besser sicher."

„Ich will alles von dir, Matteo. So, wie du bist."

Plötzlich spürte sie eine Präsenz und sah, wie Matteo sich anspannte. Sie drehte sich um.

Eine ältere Frau mit einer fantastischen Figur stand in einem langen, dunkelgrünen Meerjungfrauenkleid vor ihnen. Das Kleid hatte ein trägerloses Mieder, und darüber trug sie einen Bolero. Ihr Haar hatte sie zu einer dramatischen Frisur aufgetürmt, und ihr Gesicht wurde von einer mit Federn dekorierten Maske verdeckt. Sie stemmte eine Hand in ihre Hüfte.

„Matteo", sagte die Frau und zog das Wort in die Länge.

Er starrte sie an.

O nein. Gabbi warf ihm einen Blick zu. *Wer zur Hölle ist das?*

„Mom", erwiderte Matteo.

Was? Gabbi zuckte zusammen. Diese stilvolle Kreatur war seine Mutter?

Klare, grüne Augen fielen auf Gabbi. „Und wer ist das?"

„Das ist meine Gabriella." Matteos Hand strich über Gabbis Arm.

„Hallo", sagte die Frau mit dem Anflug eines amerikanischen Akzents.

„Hi", erwiderte Gabbi.

„Mom, wir arbeiten gerade", warnte Matteo sie.

„Wirklich?" Signora Mancini klang belustigt. „Du siehst aus, als ob du das Mädchen jeden Augenblick in die nächstbeste dunkle Ecke zerren wolltest."

Matteo grinste sie an. „Das passiert später."

Gabbis Wangen wurden rot. „Wir sind nicht zusammen."

Signora Mancinis Augenbrauen schossen in die Höhe.

„*Sind* wir", erklärte Matteo. „Gabbi gewöhnt sich nur gerade erst an den Gedanken."

Er klang ausgesprochen selbstbewusst, und Gabbi warf ihm einen finsteren Blick zu.

Seine Mutter lachte. „Eine Frau, die weiß, wie sie dich auf Trab hält."

„Anstatt die Zügel aus der Hand zu geben", bemerkte Gabbi trocken.

Wieder lachte Signora Mancini. „Absolut. Genau das, was er braucht." Sie griff nach Matteos Hand und drückte sie. Trotz der Maske konnte Gabbi die Liebe im Gesicht der Frau erkennen.

„Ich habe das Gefühl, als ob demnächst eine Reise nach New York ansteht."

„Du bist jederzeit willkommen." Matteo zögerte. „Ist Vater auch hier?"

Signora Mancini rümpfte die Nase. „Nein. Arbeitet, wie immer. Obwohl ... er ist in letzter Zeit viel lockerer geworden. So, aber nun ist es Zeit für Champagner. Pass auf dich auf, Schatz. Gabriella, hat mich sehr gefreut. Wir sprechen uns bald."

Sie drehte sich um und stolzierte in die Menge davon. Mehr als nur ein Augenpaar folgte ihr.

Einen Augenblick später tauchte Hadley bei ihnen auf und sah ein wenig aufgeregt aus. „Wir haben ein Problem."

„Hast du die Schlüsselkarte?", fragte Matteo leise.

Sie schüttelte den Kopf. „Jemand hat mich erkannt. Er folgt mir, also kann ich die Karte nicht besorgen, ohne dass er es sieht."

„Wer?" Matteo runzelte die Stirn und blickte sich im Saal um.

„Er." Hadley ruckte mit dem Kinn in die entsprechende Richtung.

Er war ein schlanker, gut aussehender Mann in einem klassischen Smoking mit einer schwarz-goldenen Maske. Seine braunen Haare waren perfekt geschnitten, und auf seinem Kiefer zeichnete sich der Hauch eines Bartschattens ab.

„Wer ist das?", fragte Gabbi.

„Bennett Knightley", erklärte Hadley.

„Der britische Milliardär?" Gabbi hatte von ihm gehört. Zur Hölle, jeder hatte von ihm gehört.

„Ja. Aber lass dich von der Rolle des reichen Kerls nicht täuschen. Er ist außerdem Ex-SAS. Special Air Service. Seine Firma hat diverse Verträge mit dem MI6 und stellt alle möglichen Militärtechnologien her. Wir sind uns einmal begegnet, als ich noch für den MI6 gearbeitet habe. Er ist charmant und korrekt, aber mächtig. Unterschätzt ihn nicht. Er ist gefährlich."

„Freund oder Feind?", fragte Matteo.

„Freund. Knightley hat einen strengen Kodex und befolgt ihn auch. Aber im Augenblick ist er ein Freund, der mir im Weg ist."

Und damit trat Knightley zu ihrer kleinen Gruppe und ließ seinen Blick über Hadley schweifen.

„Dachte ich mir doch, dass Sie das sind, Miss Lockwood."

„Mr. Knightley. Mein Vergnügen." Ihr Tonfall sagte etwas anderes. Sie stellte Matteo und Gabbi vor.

Knightleys Blick flog zwischen ihnen hin und her, und Gabbi bekam den deutlichen Eindruck, dass er ganz genau wusste, dass hier etwas vor sich ging.

„Miss Lockwood, darf ich Sie um diesen Tanz bitten?" Er bot ihr seine Hand an. Etwas in seiner Stimme warnte sie, dass er kein Nein akzeptieren würde.

Hadley schüttelte den Kopf. „Nein, tut mir leid, ich ..."

„Sie würde liebend gern mit Ihnen tanzen." Gabbi lächelte und schubste Hadley in Knightleys Richtung. „Keine Sorge, Hadley, wir kümmern uns um ... alles."

Als Bennett Knightley mit Hadley im Schlepptau davonsegelte, warf Hadley Gabbi und Matteo noch einen verärgerten Blick über die Schulter des Kerls zu.

Gabbi wirbelte zu Matteo herum. „Ich sollte mich besser beeilen."

Matteo legte den Kopf zur Seite. „Womit beeilen?"

Gabbi straffte den Rücken. „Eine Schlüsselkarte zu klauen."

KAPITEL SECHZEHN

G abbi hinterherzuschauen, wie sie sich durch die Menge auf einen der Wachmänner zuschlängelte, brachte Matteo beinahe um.

Noch nie im Leben war er auf einer Mission derart nervös gewesen. In der Vergangenheit hatte er nur sein eigenes Leben riskiert. Hin und wieder hatte er die Risiken regelrecht ausgekostet, die er hatte eingehen müssen, um seine Zielpersonen zu Fall zu bringen.

Aber Gabbi zu riskieren, auf welche Art und Weise auch immer ...

Nein, es gefiel ihm nicht.

Wenn das hier vorbei war, würde er sie so heftig lieben, dass sie seine Gefühle für sie nie wieder anzweifeln würde. Er würde sie beschützen und für ihre Sicherheit sorgen.

Der Stoff ihres roten Kleides wallte hinter ihr her. Die Leute blickten ihr nach, hauptsächlich Männer.

Mit finsterer Miene und mit etwas Abstand folgte Matteo ihr.

Sie legte eine Selbstsicherheit an den Tag, die ihr vor nicht allzu langer Zeit noch gefehlt hatte, als er diese vernünftige CIA-Analytikerin das erste Mal in dem Restaurant in D.C. erblickt hatte.

Er sah, wie sie stehen blieb. Ein Wachmann stand ganz in der Nähe. Ein großer Typ, der aussah, als ob er es vorziehen würde, nicht in einem Anzug auf dieser Party zu stehen. Mit ausdruckslosem Gesicht musterte er die Menschenmenge.

„Du siehst aus, als ob dir das gar nicht gefallen würde." Killian tauchte neben Matteo auf, zwei Gläser mit einer Flüssigkeit in Händen, die Whiskey sein musste. So wie er Killian kannte, war es das gute Zeug.

Matteo nahm ein Glas und kippte es in einem Zug hinunter.

„Ihr wird nichts passieren", sagte Killian.

„Hast du gesehen, wie Hadley von Bennett Knightley bedrängt wurde?"

Killian hob das Kinn. „Der Kerl ist korrekt. Ich habe ihn schon ein paarmal getroffen."

„Er hat sich einen schlechten Moment ausgesucht, um sich neue Freunde zu machen."

„Allerdings. Und ich würde es vorziehen, wenn wir nicht noch mehr Leute in unseren Plan für heute Nacht involvieren." Killian nippte an seinem Whiskey und ließ seinen Blick über die Menge schweifen. „Der Mann des Abends scheint sich gut zu amüsieren."

Matteo wandte den Kopf. Die Menge hatte sich geteilt.

Rocco Lanza stand in der Mitte einer großen Gruppe

von Gästen. Die Leute lachten und hingen ihm förmlich an den Lippen.

Lanza trug einen maßgeschneiderten Anzug mit einem tiefroten, dreiviertellangen Gehrock, der mit goldenen Stickereien verziert war, dazu eine Krawatte, einen roten Zylinder und eine goldene Maske.

Offensichtlich hielt er nichts von Subtilität.

Mehrere Frauen umringten ihn und versuchten, seine Aufmerksamkeit zu erhaschen.

Du wirst untergehen, Arschloch.

Matteo wandte dem Mann den Rücken zu. Gabbi trat gerade an den Wachmann heran. Sie spähte in ihre winzige Handtasche und tat so, als ob sie aufgewühlt wäre und nach etwas suchen würde, das sie nicht finden konnte.

Dann plötzlich stürzte sie vor und krachte gegen den Wachmann.

Der Kerl fing sie auf. Matteo sah, dass Gabbis Maske verrutscht war und ihr Gesicht preisgab.

Scheiße. Sein Magen zog sich zusammen, aber Gabbi rückte die Maske eilig wieder zurecht und hob dann den Fuß, um dem Wachmann den abgebrochenen Absatz ihres Riemenschuhs zu zeigen.

Der Typ blickte sie stirnrunzelnd an, aber während sie ihren Fuß höher hob, präsentierte sie auch ihr ganzes Bein, was der Kerl ebenfalls bemerkte. Der Ausdruck in seinem Gesicht wurde etwas weicher, und er griff nach ihrem Ellenbogen, damit sie Halt fand.

Matteo knirschte mit den Zähnen.

Killian stieß ein glucksendes Geräusch aus, und

Matteo hob den Blick. Sein Boss wirkte ausgesprochen amüsiert.

„Eines Tages wirst du wissen, wie sich das anfühlt", knurrte Matteo.

Killian nippte an seinem Drink. „Das bezweifle ich."

Matteo lachte trocken auf. „Irgendwann wirst sogar du hoffnungslos verloren sein, mein Freund." Wieder blickte er zu Gabbi.

Sie lächelte und entschuldigte sich überschwänglich bei dem Wachmann. Dann glitt sie aus beiden ihrer Schuhe. Vermutlich war das von Anfang an ihr Plan gewesen. Er wusste, dass sie Schuhe mit Absatz hasste.

„Es wird das Beste sein, was dir jemals passieren wird", sagte Matteo leise.

Killian schnaubte gleichgültig.

„Ich genieße es einfach nur, dich und Wolf dabei zu beobachten, wie ihr euch in eurem Glück suhlt." Killian drehte sich um. „Und jetzt hol dir diese Schlüsselkarte und lass uns diese Sache hinter uns bringen. Ich drehe noch eine Runde und stelle sicher, dass alle Ausgänge frei sind. Und dass Lanza abgelenkt ist."

Matteos Augen wanderten zu den Frauen, die den jungen Koch umschwärmten. „Hast du das eingefädelt?"

Killian warf ihm einen geheimnisvollen Blick zu und verschwand in der Menge.

Matteo fokussierte sich wieder auf Gabbi und beobachtete, wie sie sich von dem Wachmann entfernte.

Plötzlich trat eine Frau vor Matteo und versperrte ihm die Sicht.

„Hallo", schnurrte sie.

Die Frau trug ein eng anliegendes schwarzes Kleid,

das an genau den richtigen Stellen durchsichtig war. Sie hielt eine weiße Maske an einem Stab vor ihr Gesicht, und die Wellen ihrer dunkelbraunen Haare fielen kunstvoll über ihre Schultern.

„Ich habe dich beobachtet, und du bist einfach ..." Sie leckte sich über die Lippen. Dann ließ sie die Maske sinken, und er erkannte sie als ein berühmtes, italienisches Model.

„Tut mir leid", sagte er. „Ich muss –"

Die Frau presste eine Hand auf seine Brust. „Du musst mit mir tanzen." Sie beugte sich vor, und ihr Parfüm hüllte ihn ein. Es war kein schlechter Geruch, es war nur einfach nicht Gabbis süßer Duft.

Die Frau drückte sich an ihn. „Und anschließend musst du eine dunkle, geheime Ecke finden und mich ficken."

Über die Schulter der Frau hinweg sah Matteo Gabbi, die ihn mit der Frau beobachtete. Ihre Schritte verlangsamten sich, während sich ihre großen Augen auf den Hinterkopf des Models hefteten.

Merda.

Er versuchte, die Fremde einen Schritt zurückzuschieben. „Ich habe bereits etwas anderes vor."

Die Frau zog eine ihrer sorgfältig gezupften Augenbrauen hoch. „Niemand weist mich ab."

Noch vor einer Woche hätte auch er sie nicht abgewiesen.

Aber nun hatte sich alles verändert.

„Entschuldigen Sie mich." Gabbis schneidende Stimme unterbrach sie.

Sie schob eine Hand zwischen Matteo und die Frau, dann zwängte sie ihre Schulter zwischen sie.

„Der da gehört mir", erklärte Gabbi. „Gehen Sie und suchen Sie sich ein anderes Opfer."

Das Model ragte über Gabbi auf. In ihren High Heels war die Frau nur wenige Zentimeter kleiner als Matteo. Ihre dunklen Augen blitzten auf. „Ich bin die Fantasie jedes Mannes, und Sie sind –"

Matteo spannte sich an.

Gabbi schnaubte. „Echt. Ich bin echt. Wenn er mich in unser Bett zerrt, ist jede Bewegung, die ich mache, jeder Laut, den ich ausstoße, jede Berührung, die ich ihm schenke, echt. Es ist keine Show. Es ist kein Wettbewerb."

Dio, *er liebte sie.*

Er schlang einen Arm um Gabbis Taille und liebkoste ihr Ohr. „Ich will dich so dringend ficken."

Sie schmiegte sich an ihn, dann warf sie der Frau einen letzten Blick zu. „Verschwinden Sie."

Das Modell schnaubte beleidigt, machte auf seinen haushohen Absätzen kehrt und stakste entrüstet davon.

Gabbi drehte sich um und griff nach Matteos Revers.

„Ich will dich unbedingt ficken", wiederholte er.

„Später", erwiderte sie. „Jetzt hast du einen Job zu erledigen." Sie bewegte ihre Hand, und er bemerkte die Schlüsselkarte zwischen ihren Fingern.

„Meine clevere *Cara.*" Wieder küsste er sie, dann zog er die Karte aus ihren Fingern und ließ sie in seine Jackentasche gleiten.

Ihr Ausdruck wurde ernst. „Sei vorsichtig, Matteo."

„Bin ich." Er legte seine Hand auf ihre Wange. „Es

gibt da etwas sehr Wichtiges, zu dem ich zurückkommen muss."

Für eine Sekunde sah sie aus, als ob sie noch etwas sagen wollte. Dann strich sie mit den Fingern sein Revers glatt.

„Geh. Beeil dich. Ich werde auf dich warten."

„Diese Sache wird bald vorbei sein." Er drückte noch einen Kuss auf ihre süßen Lippen, bevor er in der Menge verschwand und auf den Korridor zuging, der ihn zum Kellergeschoss führen würde.

Showtime.

NERVÖS TIPPTE GABBI mit ihren nackten Füßen auf den Boden.

Ihre Brust war eng, ihre Hände klamm.

Genau in diesem Augenblick schlich sich Matteo unter ihnen im Kellergeschoss in Lanzas Büro. Gabbi verschränkte die Finger ineinander und starrte blind auf die Party.

Sie hatte die Schlüsselkarte besorgt. Vielleicht könnte aus ihr doch noch eine Agentin im Außendienst werden.

Ihr Magen vollführte einen Übelkeit erregenden Salto. Na gut, vielleicht doch nicht.

Ein Kellner mit einer ausgefallenen Maske ging mit einem Tablett voller Gläser an ihr vorbei.

„Ich nehme eins." Sie schnappte sich eine Champagnerflöte. *„Grazie."*

Sie trank mehrere Schlucke, und die Kohlensäure kribbelte unangenehm durch ihren Bauch.

Was, wenn Matteo erwischt wurde? Was, wenn er den Safe nicht knacken konnte? Wenn er einen Alarm auslöste? Wenn Lanza ihm etwas antat?

Gabbi hatte das Gefühl, als ob ihr ein dicker, fetter Kloß in der Kehle stecken würde.

Verliebt in jemanden zu sein, schmerzte. Die Sorge um diese Person war schrecklich.

Sie streckte die Hand aus und stellte das Champagnerglas auf einem Tisch ab.

Dann berührten ihre Fingerspitzen ihre Lippen. Sie konnte Matteos Kuss noch immer spüren. Sie konnte ihre Gefühle für ihn nicht ändern, selbst wenn sie es wollte.

Ihn zu lieben, hatte sie verändert.

Es gab ihr das Gefühl, stärker zu sein, nicht schwächer.

In ihrem Herzen wusste sie, dass Matteo sie nie absichtlich verletzen würde. Er würde ihre Gefühle nicht gegen sie verwenden, so wie es ihre Familie getan hatte.

Sie versuchte, nicht zur Tür zu blicken, hinter der Matteo verschwunden war. Stattdessen schaute sie sich im Saal um. Sie konnte weder Hadley noch Killian entdecken, aber sie wusste, dass sie nicht weit entfernt waren.

Jeden Moment würde Matteo mit dem Laptop zurückkommen, und sie würden von hier verschwinden.

Lanza würde ins Gefängnis wandern, und Matteo würde in Sicherheit sein.

Sie drehte sich um.

Ihr Blick wurde von hellbraunen Augen erwidert.

Rocco Lanza sah sie an.

Sie erstarrte. Er konnte nicht wissen, wer sie war. Ihr Körper kribbelte vor Verlangen, sich umzudrehen und wegzurennen, aber sie zwang sich, stillzuhalten.

Er lächelte sie einfach nur an, bevor er sich den Gästen neben sich zuwandte. Er schien nicht besorgt oder verärgert zu sein.

Nur ein Gastgeber, der seine Gäste wahrnahm.

Ihre Nerven spielten dennoch verrückt.

Sie drückte sich an einigen Gästen vorbei und wich einer Frau in einem aufgeplusterten, blauen Ballkleid aus. An einer der überdimensionalen Topfpflanzen, die überall im Saal verteilt waren, blieb Gabbi stehen und knabberte an ihrer Unterlippe herum.

Als das nicht half, versuchte sie es mit einigen Atemtechniken, die sie kannte. Nein, ihre Nervosität brachte sie noch immer um.

Als Agentin im Außendienst würde sie absolut nichts taugen.

In diesem Moment entdeckte sie ihn. Matteo kam auf sie zugeschlendert, als ob er keine Sorgen hätte und alles auf der Welt gut und richtig wäre.

Wie schaffte er das nur?

„*Cara.*" Er erreichte Gabbi und küsste sie. Aufgeregt klammerte sie sich an ihn und glitt mit ihren Händen unter sein Sakko.

Er trug nichts bei sich.

„Hast du ihn?", wisperte sie.

Er lächelte und senkte die Stimme. „Der Safe hat sich für mich geöffnet wie eine willige Geliebte."

Sie runzelte die Stirn. „Ich bin mir nicht sicher, ob mir dieser Vergleich gefällt."

„Ich konnte den Laptop mitnehmen, aber es waren eine Menge Wachmänner unterwegs, als ich zurückkam. Es wurde zu riskant. Ich wollte nicht mit dem Laptop erwischt werden, also habe ich ihn in einem der Blumentöpfe hier im Ballsaal versteckt."

Gabbis Herz hämmerte gegen ihre Rippen. „Okay. Also warten wir ab und schnappen ihn uns, sobald die Luft rein ist."

Er nickte. „Und bis dahin spielen wir die unschuldigen Gäste, die einfach nur den Abend genießen."

Er senkte seinen Mund auf ihren.

Gabbi verlor sich in dem Kuss, angefeuert von heißem Verlangen und dem Adrenalin, das durch ihre Adern rauschte. Der Kuss wurde ein wenig ungezügelt.

„*Tesoro*." Er stöhnte leise. „Du bringst mich um."

„Du hast damit angefangen." Sie sah sich um und versuchte, sich zu fokussieren, trotz der Tatsache, dass ihr Blut in Wallung war. „Es sind noch immer zu viele Wachen unterwegs."

„Mhm." Matteo schlang seinen Arm um sie und wirbelte sie durch den Ballsaal.

Erneut küsste er sie, dann drängte er sie in ein Nebenzimmer.

Gabbi brauchte eine Sekunde, um das prächtige Wohnzimmer wahrzunehmen. Darin standen ein Schreibtisch und einige prunkvolle und unbequem aussehende Sofas.

Matteo drängte sie rückwärts, während seine Finger

in den Schlitz ihres Kleides und direkt zwischen ihre Beine glitten.

„Matteo." Sie schob sich ihm entgegen.

Er streichelte sie. „Später, *Cara*, werde ich dich dort mit meinem Mund erforschen und dich genießen. Wie es scheint, bekomme ich einfach nicht genug von dir."

Sie wollte auch nicht, dass er jemals genug von ihr bekam.

Sein Mund wanderte über ihren Hals. „Ich wünschte, wir wären an einem sichereren Ort, an dem ich dir dieses Kleid ausziehen könnte."

Er zog sich zurück, und sie presste ihre Hand auf sein rasendes Herz. „Bald."

Leidenschaftlich biss er in ihre Lippe. „Bald." Er trat einen Schritt zurück. „Und jetzt muss ich meinen Schwanz unter Kontrolle bekommen."

Ihr Blick senkte sich. In seiner Hose zeichnete sich eine beachtliche Beule ab, und Gabbi knabberte frustriert an ihrer Unterlippe.

„Das hilft nicht, *Tesoro*."

Sie lächelte.

Matteo ging im Zimmer auf und ab, dann hielt er inne, um ein Gemälde zu studieren, das an der cremefarbenen Wand hing.

Plötzlich flog die Tür auf.

Zwei große Wachmänner stürmten mit gezückten Waffen herein.

Es passierte alles so schnell.

Die Schüsse hallten laut im Arbeitszimmer wider, und Gabbi schrie auf. Matteo stürzte zu Boden.

Nein. *O Gott, nein.*

Voller Entsetzen starrte sie auf das Blut an der Wand. Sie konnte nur Matteos Füße auf dem Boden sehen, die hinter einem der Sofas hervorlugten.

Er bewegte sich nicht.

Nein. *Nein.*

Ihr Herz zerbrach in tausend Scherben.

Matteo.

„Ah, Miss Hansley." Rocco Lanza kam lächelnd ins Zimmer geschlendert.

Gabbi bekam keine Luft mehr.

„Meine Wache hat Sie vorhin wiedererkannt, als Ihre Maske verrutscht ist", erklärte Lanza. „Als Sie seine Schlüsselkarte gestohlen haben."

Sie starrte auf das Blut an der Wand. „Was haben Sie getan?"

„Ich habe endlich den Mann ausgeschaltet, der mein Leben ruiniert hat." Lanzas Gesicht verzog sich. „Nicht gerade die Art und Weise, wie ich es gern getan hätte, aber es gibt im Augenblick wichtigere Dinge, um die ich mich kümmern muss." Grob griff er nach ihrem Kinn. Sie versuchte, sich zu befreien.

„Hades hat etwas gestohlen, das mir gehört, und ich will es zurückhaben." Seine Stimme war kalt und harsch.

O Scheiße. Sie konnte nicht mehr denken, so heftig war der Schmerz.

Matteo war tot.

Sie wollte schreien und heulen.

„Miss Hansley." Lanza schüttelte sie. „Wo ist mein Laptop?"

Gabbi blickte in das Gesicht von Matteos Mörder. „Ich weiß nicht, wovon Sie sprechen."

Sein Lächeln wurde widerwärtig. „Sie sind eine schrecklich schlechte Lügnerin. Zum Glück habe ich meine Methoden, Sie zum Reden zu bringen." Er wedelte mit der Hand durch die Luft. „Nehmt sie mit."

„Und die Leiche?", fragte eine der Wachen.

Leiche. Gabbi zuckte zusammen. *Matteo.*

„Lasst sie liegen", blaffte Lanza die Männer an.

Mit zertrümmertem Herzen wurde Gabbi grob aus dem Zimmer gestoßen.

KAPITEL SIEBZEHN

S töhnend rollte sich Matteo auf die Seite.

Sein Schädel dröhnte und sein Arm brannte.

„Matteo? Matteo?" Killian hockte neben ihm auf dem Boden.

Hinter seinem Boss stand eine besorgte Hadley.

„Was zur Hölle ist passiert?", drängte Killian.

„Fuck. Ich ..." Matteo berührte seinen Hinterkopf. Er konnte nicht denken. Als er die Hand hervorzog, starrte er auf das Blut an seinen Fingern.

„Lass mich mal sehen." Hadley kniete sich neben ihn und inspizierte die Kopfwunde.

Matteo hob den Blick und entdeckte die Blutspritzer an der Wand. *Verdammt.*

„Er hat eine Schusswunde am Arm", erklärte Killian.

Hadley stieß ein erleichtertes Geräusch aus. „Sieht so aus, als ob die Kugel ihn nur gestreift und einen exzellenten Zegna-Anzug ruiniert hätte. Und scheinbar bist du mit dem Kopf gegen die Tischkante geknallt, als du gefallen bist."

„Alles halb so wild", stieß Matteo zwischen zusammengebissenen Zähnen hervor und ignorierte die Kopfschmerzen.

„Matteo, wo ist Gabbi?" Killians Gesicht war todernst.

Gabbi.

Matteos Herz drohte, durch seinen Brustkorb zu bersten. „*Fuck.*" Er versuchte, sich aufzusetzen, aber der Raum drehte sich.

„Ruhig." Killian half ihm auf.

„Gabbi. Lanza und seine Gorillas sind hier reingeplatzt. Sie haben auf mich geschossen, das ist alles, woran ich mich erinnern kann. Ich weiß nicht, was dann passiert ist." Gabbi war verschwunden. Panik erfasste ihn. „Ich weiß nicht, wo sie ist." Er suchte Killians düsteren Blick. „Lanza hat Gabbi."

„Dreh jetzt nicht durch. Wir werden sie finden."

„Wenn er sie mitgenommen hat, will er sie lebend", fügte Hadley hinzu.

„Um mich zu ihm zu locken", sagte Matteo. „Er wird ihr wehtun, um mich zu bestrafen."

Das war alles seine Schuld.

„Matteo, wo ist der Laptop?", fragte Killian.

Matteo hielt einen Moment lang inne. „Es waren zu viele Wachen unterwegs. Ich habe ihn in einem der Blumentöpfe im Ballsaal versteckt. Fuck, womöglich wird Lanza versuchen, diese Information aus Gabbi herauszupressen." Er trat einen Schritt vor. „Ich muss sie finden."

Auf einmal raste eine Gestalt durch die Tür. Sie versetzte Matteo einen Tritt in den Bauch und schleuderte ihn auf die Couch zurück. Schmerzen schossen seinen Arm hinauf.

Ein schneller Fausthieb erwischte Hadley in der Brust, sodass sie gegen den Schreibtisch flog.

Killian wirbelte herum. Er und der Angreifer krachten ineinander, was damit endete, dass ein Messer gegen Killians Kehle gedrückt wurde.

Matteo kämpfte den Schmerz in seinem Arm zurück und starrte die Frau an. Sie hatte wallende, dunkelrote Haare, die sich eigentlich mit ihrem blutroten, hautengen Kleid hätten beißen sollen. Doch das taten sie nicht. An ihr sah der Stoff atemberaubend aus. Das Kleid hatte hauchzarte Träger, einen tiefen Ausschnitt und war rückenfrei, was eine Menge blasser Haut zur Schau stellte. Ihre Lippen waren rot geschminkt, und an ihren Ohren baumelten Diamanten.

„Hallo, Steel." Die Frau klang nicht gerade glücklich darüber, Killian zu sehen. „Sag deinen Leuten, dass sie keine falsche Bewegung machen sollen, oder du hast am Ende noch Blutflecken auf deinem hübschen Anzug."

„Bleibt, wo ihr seid", blaffte Killian.

„So, will mir jetzt irgendjemand verraten, wieso zur Hölle Rocco Lanza in der Lage war, meine beste Freundin in die Finger zu bekommen?"

Matteo runzelte die Stirn. „Beste Freundin?"

Die grünen Augen der Frau flogen zu ihm. Keine Dame, mit der man sich anlegen wollte.

„Hallo, Devyn", presste Killian langsam hervor. „Das Messer ist ein bisschen übertrieben."

Die Rothaarige drückte die Klinge noch ein wenig fester gegen Killians Kehle. Er reagierte nicht.

„Devyn?", fragte Matteo. „Sie sind Gabbis Freundin von der CIA."

„Devyn *Hellfire* Hayden", ergänzte Killian. „Das ist mein Team. Matteo und Hadley."

„Hades und Striker. Ich weiß, wer sie sind."

„Wie wäre es, wenn du mich später aufschlitzt und wir uns jetzt darauf konzentrieren, Gabbi zu retten?", schlug Killian mit zuckersüßer Stimme vor.

Devyn starrte ihn eine Sekunde lang an, dann trat sie einen Schritt zurück und ließ das Messer sinken.

„Hellfire", wiederholte Matteo. „Wegen der Haare?"

Sie warf ihm einen bissigen Blick zu, bevor sie das Messer durch einen Schlitz in ihrem Kleid wegsteckte. „Nein. Wegen der Rakete."

„Sie trifft wie ein Präzisionsschlag", erklärte Killian.

Ein kleines Lächeln huschte über Devyns Lippen. „Manch einer sagt, mein Name kommt daher, dass ich die Bad Boys in die ewigen Flammen der Hölle schicke. Kannst du dir aussuchen." Grimmig starrte sie Matteo an. „Und du, Mr. Italienischer Liebhaber, hast meine Freundin verführt und sie in Gefahr gebracht."

„Die Gefahr war unbeabsichtigt. Die Verführung hingegen nicht."

Devyns Augen wurden schmal, und sie trat einen Schritt auf ihn zu.

„Außerdem liebe ich sie", fügte Matteo hinzu.

Die Rothaarige hielt einen Moment inne, wobei sich ihre Augen ein wenig weiteten.

„Ich würde sie wirklich gerne zurückbekommen", sagte er.

„Lass uns zuerst die Blutung stillen." Hadley öffnete

ihre kleine Abendtasche und zog einen Verband heraus. Es verblüffte ihn immer wieder, wie gut vorbereitet Hadley war. Während ihrer Missionen konnte sie die unmöglichsten Dinge aus ihrer Handtasche zaubern.

Zügig wickelte sie den Verband um seinen Arm.

„Was macht der Kopf?", frage Killian.

„Ist okay." Nichts würde Matteo davon abhalten, seine Frau zu retten.

„Wir müssen den Laptop sichern", sagte Killian. „Wenn Lanza das Versteck aus Gabbi herausbekommt, schnappt er ihn uns womöglich wieder weg."

Matteo runzelte die Stirn. Gabbi war seine oberste Priorität.

„Ich gehe und hole den Laptop", sagte Hadley. „Ihr findet Gabbi."

„Du kannst nicht allein losziehen." Killian blickte sie finster an. „Der Saal wimmelt nur so vor Wachen."

Erneut ging die Tür auf, und sie erstarrten.

Bennett Knightley, der in seinem Smoking einfach perfekt aussah, schlüpfte ins Zimmer.

Hadley runzelte die Stirn. „Ist das hier eine verdammte Versammlung oder was?"

„Mir ist bewusst, dass Sie gerade einen Job ausführen", sagte Knightley. „Ich dachte nur, ich könnte vielleicht irgendwie behilflich sein." Er warf ihnen ein Lächeln zu.

Killian musterte den Mann, dann nickte er. „Knightley, Sie begleiten Hadley. Sie muss einen Laptop mit entscheidenden Informationen darauf sicherstellen und darf dabei nicht erwischt werden."

Etwas blitzte in den Augen des Milliardärs auf.

Matteo erhaschte einen Blick auf den ehemaligen Militäragenten, der sich unter diesem teuren Anzug verbarg.

Knightley nickte. „Mit Vergnügen."

Hadley seufzte, dann drückte sie einen Kuss auf Matteos Wange. „Bring unser Mädchen nach Hause."

„Werde ich."

Hadley ging zur Tür. „Kommen Sie schon, Knightley. Nicht schlafen."

Die Mundwinkel des Milliardärs zuckten, als er Hadley aus dem Zimmer folgte.

Devyn richtete sich auf. „Ich habe Lanza mit mehreren Wachen und Gabbi gesehen. Sie haben die Villa verlassen."

„Es gibt mehrere Nebengebäude auf dem Anwesen", erklärte Matteo.

Sie mussten sie finden. *Schnell.*

Wenn Lanza Gabbi wehtat, wenn er ihr auch nur ein Haar krümmte, würde Matteo ihn umbringen.

Killian zog sein Handy hervor und drückte es sich ans Ohr. „Hex, Lanza hat Gabbi. Wir brauchen einen Standort." Er hielt inne. „Danke." Er steckte sein Handy zurück in die Tasche. „Ein Steinhaus, in dem Lanza seinen Wein lagert."

Devyn lächelte. „Ich weiß, welches das ist. Kommt. Zum Glück habe ich draußen eine Tasche mit Blendgranaten und Waffen deponiert."

Matteo und Killian starrten sie an.

Die CIA-Agentin zuckte mit den Schultern. „Es zahlt sich aus, vorbereitet zu sein."

Als sie nach draußen gingen, ergriff Matteo eine Angst, wie er sie noch nie zuvor empfunden hatte.

„Ich darf sie nicht verlieren."

Devyn und Killian drehten sich mit beinahe identischen, tödlichen Ausdrücken auf den Gesichtern zu ihm um.

„Das wird nicht passieren", sagte Devyn.

„Wir werden deine Frau zurückbringen", stimmte Killian zu.

Matteo nickte. *Ich komme, Gabriella.*

GABBI BEWEGTE SICH UND VERSUCHTE, den Schmerz in ihren Schultern zu lindern.

Nicht dass es einen Unterschied machen würde. Der Schmerz in ihrem Herzen würde niemals verschwinden.

Matteo war tot.

Jedes Mal, wenn sie an das Blut an der Wand und an seine regungslosen Füße dachte …

Unerträgliche Trauer legte sich über ihren Geist, und sie schloss die Augen.

Sie schluckte gegen den Schmerz an, und als sie die Augen wieder öffnete, starrte sie blind auf die Steinmauer. Warum hatte sie ihm nicht gesagt, wie sie empfand? Warum hatte sie nicht den Mut aufgebracht, ihm zu sagen, dass sie ihn liebte?

Sie sah sich um. Sie befand sich in einem großen Schuppen mit Steinwänden. Reihen von Holzfässern standen entlang einer Seite des großen Raums. Gabbi war gefesselt und hing an einem Holzbalken über ihrem Kopf.

Lanzas Gorillas hatten das Tau festgezurrt und sie

daran hochgezogen, bis ihre Zehen gerade noch den Betonboden unter ihr berühren konnten.

Die Männer standen etwas abseits und unterhielten sich murmelnd.

Schließlich trat Rocco Lanza vor sie. Er legte eine kleine Stoffrolle auf der Bank neben sich ab.

„Warum machen Sie es sich nicht leicht, Miss Hansley? Wo ist mein Laptop?"

Sie gab keine Antwort.

Er trat näher an sie heran. In seinem Outfit und mit den gestylten Haaren sah er so attraktiv aus.

Der Glanz verbarg die Fäulnis darunter.

Er seufzte und packte sie am Kinn. Sie versuchte, sich aus seinem Griff zu reißen.

„Ich *werde* ihn finden. Warum entscheiden Sie sich nicht für die schmerzlose Variante?"

„Fick dich", spuckte sie aus.

Lanza schüttelte den Kopf und trat einen Schritt zurück. „Nachdem ich mehr über das Vermächtnis meines Vaters gelernt habe, habe ich es mit offenen Armen willkommen geheißen." Er öffnete die Stoffrolle, und Gabbi erblickte eine Sammlung von Instrumenten. Es sah aus wie eine Mischung aus Küchenwerkzeugen und chirurgischen Instrumenten.

Ihr Magen verkrampfte sich.

„Mein Vater war ziemlich talentiert darin, Informationen aus Leuten herauszubekommen", erklärte Lanza voller Stolz.

Gabbi starrte ihn finster an.

„Außerdem bin ich Koch." Er entschied sich für ein langes Messer. „Ich bin sehr gut mit meinen Händen."

„Das Vermächtnis Ihres Vaters?", entgegnete sie. „Er war ein Krimineller. Das ist kein Vermächtnis."

„Er war mein Vater und ein mächtiger Mann. Ich bin dazu bestimmt, sein Werk fortzuführen."

Gabbi lachte. „Wenn die eigenen Eltern Kriminelle sind, böse Menschen, schlechte Menschen, dann lehnt man das ab. Man schlägt eine andere Richtung ein. Glauben Sie mir, das weiß ich nur zu gut."

Ein Muskel in Lanzas Kiefer zuckte. „Mein Vater und sein Vermächtnis wurden mir von Hades geraubt."

„Ihr Vater war ein *Krimineller*, der sich nie öffentlich zu Ihnen bekannt hat. Er hat diverse andere Kinder mit seinen Geliebten bekommen. Sie waren nichts Besonderes."

Lanza presste die Lippen zusammen. „Sie verstehen nicht. Als mein Vater gestorben ist, habe ich alles verloren. Dann starb meine Mutter, und ich war völlig mittellos."

Gabbi musterte ihn und legte den Kopf zur Seite. „Haben Sie Ihren Vater und Ihre Mutter vermisst oder das Geld und den Lifestyle?"

„Genug." Lanza trat auf sie zu. „Ich werde nicht zulassen, dass Sie mein Leben ruinieren. Mancini ist tot." Lanza stieß ein selbstgefälliges Lachen aus. „Und jetzt sagen Sie mir, wo mein Laptop ist."

„Ich weiß es nicht, ich weiß nur, dass die Polizei auf dem Weg ist. Ich bin nicht allein hier."

Wut zeichnete sich in Lanzas Zügen ab. „Jetzt sind Sie aber allein. Sie werden für mich schreien, Gabriella."

„Sie haben schon das Schlimmste getan, was Sie mir

antun können." *Matteo.* „Nichts anderes kann mich mehr verletzen."

„Wir werden ja sehen." Er studierte das Messer in seiner Hand, dann nahm er ein weiteres langes, zackiges Instrument von der Bank. „Ich hatte großes Gefallen daran, meine Techniken zu verfeinern. Nur schade, dass ich jetzt schnell machen muss, damit ich wieder zu meinen Gästen zurückkehren kann, aber es interessiert mich dennoch, zu hören, was Sie davon halten."

Gabbi konnte den Blick nicht von den glänzenden Instrumenten abwenden. Sie würde nicht brechen. Sie musste Killian und Hadley Zeit verschaffen, damit sie den Laptop sicherstellen konnten.

Lanza beugte sich vor und drückte die Messerklinge gegen ihre Wange. Sie spürte ein schwaches Brennen und zwang sich, seinen Blick zu erwidern.

„So hübsche Haut. Sie wird wunderschön aussehen, wenn sie blutüberströmt ist."

Der Typ war vollkommen krank.

Gabbi wappnete sich für den Schmerz, den er ihr zufügen würde.

Plötzlich wurde es stockdunkel.

Sie hörte Lanzas Fluchen und das nervöse Schlurfen der Füße der Wachen.

Dann ein Scheppern von etwas, das über den Boden rollte.

Bäng. Grelles Licht stach ihr in den Augen. Gabbi zuckte zusammen und wandte den Kopf ab. Noch mehr Blitze und ohrenbetäubendes Knallen.

Die Geräusche hallten in ihren Ohren wider, zusammen mit Rufen und Schreien.

Gabbi riss am Seil und schwang herum. Ihre Sicht war verschwommen, und Nachbilder der grellen Blitze malten Flecken auf ihre Netzhaut. Ihre Ohren klingelten.

Sie erkannte die Schatten von rennenden und kämpfenden Menschen.

Lanza strauchelte, die Hände auf die Ohren gepresst.

Dann hörte Gabbi das gedämpfte Knallen von Schüssen.

Wieder riss sie an ihren Fesseln. *O Gott.* Sie konnte sich nicht bewegen. Sie hing einfach nur da, wie eine perfekte Zielscheibe.

Weitere Schüsse krachten, und sie sah, wie Lanza herumfuhr und davonstürzte.

Ihre Sicht war noch immer verschwommen, aber sie erkannte, wie eine der Wachen zu Boden ging.

Dann bemerkte sie eine weitere, große Gestalt, die mit voller Wucht in die andere Wache hineinkrachte. Überall um sie herum erklangen die Geräusche von Kämpfen.

Plötzlich stürzte sich Lanza mit einem erhobenen Messer in der Hand auf sie.

Panik schnürte ihr die Brust zu. Sie konnte nicht entkommen.

Eine Gestalt raste von der Seite auf sie zu und trat das Messer aus Lanzas Hand.

Gabbi erkannte einen Blitz roter Haare. Noch ein Tritt, und Lanza stolperte über eines der Weinfässer und ging zu Boden.

Die Gestalt wirbelte herum und verschwand hinter Gabbis Rücken. Sie blinzelte und versuchte angestrengt, etwas zu erkennen. Dann hörte sie, wie etwas über den Boden schabte.

Noch immer wütete der Kampf um sie herum, und Schatten tanzten durch die Dunkelheit.

Sie spürte ein Zerren an den Seilen, und auf einmal war sie frei.

Sie fiel auf die Knie.

„Du bist in Sicherheit, Gabbi. Es ist alles okay."

Sie blinzelte und starrte ihre Retterin an. Die Frau hielt eine Taschenlampe in der Hand und schlang ihren Arm um Gabbi.

„Devyn?"

„Ja." Ihre Freundin strich ihr die zerzausten Haare aus dem Gesicht. „Die Nachwirkungen der Blendgranate werden in ein paar Minuten abklingen. Mach einfach langsam."

Wie war Devyn denn hierhergekommen? Gabbi versuchte, durch das Klingeln in ihren Ohren hindurch einen klaren Gedanken zu fassen.

Die Geräusche des Kampfes verstummten langsam.

„Hellfire? Alles in Ordnung?", erklang Killians Stimme durch die Schatten.

„Alles bestens, Steel", erwiderte Gabbis Freundin scharf.

Killian tauchte aus der Dunkelheit auf und sah beeindruckend finster und tödlich aus. Sein Blick fokussierte sich auf Gabbi.

Tränen traten in ihre Augen. „Killian ..." Ihr Hals war wie zugeschnürt. Sie musste ihm von Matteo erzählen.

Devyns Arm drückte sie einen Augenblick noch

fester. „Da ist noch jemand, der sich vergewissern will, dass es dir gut geht." Sie drehte Gabbi ein wenig zur Seite.

Matteo trat aus den finsteren Schatten hervor. Gabbi schrie auf und presste sich eine Hand auf den Mund. Spielte ihre Fantasie ihr einen Streich?

Er hockte sich vor sie, und sein Blick wich für keine Sekunde von ihrem Gesicht. Die Seite seines Kopfes war blutverschmiert, und er trug einen Verband um den Arm.

„Matteo, ich dachte ..." Ihre Stimme brach.

„Mir geht es gut, *Cara*."

Er streckte die Hände nach ihr aus, und sie krabbelte in seine Arme. Er war warm und lebendig.

„Du bist echt." Tränen liefen über ihre Wangen, und sie vergrub ihr Gesicht an seinem Hals.

„Ich bin echt. Es geht mir gut. Es tut mir so leid, *Tesoro*. Es tut mir leid, dass er dich mitgenommen hat. Und dass du dir Sorgen gemacht hast."

Gabbi hielt ihn, so fest sie nur konnte, und schluchzte.

KAPITEL ACHTZEHN

Matteo hielt Gabbi fest im Arm, als er sie aus dem Nebengebäude trug.

Blitzende Lichter erhellten die Nacht. Er sah Polizeiautos vor der Villa stehen und mehrere uniformierte *Carabinieri*, die die Gäste aus dem Haupteingang führten.

Gabbi klammerte sich an ihn. Er ging zu ein paar Stufen hinüber, wo er sich mit ihr auf dem Schoß hinsetzte.

Sie umfasste sein Gesicht, und Tränen liefen über ihre Wangen. „Ich dachte, ich hätte dich verloren."

„Ich werde dich nicht verlassen, *Cara*. Und ich werde dich nie wieder loslassen." Er küsste sie, dann streichelte er mit seiner Nase über ihre. „Niemals."

„Matteo."

Er presste sein Gesicht in ihr Haar. Eine Gestalt löste sich aus einer Gruppe von Polizeibeamten. Grüßend hob Aurelio die Hand. Sein muskulöser Körper steckte in einem zerknitterten Anzug.

„Hades."

„Aurelio." Ohne aufzustehen, streckte Matteo seinem Freund die Hand entgegen.

Der DIA-Agent schüttelte sie, dann musterte er Gabbi. „Deine Frau?"

„Ja. Gabriella Hansley. Gabbi, du erinnerst dich an Aurelio?"

Gabbi nickte, hob allerdings nicht den Kopf.

„Geht es ihr gut?", fragte sein Freund.

Matteos Magen zog sich zusammen. „Ich konnte sie retten, bevor Lanza ihr etwas antun konnte."

„Und du?" Aurelio musterte das Blut auf Matteos Gesicht.

„Ich habe schon Schlimmeres einstecken müssen, wenn wir zusammen im Fitnessstudio trainiert haben."

Sein Freund grunzte und lächelte.

„Wissen Sie eigentlich, wer ich bin?", hallte Lanzas schrille Stimme durch die Nacht, als er von Killian vor sich hergeschoben wurde.

Mit verschränkten Armen stand Devyn neben ihnen und beobachtete den Mafiaboss wie ein Habicht. Lanzas Hände waren vor seinem Körper mit Handschellen gefesselt.

„Klappe halten, Lanza", befahl Killian.

„Das hier ist *meine* Villa. Meine Party. Ich bin Rocco Lanza. Dafür werden Sie bezahlen."

„Er ist kein schlechter Schauspieler", bemerkte Aurelio.

Matteo blickte finster drein. „Er ist ein *Pezzo di merda*." Er zog Gabbi fester an sich.

Aurelio trat vor. „*Signor* Lanza. Ich bin *Agente*

Aurelio Conti."

„*Signore*, diese Leute begehen Hausfriedensbruch."
Lanzas Gesicht war hochrot und sein Tonfall aufrichtig
und flehend. „Sie haben mich bestohlen, mein Anwesen
zerstört und mich angegriffen."

Mehrere Gäste hielten inne und schauten herüber.

„Verstehe." Aurelio nickte. „Das sind sehr schwerwie-
gende Vorwürfe."

„Sie haben es auf mich abgesehen. Ich will, dass sie
verhaftet werden."

Das war der Augenblick, in dem Aurelio den Laptop
hochhielt. „Wie auch immer, ich fürchte, ich habe gegen-
teilige Beweise. Und hier drauf ist Ihr gesamtes kriminelles Imperium dokumentiert."

Die Menge der Gäste schnappte hörbar nach Luft.

Panik breitete sich auf Lanzas Zügen aus. „Nein. Der
gehört nicht mir."

„Er lässt sich nur mit Ihrem Fingerabdruck öffnen.
Sparen Sie es sich, *Signor* Lanza. Sie sind verhaftet."
Aurelio winkte mehrere Polizeibeamte herüber.

„Nein! Lassen Sie mich gehen."

Matteo gab ein zufriedenes Geräusch von sich.

Lanzas Blick flog zu ihm herüber, und er riss die
Augen auf. „Nein! Sie sollten tot sein!"

„Tut mir leid, dass ich Sie enttäuschen muss", erwiderte Matteo.

„Das ist alles *Ihre* Schuld."

„Nein, es ist alles Ihre Schuld."

Matteo und Gabbi sahen zu, wie Lanza sich gegen
die Beamten sträubte, als sie ihn abführten.

„Es ist vorbei", flüsterte Gabbi.

„Ja. Du bist in Sicherheit."

„Du auch."

Wieder presste er seinen Mund auf ihren. Über Gabbis Kopf hinweg erblickte Matteo unter den Gästen seine Mutter. Sie zwinkerte ihm zu.

Mit Gabbi in seinen Armen stand Matteo auf. „Ich will, dass ein Sanitäter dich untersucht."

„Matteo, mir fehlt nichts. Ich war nur gefesselt. *Du* wurdest angeschossen."

„Du wirst dich untersuchen lassen", erwiderte er entschieden.

Sie verdrehte die Augen, diskutierte aber nicht weiter, als sie am Krankenwagen ankamen. Matteo hielt die ganze Zeit über ihre Hand, während der junge Sanitäter sie untersuchte.

„Sie sind in bester Verfassung." Der Mann tätschelte ihren Arm. „Ich habe die leichte Schnittwunde an ihrer Wange gesäubert."

„*Grazie*", erwiderte sie. „Und jetzt er." Sie nickte zu Matteo.

Matteo runzelte die Stirn. „Ich muss mich nicht untersuchen lassen."

„Er wurde angeschossen und hat sich den Kopf angeschlagen", erklärte sie mit fester Stimme. „Er wird sich untersuchen lassen."

Matteo warf dem Sanitäter einen finsteren Blick zu. Der junge Mann räusperte sich. „Ähm ..."

„Matteo." Gabbi küsste seinen Kiefer. „Bitte. Für mich."

Genervt stieß er den Atem aus. Sie hatte bereits begriffen, dass er alles für sie tun würde. „Na gut."

Sie strahlte ihn an.

Der Sanitäter arbeitete zügig.

„Oh", sagte Gabbi.

„Was?" Stirnrunzelnd sah Matteo sie an.

Sie ruckte ihren Kopf zur Seite.

Matteo blickte in die angedeutete Richtung und bemerkte Killian und Devyn, die in eine hitzige Diskussion verwickelt waren. Devyn wedelte mit der Hand vor Killians Nase herum, der etwas Unverständliches erwiderte.

Leider waren sie zu weit weg, als dass sie sie hören konnten.

Der hitzige Streit ging weiter, bis Killian plötzlich nach Devyn griff, sie an sich riss und küsste.

Matteos Augenbrauen flogen in die Höhe.

„Oh, wow." Gabbi grinste.

Für eine Sekunde sträubte sich Devyn, dann sank ihre Hand in Killians Haare und sie erwiderte den Kuss.

Matteo war überrascht, dass Gabbi und er nicht sogar auf diese Entfernung von der Hitze versengt wurden.

Er konnte es kaum erwarten, Wolf, Hex und den anderen davon zu erzählen. Er machte sich nicht die Mühe, sein Grinsen zu verbergen. Vielleicht könnten sie Wetten abschließen, wie lange Killian brauchen würde, um sein rothaariges Höllenfeuer zu zähmen.

Devyn wand sich aus Killians Griff und warf ihm einen Blick zu, der so heiß war, dass er Fleisch von Knochen brennen könnte, dann marschierte sie zu Matteo und Gabbi hinüber.

Die Spionin zeigte mit dem Finger auf Matteo. „Wenn du ihr wehtust, bringe ich dich um."

„Sie macht nur Witze", sagte Gabbi.

„Ich bin mir ziemlich sicher, dass sie es ernst meint", erwiderte Matteo.

„Tue ich", bestätigte Devyn.

„Ist kein Problem." Mit festem Blick sah er sie an. „Denn ich habe fest vor, sie glücklich zu machen."

„Gut." Devyn umarmte Gabbi. „Ich muss los. Ich habe einen kleinen Umweg von meiner eigentlichen Mission gemacht, als ich gehört habe, dass du in Schwierigkeiten steckst."

„Wer hat es dir verraten?", fragte Gabbi.

„Shade."

„Ah."

Einmal mehr umarmte Devyn sie, dann trat sie zurück. „Sieh zu, dass du nicht wieder in Schwierigkeiten gerätst, und genieße deinen sexy Italiener." Mit einem Winken mischte sich Devyn unter die Menschenmenge. Eine Sekunde später war sie verschwunden.

Im nächsten Moment kam Hadley aus der Villa gestürmt und schob die Leute aus ihrem Weg. Knightley glitt hinter ihr her.

„Ist alles in Ordnung?", fragte Hadley.

Gabbi nickte. „Alles wieder in Ordnung" Sie schmiegte sich an Matteo. „Die Polizei hat Lanza verhaftet."

Hadley lächelte. „Gut." Sie erblickte Killian. „Ich spreche kurz mit dem Boss."

„Hadley, es war mir ein Vergnügen, mit Ihnen zu arbeiten", sagte Knightley.

„Der Akzent dieses Mannes", wisperte Gabbi seufzend.

Matteo blickte sie grimmig an. „Ich habe auch einen Akzent."

Sie tätschelte seine Wange. „Und deiner ist auch sexy."

„Danke für die Hilfe, Knightley", sagte Hadley. „Nicht schlecht für einen Milliardär."

Der Mann lächelte, dann griff er nach Hadleys Hand und küsste sie. Mit einem Nicken drehte er sich um und verschwand.

Hadley sah ihm einen Moment lang hinterher, dann schüttelte sie den Kopf. „Dieser Mann ist gefährlich."

Gabbi lehnte sich an Matteo. „Ich kann es kaum erwarten, heiß zu duschen und ins Bett zu kriechen. Wenigstens konnte ich meine unbequemen Schuhe vorhin schon loswerden." Sie wackelte mit ihren nackten Zehen.

Matteo küsste ihre Schläfe. „Ich liebe dich, Gabbi."

Ihr Kopf fuhr herum, und ihre Lippen öffneten sich. Wieder traten Tränen in ihre Augen. „Wirklich?"

„Wirklich. Du bist intelligent, wunderschön und sexy." Er küsste ihren Hals. „Und du gehörst mir."

„Niemand hat mich je zuvor geliebt."

Sein Herz schmerzte bei ihren Worten. „Ich werde dich lieben. Für den Rest meines Lebens."

Er würde sicherstellen, dass sie nie wieder daran zweifelte.

GABBI PRESSTE ihre Hände gegen Matteos Brust, und ihre Hüften hoben und senkten sich, während sie ihn ritt.

Mit einer Hand umfasste er ihre Brust, die andere widmete sich ihrem Kitzler.

Gut. *So gut.*

Mit Matteo war es immer gut. Lust wirbelte durch sie hindurch, und ihr Höhepunkt rauschte näher.

„*Tesoro.*" Sein glühender, von Liebe erfüllter Blick haftete auf ihr.

Sie beugte sich hinunter und küsste ihn.

Was immer sie brauchte, er schenkte es ihr.

Aber es waren nicht nur dieser sexy Charme, der mächtige Schwanz und das köstliche Verlangen, was sie an ihm anzog. Es war seine Stärke. Seine Liebe, sein Schutz und seine Unterstützung.

Mit ihm war sie nie allein.

Sie bewegte sich schneller und bemerkte die Röte in seinem Gesicht. Er stöhnte.

Es wurde nie alt, zu wissen, wie sehr sie ihn anmachte.

„Du bist so wunderschön, Gabriella", murmelte er.

Sie fand, dass er der schönste Mann war, den sie je gesehen hatte.

Und er gehörte ihr.

Er rieb fester über ihren Kitzler. Sie wimmerte und bewegte ihre Hüften schneller, wobei ihre Brüste bei jeder Bewegung mitschaukelten.

„Meine *Cara* liebt es, meinen Schwanz zu nehmen. Das war das Beste, was ich je getan habe – vorzuschlagen, dir zu zeigen, wie du kommst."

„Du bist ein guter Lehrer, aber das hier ist nur für dich, Matteo. Ich bin nur mit dir so."

Seine Augen flammten auf.

Seine nächste Berührung an ihrem Kitzler ließ sie explodieren. Sie kam.

Ihr Orgasmus war eine gewaltige Welle der Lust, die sie mitriss. Gabbi bäumte sich auf, dann schrie sie Matteos Namen hinaus.

Mit einem Knurren warf er sie auf den Rücken.

Er drückte ihre Beine auseinander und stieß in sie hinein. Gabbi stöhnte durch ihren Orgasmus hindurch. Sie klammerte sich an Matteo fest, während er schneller und heftiger in sie stieß.

Dann war sein Mund auf ihrem, und ihre Zungen wanden sich umeinander.

Sein nächster Stoß war noch tiefer, und er blieb tief in ihr versunken. Als er kam, stieß er ein leises, gedämpftes Stöhnen aus.

„*Tesoro*. Verdammt." Er liebkoste ihren Hals. Mit sich heftig hebender und senkender Brust glitt er von ihr hinunter, zog sie dabei aber eng an sich.

Gabbi streichelte seinen Arm, wobei sie darauf achtete, nicht den Verband zu berühren. „Was macht dein Arm?", fragte sie träge.

„Ist noch dran."

Sie verpasste ihm einen verspielten Klaps.

„Ist okay. Es tut kaum noch weh."

„Und dein Kopf?"

Er rollte sich auf die Seite und küsste sie. „Ich bin in bester Verfassung und kerngesund, Gabbi."

„Ich wollte mich nur vergewissern. Zufälligerweise liebe ich dich, Matteo Mancini. Und das heißt, dass ich mir Sorgen um dich mache. Gewöhne dich besser dran."

Er nahm ihr Gesicht in seine Hände. „Ich liebe dich auch. Du hast dich in den letzten Tagen sehr gut um mich gekümmert."

Seit Lanzas Maskenball vor vier Tagen wohnten sie in Matteos Villa.

Vier Tage voller Schlaf, Schwimmen, Essen und heißem Sex.

Killian und Hadley waren nach New York zurückgekehrt. Aurelio hatte angerufen und sie auf den neuesten Stand gebracht. Die DIA war damit beschäftigt, Lanzas aufkeimendes Verbrechersyndikat auseinanderzunehmen. Der Mann hatte sich Anwälte besorgt, aber Aurelio hatte ihnen versichert, dass Lanza auf keinen Fall davonkommen würde.

„Also", sagte Matteo. „Ich weiß, dass Killian dich heute angerufen hat."

Gabbi stützte sich auf einem Ellenbogen ab und spürte die Schmetterlinge in ihrem Bauch. „Ja, hat er."

Matteo zog fragend eine dunkle Augenbraue hoch.

„Er hat mir einen Job bei Sentinel Security angeboten."

Matteo lächelte. „Hast du angenommen?"

„Ich habe ihm gesagt, dass ich darüber nachdenken werde. Es ist sinnvoll, die Vor- und Nachteile abzuwägen. Ich mag meinen Job bei der CIA."

Er schnaubte. „Du magst es, dich von Doug Bernard überrollen zu lassen?"

„So schlimm ist er nicht."

„New York ist weiter von deiner Familie entfernt."

„Stimmt. Aber ich habe ein tolles Haus in D.C."

„Killian hat noch ein paar freie Wohnungen bei uns

im Haus." Matteo spielte mit ihren Haaren. „Und noch einfacher wäre es, wenn du gleich bei mir einziehst."

Ihr Herz blieb für einen Moment stehen, dann schlug es mit hämmerndem Pochen weiter. „Fragst du mich wirklich gerade, ob ich bei dir einziehen will?"

Er küsste sie. „Ja, Gabriella. Ich liebe dich. Ich will dich jeden Tag lieben, für dich kochen und jede Nacht mit dir in meinem Bett schlafen." Sein Lächeln wurde teuflisch. „Und es gibt da noch ein paar Lektionen, die ich dir beibringen will. Schmutzige Lektionen."

Sie spürte ein Pochen zwischen ihren Beinen. „Willst du das wirklich?"

Seine Finger versanken in ihrem Haar. „Sogar, wenn es Jahrzehnte dauern sollte, ich werde dir beweisen, wie sehr ich dich liebe. Ich werde dir alles geben, was du verdient hast."

„Ich will nur dich", murmelte sie.

Ihre Lippen trafen sich aufs Neue. Während ihre Zungen miteinander spielten, glitt ihre Hand über Matteos Bauchmuskeln, dann schlossen sich ihre Finger um seinen harten Schwanz.

Er stieß in ihre Faust.

Auf Kondome hatten sie bereits tags zuvor verzichtet. Matteo hatte in Mailand einen Schnelltest machen lassen, und Gabbi war bereits bei ihrer letzten Vorsorgeuntersuchung ein sauberes Gesundheitszeugnis ausgestellt worden, und sie hatte seitdem mit niemandem mehr Sex gehabt, außer mit Matteo. Außerdem trug sie die Spirale.

Ihre Finger streichelten über seine Eichel. „*Matteo*."

„Habe ich dir eigentlich schon gesagt, wie sehr ich es

liebe, wenn du meinen Namen so sagst?" Er biss in ihren Hals, und sie wand sich.

„Matteo! Gabriella!"

Sie erstarrten, als die Stimme aus der unteren Etage heraufschallte.

„Ist das deine Mom?", wisperte Gabbi.

„Wo seid ihr beiden? Ich dachte, ich statte euch einen Überraschungsbesuch ab und bringe Mittagessen vorbei."

Matteo stöhnte auf. „Deshalb lebe ich in einem anderen Land."

Gabbi kicherte.

„Das ist nicht lustig."

„Ein bisschen lustig ist es schon."

„Hallo? Schlaft ihr etwa noch?" Schritte auf der Treppe.

Gabbi erstarrte. „Sie kommt hoch?"

„Ich ..."

Gabbi sprang aus dem Bett, riss die Decke mit sich und ließ den nackten Matteo mit seiner noch immer harten Erektion in voller Sicht zurück.

„Gabbi!", knurrte er.

„Ich bin unter der Dusche."

„Du kannst den Mann, den du liebst, doch nicht einfach im Augenblick der Not im Stich lassen."

Sie warf ihm einen Kuss zu. „Du bist ein hervorragend ausgebildeter Sicherheitsspezialist. Ich glaube an dich."

Sie schloss die Badezimmertür und kicherte erneut, als er fluchte.

KAPITEL NEUNZEHN

Matteo wuchtete mehrere Kisten hoch und stellte sie hinaus in den Flur.

Gabbis Schlafzimmer in ihrem Sandsteinhaus war beinah komplett in Umzugskisten verpackt. Hadley hatte sich irgendwo im Kleiderschrank verloren und packte noch immer.

In den letzten Tagen hatten sie alle hart gearbeitet.

Gabbi war gnadenlos durchorganisiert. Seine Frau liebte einen guten Plan. Im Erdgeschoss befand sich ein Berg von Sachen, die sie spenden würde. Die Möbel, die sie nicht länger brauchte oder wollte, hatte sie verkauft. Außerdem gab es da noch jede Menge Müll, der entsorgt werden musste. Der Rest ihrer Sachen würde mit dem Sentinel-Security-Jet zurück nach New York fliegen.

Er lächelte. Zurück zu ihrer *gemeinsamen* Wohnung.

In ein paar Tagen trat Gabbi offiziell ihre Stelle bei Sentinel Security an. Sie hatte bei der CIA gekündigt und würde zukünftig Hex assistieren und Unternehmensanalysen für das Team erstellen.

Und sie würde mit Matteo zusammenwohnen.

Jede Nacht in seinem Bett in Sicherheit sein.

Ja. Das Leben war wirklich gut.

Er hörte Schritte und sah Devyn, die mit einer Kiste in den Händen aus einem der Gästezimmer kam und den Flur hinunterging. Die Agentin trug Jeans und hatte ihre Haare in einen einfachen Pferdeschwanz gebunden, sodass sie absolut nicht aussah wie die erfahrene, tödliche Spionin, die sie war.

„Die Kiste ist für den Jet", erklärte sie. „Wo soll ich sie hinstellen?"

„Hier." Er nickte in Richtung der anderen Kisten entlang der Wand.

Devyn stellte sie auf dem Stapel ab. „Bram hat noch ein paar, die gespendet werden sollen." Sie lächelte. „Ich glaube zumindest, dass er das gesagt hat. Er hat mich nur irgendwie angegrunzt."

„Der Kerl ist launisch."

„Verdammt launisch, aber da ich auch ein Rotschopf bin, muss ich ihm das nachsehen." Sie legte den Kopf zu Seite. „Du gefällst mir als Mann für Gabbi, Mancini. Ich mag es, wie du sie ansiehst."

„Ich liebe sie. Ich will ihr alles geben."

„Ich glaube, alles, was sie will, bist du."

Leichte Schritte, und seine Frau kam die Treppe hinaufgesprungen. Sie erspähte die beiden und lächelte, sodass ihr ganzes Gesicht erstrahlte.

„Wir sind fast so weit." Sie schlang einen Arm um Matteo und drückte ihm einen Kuss auf die Unterseite seines Kiefers. „Und dann freue ich mich schon auf ein

Abendessen im Lafayette." Sie blickte zu Devyn. „Willst du mitkommen?"

„Zu einem romantischen Abendessen mit euch beiden? O nein, ich lasse euch gern allein. Ich wette, dein Mann hat Pläne." Devyn zwinkerte ihr zu.

Diese charmante Röte, die er so an ihr liebte, erfüllte Gabbis Wangen.

„Ich denke, ich führe Hadley und Bram aus und zeige ihnen, wie man sich in D.C. amüsiert", sagte Devyn.

Bram stapfte mit zwei Kisten in den Händen den Flur hinunter.

„Falls du heute Abend ausgehst, Hades", sagte Bram, „sieh zu, dass du diesmal in keine Schießerei gerätst."

Matteo klopfte seinem Freund auf die breite Schulter. „Ich plane ein ruhiges Abendessen mit meiner Frau."

Bram prustete. „Du findest immer Ärger."

Gabbi lächelte und schlang ihre Arme um Matteo. „Abenteuer. Er findet immer ein Abenteuer."

Und Matteo plante, dieser Frau so viele Abenteuer zu ermöglichen, wie sie nur ertragen konnte.

Bram stieg die Treppe hinunter. „Ich gehe und sortiere die Sachen im Garten."

„Danke, Bram", rief Gabbi ihm hinterher.

„Wo ist Hadley?", fragte Devyn.

Gabbi rümpfte die Nase. „Hockt noch in meinem Kleiderschrank und beklagt meinen Mangel an Stil."

„Das habe ich gehört", ertönte Hadleys Stimme aus den Tiefen von Gabbis Schlafzimmer. „Dein Glück, dass ich jede Menge Shopping-Trips geplant habe, wenn wir wieder in New York sind."

Gabbi zog eine Grimasse.

Matteo küsste ihre Nase. „Wenn du einen Mafiaboss zu Fall bringen kannst, dann wirst du auch ein bisschen Shopping überleben."

„Ich wünschte, Hex wäre hier", sagte Gabbi.

„Sie wäre auch gern gekommen, aber Killian ist unterwegs, und sie musste die Kommandozentrale leiten", sagte Matteo. „Sie wartet auf uns, wenn wir nach Hause kommen."

„Nach Hause." Gabbi lächelte. „Okay. Ich mache besser damit weiter, das Wohnzimmer einzupacken." Sie hob die Stimme. „Hadley, such ein Outfit für mich raus, das ich heute Abend tragen kann, um meinen Mann um den Verstand zu bringen."

„Schon dran", rief Hadley zurück.

Matteo blickte Gabbi hinterher, als sie die Treppe hinuntersprang. Er spürte, wie Devyn ihn beobachtete.

„Ja, ich liebe es, wie du sie ansiehst." Die Spionin machte auf dem Absatz kehrt und ging zurück ins Gästezimmer.

Matteo hatte gerade ein paar Kisten in den Flur gestellt, als er laute Stimmen in der unteren Etage hörte.

„Was zur Hölle ist hier los?", blaffte eine männliche Stimme.

Matteo spannte sich an und ging zur Treppe.

„Wo zur Hölle willst du hin, Gabbi?" Diese Stimme war schrill und weiblich. „Und warum zum Teufel hast du mich nicht zurückgerufen?"

„Weil ich in Italien war", erklärte Gabbi. „Ich habe gearbeitet. Und ich habe nicht zurückgerufen, weil ich nicht mit dir sprechen wollte."

„Falls du das Zeug loswerden willst", sagte der Mann, „ich nehme es gern."

Matteo erkannte die Stimme wieder. Gabbis Bruder Casey. *Scheiße*. Er beschleunigte seinen Schritt.

„Ich spende es an Leute, die es brauchen", sagte Gabbi.

„Du ziehst um?", fragte die Frau.

„Ja, Mom. Nach New York City."

„New York?", stammelte Casey.

„Warum?" Die Stimme ihrer Mutter wurde noch schriller.

„Wenn du wegziehst, ziehe ich hier ein", verkündete Casey.

Matteo kam an der Treppe an und joggte nach unten. Er würde nicht zulassen, dass irgendwelche Arschlöcher Gabbi aufbrachten.

„Nein, Casey", sagte Gabbi. „Ich werde das Haus verkaufen."

„Dann solltest du das Geld mit uns teilen", forderte ihre Mutter. „Es war nicht richtig, dass diese alte Schlampe es nur dir vererbt hat."

„Es ist mein Haus, nicht eures." Gabbis Stimme war fest. „Und jetzt finde ich, dass ihr beide gehen solltet. Vor allem du, Casey. Ich habe dir nichts mehr zu sagen."

„Sprich nicht so mit deinem Bruder", fuhr Mrs. Hansley sie an.

Matteo konnte sie nun sehen. Gabriellas Mutter war von mittlerer Größe und unsagbar dürr. Sie wirkte spröde, und auch die blond gefärbten Haare werteten ihr Erscheinungsbild nicht auf.

Als Matteo ins Wohnzimmer trat, sah er, wie die Frau Gabbi fast ins Gesicht sprang.

„Zurück", knurrte er sie an.

Die Frau erblickte ihn und erstarrte.

Caseys Augen wurden groß. „Oh, Fuck."

„Genau. Erinnerst du dich an mich? Ich weiß genau, was für eine Nullnummer du bist." Matteo erreichte Gabbi und zog sie an sich. „Und jetzt verschwindet."

„Wer zur Hölle sind Sie?", verlangte Gabbis Mutter.

„Ich gehöre zu Gabbi."

Die Frau glotzte ihn an.

„Das ist mein Freund, Matteo." Gabbi straffte den Rücken, und Matteo erkannte nichts als Stärke und Entschlossenheit in ihrem Gesicht. „Mom, dieses Haus gehört mir. Tante Amy wollte nicht, dass du oder sonst jemand in der Familie es bekommt. Du verprasst sowieso nur alles Geld für Alkohol oder zum Shoppen."

Mrs. Hansleys Ausdruck wurde säuerlich.

„Und Casey, du musst deinen Scheiß auf die Reihe kriegen, bevor du noch dich oder jemand anderen umbringst", erklärte Gabbi. „Hat er dir erzählt, dass er versucht hat, mich an die Mafia zu verkaufen? An gefährliche Menschen, denen er Geld geschuldet hat?"

Ihre Mutter schnappte nach Luft. „Was?"

Casey wurde kreidebleich. „Ich habe in Schwierigkeiten gesteckt! Sie hätten mich umgebracht ..."

Gabbi stemmte eine Hand in ihre Hüfte. „Was glaubst du denn, was sie mit mir gemacht hätten?"

„Gabs, ich war völlig panisch ..."

Gabbi hielt die Hand hoch. „Das ist alles egal. Ich

ziehe nach New York, und ich werde den Kontakt zu euch ein für alle Mal abbrechen."

Matteo war so stolz auf sie. Hinter ihnen erblickte er Bram, Devyn und Hadley, die ins Zimmer traten. Alle drei hatten sie die Arme vor der Brust verschränkt und starrten die Hansleys finster an.

Casey beäugte sie nervös.

„Aber ... wir sind deine Familie", jammerte Gabbis Mutter.

Gabbi schüttelte den Kopf. „Du weißt überhaupt nicht, was dieses Wort bedeutet. Du hast nur Angst, deinen persönlichen Geldautomaten zu verlieren." Sie blickte zu ihren Freunden, dann lächelte sie zu Matteo hinauf. „Du bist nicht meine Familie, Mom. Ich werde heute hier verschwinden, zusammen mit meiner *echten* Familie."

Zwei Wochen später

GABBI TIPPTE IHREN BERICHT FERTIG. Sie lehnte sich in ihrem Bürostuhl zurück, dann blickte sie sich in ihrem neuen Büro um und lächelte. Sie *liebte* es.

Sie liebte ihre neue Arbeit, sie liebte Sentinel Security, sie liebte ihre neuen Freunde.

Und ganz besonders liebte sie Matteo.

Ihr Blick wanderte über die unverputzte Backsteinwand und zu der riesigen Geigenfeige, die Hadley ihr zum Einzug in das neue Büro geschenkt hatte. Dann sah sie aus dem Fenster. Draußen schneite es. Die perfekte Einstimmung auf Weihnachten.

Dieses Jahr gab es Menschen, denen sie Geschenke machen wollte, und sie hatte bereits angefangen, sie zu besorgen.

Wolf kam in ihr Büro marschiert wie das Raubtier, dessen Namen er trug.

„Gabbi, ich weiß, dass ich gestern erst Bescheid gesagt habe, aber ich brauche dringend die Geschäftsdaten über ..."

Sie warf eine Akte auf den Schreibtisch. „Schon erledigt. Die digitale Kopie habe ich dir per Mail geschickt."

Er hob die Mappe hoch, blätterte sie kurz durch und grinste. „Du bist die Beste."

Matteo kam in ihr Büro geschlendert. „Hör auf, mit meiner Frau zu flirten."

„Ich habe meine eigene Frau, aber deine hat mir gerade einen Haufen Arbeit erspart, also bin ich versucht, sie zu küssen."

Matteo warf ihm einen grimmigen Blick zu. „Versuchs nur."

Wolf grinste, dann beugte er sich über den Schreibtisch und küsste Gabbis Wange. Sein Bart kitzelte ihre Haut.

„Danke, Gabbi." Er marschierte durch den Türbogen und wich gekonnt Matteos wohlwollendem Tritt aus.

„Hallo, *Signor* Mancini." Er war den ganzen Tag für einen Auftrag unterwegs gewesen, also hatte sie ihn nicht gesehen.

Lächelnd trat er um ihren Schreibtisch herum.

Sein Blick fiel auf ihren grauen Rock. „Ist das der

Rock, den du getragen hast, als wir uns das erste Mal begegnet sind? Der aus dem Aufzug?"

„Ja." Obwohl er heute ein wenig stylisher aussah, weil sie ihn mit einer niedlichen weißen Rüschenbluse kombiniert hatte, zu deren Kauf Hadley sie gezwungen hatte. Vervollständigt hatte sie den Look mit einer auffälligen Jadekette und süßen, sexy High Heels. Und unter dem Rock trug sie außerdem noch ein paar weitaus aufregendere Dinge.

Hadley hatte es zu ihrer Mission erklärt, Gabbis Garderobe aufzupeppen. Gabbis Kleiderschrank würde schon bald aus allen Nähten platzen.

Matteo stieß ein Summen aus und zog sie an sich. Er knabberte an ihren Lippen. „Ich habe dich heute vermisst." Seine Finger glitten über ihre Hüfte. „Und bei diesem Rock kommen mir alle möglichen Ideen."

„Tja, die sexy Dessous darunter werden dich womöglich noch mehr inspirieren", wisperte sie und spürte dabei, wie sich sein Körper straffte, als er seine anwachsende Erektion gegen ihren Bauch presste. Mit einem Stöhnen küsste er sie.

Mhmm. So gut. Sie würde niemals, jemals müde werden, ihn zu küssen.

Die Chemie zwischen ihnen war so stark wie eh und je, und ihr Mann genoss es über alles, ihr im Schlafzimmer eine *Menge* neuer Dinge beizubringen.

Gabbi hatte niemals von einem Mann wie Matteo geträumt. Sie hatte ihre Träume viel zu lange an einer sehr kurzen Leine gehalten, doch damit war es nun vorbei.

Sie stöhnte in seinen Mund, und ihre Hand versank in seinen Haaren.

„Gott, ihr beiden." Hadley kam hereingeschneit.

„Ihr wisst schon, dass ihr nur ein paar Stockwerke entfernt ein Zimmer habt, oder?" Grinsend folgte Hex Hadley auf den Fersen.

Gabbi löste sich aus dem Kuss und schmiegte sich an Matteo. Sie blickte zu ihren Freundinnen.

Dann runzelte sie die Stirn. Hex trug ihre üblichen Jeans, gepaart mit einem T-Shirt, auf dem *Keep calm and let the Cyber Security Specialist handle it* stand. Hadley allerdings war gekleidet in einen stylishen schwarzen Hosenanzug mit einem langen, roten Kaschmirmantel darüber. An ihrer Seite stand ein Koffer.

„Verreist du?", fragte Gabbi.

Hadley nickte. „London. Killian hat angerufen und mir einen neuen Auftrag erteilt. Hat mit dem MI6 zu tun, also hat es Sinn ergeben, dass ich mich darum kümmere. Ich bin nicht sicher, wie lange ich fort sein werde."

„Sei vorsichtig." Gabbi umarmte Hadley.

„Ich bin immer vorsichtig."

„Abgesehen davon wird sie Verstärkung haben", bemerkte Hex und fuhr sich mit der Zunge über die Schneidezähne.

„Oh?", sagte Gabbi.

Hadley verdrehte die Augen.

„Bennett *Hot Milliardär* Knightley", verkündete Hex.

Matteo runzelte die Stirn. „Ist ein Milliardär jemals eine gute Verstärkung?"

„Na ja, in Mailand hat er sich gut geschlagen", gab Hadley widerwillig zu. „Er versteckt es gut, aber der Mann ist gefährlich." Hadley zwinkerte. „Ich allerdings auch. So, Hex, jetzt komm mit mir nach draußen."

Mit einem Winken verschwanden die beiden Frauen.

„Knightley hat keine Chance." Matteos Hand strich über Gabbis Rücken. „Anderes Thema. Meine Mutter will uns besuchen kommen. Bald."

„Ich mag deine Mom."

Er räusperte sich. „Sie hat gesagt, dass mein Vater ebenfalls mitkommen will."

Gabbi legte ihre Hand auf Matteos Brust. „Ist das okay für dich?" Sie hatte ihre eigene Familie aus ihrem Leben verbannt, und das war nötig gewesen, aber sie würde lügen, wenn sie behauptete, dass es nicht hin und wieder ein wenig schmerzte.

Sie wusste, dass Matteo seinem Vater gegenüber widersprüchliche Gefühle hatte.

„Ich weiß es nicht", sagte Matteo.

„Also ich würde sagen, gib ihm eine Chance. Ich werde an deiner Seite sein, und wenn er sich danebenbenimmt, dann bin ich sehr gut darin, mich mit blöden Familienmitgliedern herumzuschlagen."

„Mein tougher, furchteinflößender *Tesoro*." Er gab ihr einen neckenden Kuss. „Ich habe ein Weihnachtsgeschenk für dich."

„Matteo, Weihnachten ist noch Wochen entfernt."

„Das macht nichts, ich habe auch noch jede Menge anderer Geschenke für dich, die du am Weihnachtstag öffnen kannst." Er schenkte ihr ein sexy Lächeln. „Und im Bett für mich tragen kannst."

Sie schüttelte den Kopf und lachte.

Matteo zog einen Umschlag aus seiner Jackentasche und hielt ihn Gabbi hin.

„Was ist das?" Sie öffnete den Umschlag und zog ein Flugticket mit beiliegendem Reiseplan heraus.

Griechenland. Paris. London.

„Den Comer See haben wir schon abgehakt. Ich dachte, jetzt könnten wir uns die griechischen Inseln anschauen, dann Paris, und mit London abschließen. Unser Abenteuer beginnen."

Ihr Herz zerschmolz. Dieser Mann. Dieser unglaubliche, sexy Mann.

„Unser Abenteuer hat an dem Tag begonnen, als du gesagt hast, dass du mich liebst", sagte sie.

Er streichelte über ihre Wange. „Ich glaube, es hat an dem Tag begonnen, als ich meine Hand unter deinen Rock geschoben und dich in einem Aufzug zum Höhepunkt gebracht habe."

Sie lachte. „*Matteo*. Diese Geschichte sollten wir unseren Enkelkindern vielleicht besser nicht erzählen."

„Nein, diese Geschichte ist nur für uns. Es wird noch so viele andere Geschichten und Abenteuer geben, die auf uns warten." Er drängte sie gegen die Backsteinwand, und seine Hände wanderten unter ihren Rock. „Angefangen mit jetzt."

Liebe und Verlangen überkamen sie. „Matteo ..."

Ihre Worte wurden von seinem hungrigen Mund verschluckt. Eifrig küsste sie ihn zurück, umschlungen von seinen starken Armen und seiner Liebe.

Ich hoffe, dir hat die Geschichte von Matteo und Gabbi gefallen!

DIE SERIE rund um das Team von Sentinel Security geht mit Striker weiter - kommt bald. In diesem Band lernst du Hadley "Striker" Lockwood und Bennett Knightley. **Lies weiter und erhalte einen Vorgeschmack auf das erste Kapitel.**

Verpasse nichts! Für Informationen über Neuerscheinungen, kostenlose Bücher und andere Geschenke, melde dich für meine VIP-Mailingliste an und erhalte deine kostenlose Bücherbox, bestehend aus drei englischen Liebesromanen, in denen es auch an Action nicht fehlt.

Hier klicken und anmelden: www.annahackett.com

Would you like
a FREE BOX SET
of my books?

VORGESCHMACK: STRIKER

Ärger war im Anmarsch.

Hadley Lockwood nippte an ihrem Champagner und ließ den Blick über die protzige Party schweifen. Die Feier wurde in einem der Restaurants im Shard ausgerichtet. Hadley musste zugeben, dass sie den modernen Wolkenkratzer und den Kontrast, den er zum alten, historischen Charme Londons bildete, liebte. Und die Aussicht auf die Themse und die Stadt von hier oben war wirklich erstklassig. Für eine Sekunde verweilte ihr Blick auf der Tower Bridge, dann beobachtete sie wieder die Gäste.

Sie erblickte diverse Parlamentsabgeordnete, einige hochrangige Regierungsmitglieder sowie den Chef des Secret Intelligence Service, den meisten Menschen als MI6 bekannt.

Ihren ehemaligen Boss.

Ja, jeglicher Ärger hier würde schlimm ausgehen. Die meisten Gäste befanden sich im Feierabendmodus und rechneten nicht mit Problemen.

Hadley seufzte. Sie wollte einfach nur einen unaufgeregten Abend erleben – auf eine Party gehen und dann wieder nach Hause, um eine Tasse Tee zu trinken und ein Buch zu lesen. Aber nein, irgendein Verbrecher musste es ihr ja wieder ruinieren.

Wieder nippte sie an ihrem Champagner. Es war eine Schande, guten Champagner zu verschwenden. Sie mochte Dom Pérignon wirklich sehr.

Leider konnte sie den Schampus nicht so sehr genießen, wie sie es gern getan hätte, denn ihr hochempfindlicher innerer Ärger-Sensor schlug Alarm. Laut. Ihre Jahre beim MI6 hatten diesen Radar in ihr hervorgebracht und perfektioniert. Wieder ließ Hadley den Blick über die vielen Londoner VIPs wandern, konnte aber nicht erkennen, wer den Alarm in ihr auslöste.

Sie erblickte ihren derzeitigen Boss, der sich mit einigen MI6-Beamten unterhielt. Er fiel auf, und ihn anzusehen, tat definitiv nicht weh.

Killian *Steel* Hawkes markantes, gut aussehendes Gesicht wirkte gleichgültig, aber da Hadley seit mehr als einem Jahr für ihn arbeitete, konnte sie ihn ziemlich gut lesen. Er war kein Fan von gesellschaftlichem Geplänkel, wusste aber, dass es ein notwendiges Übel war, wenn man im privaten Sicherheitssektor arbeitet. Heute früh waren sie zusammen mit dem Firmenjet angekommen – einer der Vorteile davon, für Sentinel Security zu arbeiten, waren diese ganzen Spielzeuge. Killian rüstete sein Sicherheitsteam hervorragend aus und zahlte gut.

Ein weiterer Vorteil war es, in New York City zu leben. Hadley liebte diese pulsierende Stadt und vermisste das graue, alte London nicht besonders.

Über die Menge der Gäste hinweg erwiderte Killian ihren Blick. Er reagierte nicht, aber sie wusste, dass er bald in ihre Richtung schlendern würde. Sie drehte eine kleine Runde durch den Raum – lächelten Leuten zu, die sie flüchtig kannte, und gab sich mit einigen alten Bekannten Luftküsse.

„Hinreißend wie immer, Hadley", bemerkte ein alter MI6-Kontakt.

„Sie auch, mein Lieber", erwiderte Hadley.

„Hadley, Sie werden mit jedem Mal, wenn ich Sie sehe, schöner", sagte ein alter Freund ihres Vaters mit kratziger Stimme.

Sie lachte. „Sie sind so ein Charmeur, Sir James."

Endlich fand sie eine ruhige Ecke neben einem der bodentiefen Fenster. Der ganze Small Talk und die Komplimente ließen sie kalt. Irgendwann zeigte ihr die Reflexion in der Fensterscheibe, dass Killian auf dem Weg zu ihr war.

Gott, er war wirklich ein attraktiver Teufelskerl. Es war eine Schande, dass er sowohl ihr Boss als auch ein

Freund war. Und vor allem blitzte da auch einfach kein Funke zwischen ihnen auf.

Sie mochte und respektierte Killian. Sehr. Er hatte ihr einen Job angeboten, den sie liebte, und ihr eine Wahlfamilie geschenkt, die ein müdes, abgestumpftes Loch in ihr füllte, von dem ihr nicht einmal bewusst gewesen war, dass es in ihr geklafft hatte.

Als sie noch beim MI6 gearbeitet hatte und Killian bei der CIA, waren sie sich ein paarmal über den Weg gelaufen. Steel war gewissermaßen eine Legende.

Doch Hadley wusste auch, dass er ein Mann war, der sich oft zu viel abverlangte, vor allem, wenn es darum ging, seine eigenen Leute zu beschützen.

„Du siehst wie immer atemberaubend aus." Killian blieb neben ihr stehen. „Blau ist deine Farbe."

Hadley ließ den Rock ihres königsblauen Kleids rascheln. Um dem kühlen Londoner Wetter zu trotzen, trug sie einen langen Rock, aber ihr Dekolleté war tief ausgeschnitten. Sie hatte keinerlei Skrupel, ihre zahlreichen Vorzüge einzusetzen.

„Vorhin habe ich mit dem Minister für Klimaschutz und Energie gesprochen. Er hat sich mit meinem Ausschnitt unterhalten."

Killians Zähne blitzten auf, als er lächelte. „Der arme Kerl ist ungefähr hundertvier Jahre alt. Vermutlich warst du das Highlight seines Abends."

Sie drehte sich zu ihm um. „Killian, irgendetwas stimmt nicht. Ich kann es spüren."

Jetzt drehte sich auch ihr Boss um und schaute sie mit einem ernster werdenden Ausdruck an. „Die Sicherheitsvorkehrungen für die Party sind enorm hoch."

„Wir wissen beide, dass das nicht immer ausreicht. Es sind einige sehr mächtige Menschen hier."

„Was immer es ist, es kann nichts mit uns zu tun haben", erwiderte er. „Ich habe dafür gesorgt, dass unsere Namen nicht auf der Gästeliste stehen."

Hadley zuckte mit den Schultern. „Es sind eine Menge reizvoller Zielpersonen anwesend." Einschließlich einiger aus ihrer eigenen Familie. Sie drehte sich um und erhaschte einen Blick auf ihre Eltern.

Lord Charles Lockwood, Baron Astley und Lady Caroline Lockwood. Sie sahen aus, wie immer – piekfein, adlig, unnahbar. Hadley hatte sie bereits begrüßt, die Unterhaltung allerdings gnadenlos kurz gehalten.

Hadley mochte sie nicht immer besonders, aber sie waren schließlich ihre Eltern und bedeuteten ihr etwas. Sie wollte nicht, dass ihnen etwas zustieß, falls es heute Abend tatsächlich Ärger geben sollte.

Killian nickte ihr knapp zu. „Ich sehe mich um."

Ihre Schultern entspannten sich ein wenig. „Danke, Kill."

Er drückte ihren Arm. „Bereit für unser Treffen morgen?"

Sie nickte. Das war der Grund, weshalb sie hier waren, anstatt in dem riesigen Lagerhaus in New York City, das Killian in die Zentrale von Sentinel Security verwandelt hatte. Morgen hatten sie ein Treffen mit dem MI6, bei dem es um ein streng geheimes Projekt ging. Killian hatte ihr kein Sterbenswörtchen verraten.

„Ich bin immer bereit", erwiderte sie.

„Allerdings. Halte die Augen offen." Er marschierte davon und schnitt durch die Menge der Partygäste wie ein heißes Messer durch weiche Butter. Mehrere Frauen sahen ihm hinterher, dann warfen sie Hadley eifersüchtige Blicke zu.

„Da bist du ja", erklang eine kultiviert klingende Stimme. „*Bitte* sag mir, dass du mit ihm ins Bett gehst und es unglaublich ist."

Hadleys ältere Schwester Annabelle schlenderte in einem eleganten Stella-McCartney-Kleid auf sie zu.

„Er ist mein Boss", erklärte Hadley.

„Und? Er ist zum *Anbeißen*." Annabelle lächelte. „Wie gehts dir, Süße? Noch immer damit beschäftigt, die Welt zu retten?"

„Meine kleine Ecke davon."

Annabelle verdrehte die Augen. Sie hatte die braunen Augen ihres Vaters geerbt, wohingegen Hadley die hellblaue Augenfarbe ihrer Mutter hatte.

„Es klingt einfach so mühsam", sagte Annabelle. „Du solltest nach Hause kommen und das gute Leben genießen."

Annabelles Vorstellung des guten Lebens war es, auf Partys wie diese hier zu gehen, zu shoppen, sicherzustellen, dass die Kinder bei der Nanny geparkt waren, und den gelegentlichen Skiurlaub in Frankreich zu genießen. Sie hatte einen reichen Londoner Geschäftsmann geheiratet und führte eine sehr kühle, sehr britische Ehe. Sie und ihr Mann gingen beide fremd, waren in ihren Affären allerdings diskret, und keiner der beiden machte sich etwas daraus.

So eiskalt zivilisiert.

Hadley wusste, dass das Leben eben so war. Wahre Liebe war ein Schuss ins Blaue. Oh, natürlich gab es sie.

Zwei ihrer Freunde und Kollegen von Sentinel Security, Nick und Matteo – Männer, die ihr unglaublich wichtig waren –, hatten sich vor kurzem in zwei wundervolle Frauen verliebt. Verdammt, sie hatten sich regelrecht in die Liebe hineingestürzt.

Zum Glück mochte Hadley die beiden Frauen, Lainie und Gabbi, sehr. Sie taten den beiden Männern verdammt gut.

Aber solche Paare waren die Ausnahme zur Regel.

Wahre Liebe verlangte Vertrauen, und davon besaß Hadley nur einen sehr kleinen Vorrat. Ihre Familie waren die Ersten gewesen, die ihr Lektionen im nicht-vertrauen gegeben hatten. Hadley liebte sie, aber sie würde ihnen keinen Meter weit trauen. Allesamt waren sie egoistisch bis auf die Knochen.

Dann, beim MI6, hatte sie den Rest ihrer Lektionen gelernt. Sie hatte so viele vollendete Lügner und gekonnte Verräter erlebt.

Und als junge, idealistische Agentin hatte sie sich von einem ganz bestimmten Idioten zum Narren halten lassen. Sie hatte geglaubt, sie würde ihn lieben, und von ihm eine verdammt harte, beinahe tödliche Lektion gelernt.

Erneut nippte Hadley an ihrem Champagner. Einem anderen Menschen zu vertrauen, war ein Risiko, das es normalerweise nicht wert war, einzugehen.

Sie vertraute ihren Kollegen und Teammitgliedern bei Sentinel Security, aber das waren auch schon alle.

„Komm nach Hause und hör auf, so hart zu arbeiten", fuhr ihre Schwester fort.

„Annabelle, ist dir je das Wetter hier aufgefallen?"

Als ob sie Hadley beipflichten wollten, klatschten dicke Regentropfen gegen die Fensterscheibe. „Ich ziehe das New Yorker Wetter und die Shoppingmöglichkeiten der Lage hier jederzeit vor."

Ihre Schwester nickte. „Gutes Argument." Dann senkte sie die Stimme. „Ganz abgesehen von diesen amerikanischen Prachtexemplaren von Männern, mit denen man sich vergnügen kann."

Hadley verdrehte innerlich die Augen. „Was machen die Kinder?"

Annabelle wedelte mit der Hand durch die Luft. „Ach, du weißt schon. Krach."

Gott, ihre Schwester. „Richte ihnen viele Grüße von Tante Hadley aus. Ich komme vorbei und besuche sie, wenn ich kann."

„Mummy und Daddy möchten, dass du demnächst zum Dinner vorbeikommst."

Hadley stöhnte auf. Annabelle grinste.

Das bedeutete ein steifes Essen im Haus ihrer Eltern, einschließlich irgendeines steifen, biederen Mannes, mit dem ihre Familie sie verkuppeln wollte.

„Ich bin mir nicht sicher, ob ich dafür Zeit haben werde."

Annabelle prustete. „Du weißt, dass sie das nicht gelten lassen werden. Bring jemanden mit. Vielleicht deinen heißen Boss?"

„Nein. Das werde ich Killian nicht antun."

„Dann eben jemand anderen."

„Nein." Ein Kribbeln machte sich in ihrem Nacken bemerkbar.

Es wurde stärker. Hadley hoffte, dass sich dieses

unheilvolle Gefühl ausnahmsweise mal irrte, aber es irrte sich nie. Der Ärger stand unmittelbar bevor.

Plötzlich schlang sich ein starker, muskulöser Arm auf ausgesprochen besitzergreifende Art und Weise um ihre Taille.

Hadley sah auf und ihr Körper erstarrte. Sie blickte in außergewöhnliche, hellbraune Augen, die von goldenen Sprenkeln durchzogen waren. Augen, von denen sie möglicherweise manchmal träumte, auch wenn sie das niemals zugeben würde.

„Tut mir leid", sagte der Neuankömmling nonchalant. „Darf ich sie Ihnen kurz entführen?"

Annabelle blinzelte, dann strahlte sie ihn an. „Aber sicher. Nur zu."

Prompt wirbelte der britische Milliardär Bennett Knightley Hadley herum und marschierte mit ihr auf die Tanzfläche, wo sie sich an einen harten, in einem Anzug steckenden Körper gepresst wiederfand.

Es gab nichts Attraktiveres, als eine wunderschöne Frau, die einem entnervte Blicke zuwarf.

Bennett Knightley legte seinen Arm um Hadleys Taille. „Miss Lockwood."

„Mr. Knightley", erwiderte sie knapp.

Doch, da gab es noch etwas, was genauso attraktiv war, wie ihr finsterer Blick – es war der kühle, schneidende Tonfall, mit dem sie seinen Namen aussprach. Sie besaß die seltene Fähigkeit, höflich zu sein, und ihm gleichzeitig zu verstehen zu geben, dass er ein Vollidiot war.

Sein Schwanz regte sich.

Platz, Junge, oder sie schneidet dich ab.

Sie wirbelten über die Tanzfläche, und natürlich tanzte Hadley so mühelos, wie sie atmete. Er selbst konnte nur tanzen, weil seine Mum alle ihre Kinder zum Tanzkurs gezwungen hatte. Bennett und seine zwei Brüder hatten ihre Stunden durchlitten, während ihre Schwester sie voller Schadenfreude ausgelacht hatte.

Allerdings war er nicht weiter überrascht darüber, dass Hadley *Striker* Lockwood gut tanzen konnte. Soweit er sehen konnte, konnte sie alles, was sie tat, gut. Hadley war in jeder Hinsicht furchterregend kompetent.

Er zog sie enger an sich, um einen Zusammenstoß mit dem beschwipsten, millionenschweren Besitzer eines Luxuskaufhauses und seiner ebenso beschwipsten, blonden Tanzpartnerin zu vermeiden. Die Frau kam ihm vage bekannt vor, möglicherweise war sie die Moderatorin einer Frühstückssendung im Fernsehen, dachte Bennett.

Aber als er plötzlich mehr von Hadleys Körper spürte, zerstreuten sich seine Gedanken. Hadley war wie für die Versuchung gemacht. Groß, mit Kurven an den richtigen Stellen. Als ehemaliger Soldat der Special Forces ließ er sich davon jedoch nicht täuschen. Trotz der weichen Andeutung ihrer Brüste, die ihr Kleid gekonnt hervorhob, und den dichten, hellbraunen Haaren, die sie in einer eleganten Frisur gestylt hatte, war ihr Körper durchtrainiert. Falls nötig, konnte Hadley alles, was ihr zur Verfügung stand, als Waffe einsetzen.

Das war es, was sie zu einer sehr guten MI6-Agentin gemacht hatte.

„Was machen Sie hier?", fragte sie.

„Ich wurde eingeladen. Leider bekomme ich einen Haufen Einladungen zu Partys wie dieser." Von denen die meisten schrecklich öde waren, und voller Menschen, die vorrangig daran interessiert waren, über sich selbst zu sprechen.

„Das harte Leben eines Multimillionärs", bemerkte sie.

Er lächelte sie an. „Milliardärs."

Sie verdrehte ihre wunderschönen, blauen Augen – sie waren blass wie arktisches Eis. „Sorry, *Milliardärs*. Wie laufen die Geschäfte?"

Sein Magen zog sich zusammen. „Secura läuft wie geschmiert."

„Die Nachfrage für Kriegswaffen ist immer hoch."

Bennett zog die Augenbrauen zusammen. „Ich verkaufe keine Waffen. Wir verkaufen Ausrüstung. Körperpanzer, Uniformen, Bettzeug, Mahlzeiten. Alles, was Soldaten im Einsatz brauchen. Die Sachen, die oftmals vernachlässigt werden, oder billig und minderwertig hergestellt werden. Es sind nicht nur Kugeln, die töten."

Er konnte die Schärfe in seinem Tonfall hören. Er wusste aus eigener Erfahrung, dass gute Menschen nur wegen der verdammten Uniformen, die sie im Feld trugen, verletzt wurden oder umkamen, oder weil die Ausrüstung und das Essen, das ihnen zur Verfügung gestellt wurde, nicht den Ansprüchen genügte.

Hadley legte den Kopf zur Seite und musterte sein Gesicht. „Sie haben jemanden verloren."

Bennett kämpfte gegen das Verlangen an, seine Schultern zu bewegen. Diese verdammte Frau, warum musste sie nur so aufmerksam sein? Die Ausbildung beim SAS hatte ihm beigebracht, keinerlei Regung zu zeigen und sich nichts anmerken zu lassen. Er räusperte sich. „Ich habe viele Leute verloren. Einige von ihnen völlig grundlos."

Doch für eine Sekunde blitzte das Gesicht von Hamed vor seinem inneren Auge auf. Ein guter Mann, der seine Sprachkenntnisse dafür eingesetzt hatte, zu helfen. Bennett hatte mit ihm zusammengearbeitet und gekämpft, und Hamed hatte Bennett unzählige Male den Arsch gerettet. Hamed Rahmani war ein Mann gewesen, der sich mit dem beholfen hatte, was da gewesen war, um seinem Land zu helfen.

Ein Mann, der blutüberströmt im Wüstensand eines heruntergekommenen Dorfs gestorben war.

Nicht lange nach Hameds Tod war Bennett aus dem Militär ausgeschieden. Er war nach Hause zurückgekehrt, und hatte den Entschluss getroffen, auf andere Weise etwas zu bewirken.

Und so war Secura geboren worden. Seine Firma, die sich auf Hightech-Textilien spezialisierte, auf die leichte, aber strapazierfähige Ausrüstung, die Soldaten benötigten. Auf bessere, nahrhaftere Rationen. Verdammt, Bennett gab ein Vermögen für sein Team von Wissenschaftlern in der Forschungs- und Entwicklungsabteilung aus. Und Secura war erfolgreicher geworden, als er es sich je hätte träumen lassen.

Während er und Hadley nun über die Tanzfläche wirbelten, erblickte er Killian Hawke. Der Mann hob sein Glas und Bennett nickte ihm zu.

Killian Hawke war ein Mann, den man nicht unterschätzen und dem man niemals den Rücken zuwenden sollte. Bennett war verdammt froh, dass sie auf derselben Seite standen.

„Also – Sie haben morgen früh ein Treffen mit dem MI6", bemerkte Bennett.

Blaue Augen funkelten ihn an. „Geht Sie nichts an."

„Hat Killian Ihnen nicht gesagt, dass ich Ihre Verstärkung bin, falls Sie während Ihrer Zeit in London Hilfe brauchen?"

Sie warf ihm ein Lächeln zu. „Ich brauche keine Hilfe."

„Aber Sie wissen doch noch gar nicht, was der Job ist."

„Ist streng geheim."

„Mhm. Es ist okay, um Hilfe zu bitten, Hadley."

„Nicht, wenn man sie nicht braucht."

Ja, ihm war ihre erbitterte Unabhängigkeit schon früher aufgefallen. Er hatte ihr Lächeln gesehen, hatte sie gesehen, wenn sie mit ihren Freuden von Sentinel Security zusammen war, aber er hatte immer spüren können, wie autark sie unter diesem Lächeln war. Er hatte die Mauern spüren können, von denen er vermutete, dass sie selbst einem Angriff oder einer verdeckten Invasion standhalten konnten.

Was hatte Hadley gezwungen, diese Mauern zu errichten? Und was wäre nötig, damit sie jemanden einen Blick dahinter werfen ließ?

Glaubst du etwa, du hättest es verdient, dieser Jemand zu sein? Bei der hinterhältigen Stimme in seinem Kopf zog sich sein Magen zusammen.

Sein Blick wanderte über Hadleys Gesicht. „Himmel, wie wunderschön Sie sind."

Sie blinzelte. Ihr Blick fiel auf seinen Mund.

„Ah, da habe ich wohl endlich etwas gesagt, das Ihnen die Sprach verschlagen hat."

„Wohl kaum." Augenblicklich flatterten ihre Augen zurück zu seinen. „Dafür braucht es ein bisschen mehr als nur ein einfallsloses Kompliment, Knightley."

„Es ist die Wahrheit. Und Ihr Parfüm liebe ich übrigens auch." Eine Mischung aus Zitrus- und Blütennoten, die seine Sinne neckte. Bennett bewegte seine Finger und berührte Hadleys Handgelenk, dann strich er sanft über ihren Puls.

Er schlug kräftig unter seinen Fingerspitzen. Hadley war ihm gegenüber nicht so immun, wie sie gern vorgab.

Aber sie wies ihn nicht zurecht. Stattdessen sah er, wie sich ein ernster Ausdruck auf ihrem Gesicht ausbreitete und ihr Blick über die Menge schweifte.

Bennetts Arme zogen sich etwas enger um sie zusammen. „Was ist los?"

„Nur so ein Gefühl."

Er folgte ihrem Blick. Niemand sah fehl am Platz aus. „Sind Sie sicher?"

„Ja. Ich habe dieses Gefühl schon seit einer Weile. Irgendetwas stimmt nicht."

„Okay." Er musterte die Partygäste eingehender.

Ihre Blicke trafen sich. „Wie, einfach so? Sie glauben mir?"

„Hadley, Sie waren erschreckend gut in Ihrem früheren Job, und in Italien konnte ich selbst miterleben, wie gut Sie in Ihrem jetzigen sind."

„Wo Sie sich in eine sehr heikle Operation eingemischt haben."

„Wo ich Ihnen *geholfen* habe, den Job zu Ende zu bringen."

Sie schnaubte, aber ihre ganze Aufmerksamkeit galt den Gästen. „Sehen Sie irgendjemanden, der hier nicht hergehört?"

Bennett schaute sich aufmerksam um. Die Gäste erschienen entspannt und amüsierten sich, plauderten und lachten. Einige sahen aus, als ob sie ordentlich angeheitert wären.

„Nein." Jetzt musterte er die Kellner, dann die Anzug tragenden Sicherheitsmitarbeiter, die diskret entlang der Wände standen. „Es ist viel Security da."

Wieder schnaubte Hadley, ohne auch nur einen Tanzschritt zu verpassen. „Vielleicht bin ich einfach nur müde."

„Jetlag ist das Schlimmste."

„Oh, ich habe keinen Jetlag. Ich glaube nicht an Jetlag." Sie kräuselte die Nase. „Und ich habe jede Menge Übung darin, ihn zu vermeiden." Genau in diesem Moment spürte er, wie ihr Körper unter seinen Händen erstarrte. „Knightley –"

Ihr Tonfall ließ ihn den Kopf drehen.

Ein junger Mann in einem zerknitterten Anzug stolperte auf die Tanzfläche. Er schwitzte, war nervös, und sein Gesicht wirkte unnatürlich blass, selbst für das Ende eines langen, Londoner Winters.

Fuck.

„K-keine Bewegung!" Der Mann riss sein Jackett auf, um die Bombenweste zu zeigen, die um seine Brust gebunden war.

Schreie schnitten durch die Party. Bennett hörte, wie Hadley kaum hörbar fluchte.

Dann sah er, wie sie in den Schlitz ihres Kleids griff und ein kleines, schwarzes, taktisches Einsatzmesser hervorzog.

Mit einem geübten Schnippen, das die Diamanten an ihrem Armreif funkeln ließ, klappte sie es auf, und versteckte es dann eilig in den Falten ihres Rocks.

Uuuund er wurde wieder steif.

Fuck. Konzentrier dich, Knightley. Giere nach der heißen Frau, nachdem *die Bedrohung beseitigt ist.*

Hadleys blauen Augen blickten in seine – ruhig, gefasst, berechnend.

Bennett nickte ihr kaum merklich zu, und er zwang seine Muskeln, sich zu entspannen. Bereit, die Zielperson anzugreifen.

Langsam bewegte Hadley sich auf den Bombenattentäter zu. „Oh, bitte, tun Sie uns nichts!"

Verdammt, sogar Bennett nahm ihr diesen zu Tode erschrockenen Tonfall ab.

„Zurückbleiben!", schrie der junge Mann. „Hört einfach zu." Er wischte sich mit einem zitternden Arm über die Stirn, während er in der anderen Hand einen kleinen Zünder hielt, an dem ein Kabel befestigt war. „Ich muss etwas vorlesen." Er fischte in seiner Hosentasche herum.

„*Bitte*." Hadley legte eine astreine Darstellung puren Terrors hin. „Ich will nicht sterben!"

Sie bewegte sich weiter auf den Attentäter zu, und Bennett ging langsam hinter ihr her.

Der Attentäter schaute auf und sein Blick traf den von Bennett. Er wurde kreidebleich. „M-Mr. Knightley. Sie sollten doch gar nicht hier sein."

Nein, es war eine ganz spontane Entscheidung gewesen, nachdem Bennett gehört hatte, dass Killian und Hadley anwesend sein würden. In diesem Augenblick wurden Bennett zwei sehr besorgniserregende Dinge klar. Erstens trug der Attentäter eine Taktikweste von Secura. Und zweitens kannte Bennett den jungen Mann.

„Archie, leg den Zünder auf den Boden", sagte Bennett mit ruhiger Stimme. „Lass uns darüber reden –"

„Ich kann nicht. Sie werden ihr wehtun." Er stieß ein Schluchzen aus. „Ich kann nicht. Es ist zu spät."

Bennett studierte den Zünder. Zum Glück schien er keinen Totmannschalter zu haben.

Hadley bewegte sich näher heran, ohne es so aussehen zu lassen, als ob sie es mit Absicht täte. Bennett musste Archies Aufmerksamkeit von ihr ablenken.

„Es wird alles gut werden." Beschwichtigend hob Bennett die Hand. „Und jetzt lass mich nur ..."

Hadley schlug zu.

Sie schleuderte das Messer durch die Luft, das sich den Bruchteil einer Sekunde später in den Muskel zwischen Archies Schulter und seinem Hals bohrte.

Der junge Mann schrie auf und ließ den Zünder fallen, der nun an dem Kabel baumelte, das mit der Weste verbunden war.

Hadley wirbelt herum und trat ihm gegen den Kopf. Dann stürzte Bennett vor und riss Archie zu Boden.

Er hielt den Mann fest, während Hadley die Bombenweste öffnete.

„Ist eine Attrappe." Sie schüttelte den Kopf und erwiderte Bennetts Blick voller Erleichterung in den Augen. „Die Bombe ist nicht echt."

„Security!", brüllte Bennett. „Es ist eine Attrappe, aber wir sollten kein Risiko eingehen. Räumen Sie die Party."

Sämtliche Anwesenden schienen vor Panik erstarrt zu sein.

„Alle raus hier, sofort!", brüllte er erneut.

Plötzlich schienen sich alle gleichzeitig in Bewegung zu setzen.

Ein vollkommen unbeeindruckt aussehender Killian tauchte neben ihnen auf. „Alles unter Kontrolle?"

Hadley nickte.

„Ich kümmere mich um die Sicherheitsvorkehrungen und rufe die Polizei."

Bennett hob den Kopf. Hadleys Gesicht war nur wenige Zentimeter von seinem entfernt.

„Sie wissen jedenfalls, wie man auf einer Party für Action sorgt, Miss Lockwood", bemerkte er. „Sauberer Zugriff."

„Danke. Sie waren auch nicht schlecht." Sie zog eine Augenbraue hoch. „Sie kennen diesen Kerl?"

Archie schluchzte heftig und stammelte völlig zusammenhangslos vor sich hin.

Bennett stieß einen Seufzer aus. „Ja, leider tue ich das. Er arbeitet für Secura."

BÜCHER VON ANNA

DEUTSCH

Sentinel Security

Wolf

Hades

Treasure Hunter Security

Verlorene Oase

Verlorener Tempel

Verlorene Ruine

Verlorenes Wrack

Verlorene Mine

Norcross Security

Der Ermittler

Der Troubleshooter

Der Spezialist

Der Bodyguard

Der Hacker

Der Drahtzieher

Der Detective

Der Lebensretter

Der Beschützer

Englisch

Fury Brothers

Fury

Keep

Burn

Also Available as Audiobooks!

Unbroken Heroes

The Hero She Needs

The Hero She Wants

The Hero She Craves

Also Available as Audiobooks!

Sentinel Security

Wolf

Hades

Striker

Steel

Excalibur

Hex

Also Available as Audiobooks!

Norcross Security

The Investigator

The Troubleshooter

The Specialist

The Bodyguard

The Hacker

The Powerbroker

The Detective

The Medic

The Protector

Also Available as Audiobooks!

Billionaire Heists

Stealing from Mr. Rich

Blackmailing Mr. Bossman

Hacking Mr. CEO

Also Available as Audiobooks!

Team 52

Mission: Her Protection

Mission: Her Rescue

Mission: Her Security

Mission: Her Defense

Mission: Her Safety

Mission: Her Freedom

Mission: Her Shield

Mission: Her Justice

Also Available as Audiobooks!

Treasure Hunter Security

Undiscovered

Uncharted

Unexplored

Unfathomed

Untraveled

Unmapped

Unidentified

Undetected

Also Available as Audiobooks!

Oronis Knights

Knightmaster

Knighthunter

Knightqueen

Also Available as Audiobooks!

Galactic Kings

Overlord

Emperor

Captain of the Guard

Conqueror

Also Available as Audiobooks!

Eon Warriors

Edge of Eon

Touch of Eon

Heart of Eon

Kiss of Eon

Mark of Eon

Claim of Eon

Storm of Eon

Soul of Eon

King of Eon

Also Available as Audiobooks!

Galactic Gladiators: House of Rone

Sentinel

Defender

Centurion

Paladin

Guard

Weapons Master

Also Available as Audiobooks!

Galactic Gladiators

Gladiator

Warrior

Hero

Protector

Champion

Barbarian

Beast

Rogue

Guardian

Cyborg

Imperator

Hunter

Also Available as Audiobooks!

Hell Squad

Marcus

Cruz

Gabe

Reed

Roth

Noah

Shaw

Holmes

Niko

Finn

Devlin

Theron

Hemi

Ash

Levi

Manu

Griff

Dom

Survivors

Tane

Also Available as Audiobooks!

The Anomaly Series

Time Thief

Mind Raider

Soul Stealer

Salvation

Anomaly Series Box Set

The Phoenix Adventures

Among Galactic Ruins

At Star's End

In the Devil's Nebula

On a Rogue Planet

Beneath a Trojan Moon

Beyond Galaxy's Edge

On a Cyborg Planet

Return to Dark Earth

On a Barbarian World

Lost in Barbarian Space

Through Uncharted Space

Crashed on an Ice World

Perma Series

Winter Fusion

A Galactic Holiday

Warriors of the Wind

Tempest

Storm & Seduction

Fury & Darkness

Standalone Titles

Savage Dragon

Hunter's Surrender

One Night with the Wolf

For more information visit www.annahackett.com

ÜBER DIE AUTORIN

Ich bin eine USA-Today-Bestsellerautorin für Liebesromane. Meine Leidenschaft sind Romane, in denen es an Action nicht mangelt, Science-Fiction Platz findet und auch die Liebe nicht zu kurz kommt. Ich liebe es, über Menschen zu schreiben, die entgegen allen Erwartungen die schwierigsten Situationen lösen und sich beim Erreichen ihrer Ziele selbst übertreffen.

Ich lebe mit meinem eigenen persönlichen Helden und zwei sehr aktiven Söhnen in Australien.

Für Erscheinungstermine, einen Blick hinter die Kulissen, kostenlose Bücher und andere tolle Goodies, melde dich hier an und verpasse nichts mehr: www.annahackett.com

www.ingramcontent.com/pod-product-compliance
Lightning Source LLC
Chambersburg PA
CBHW021305250626
47155CB00002B/387